Adolf Dyroff

Demokritstudien

Adolf Dyroff

Demokritstudien

ISBN/EAN: 9783743669444

Hergestellt in Europa, USA, Kanada, Australien, Japan

Cover: Foto ©Raphael Reischuk / pixelio.de

Weitere Bücher finden Sie auf **www.hansebooks.com**

DEMOKRITSTUDIEN.

VON

DR. ADOLF DYROFF.

LEIPZIG,

DIETERICH'SCHE VERLAGS-BUCHHANDLUNG,

(THEODOR WEICHER),

1899.

Vorwort.

Die „Demokritstudien" verfolgen die Absicht, die Forschung über die älteste Atomistik — denn als solche darf wohl die Lehre des Leukippos und Demokritos betrachtet werden — in einzelnen Punkten weiterzuführen oder auf die richtige Stelle zurückzulenken. Den Anlass dazu boten einige Aufstellungen neuerer Gelehrten. Es wird dies Verhältnis bei den einzelnen Abschnitten deutlich zutage treten, insbesondere aber auch darin, dass die ältere Litteratur, welche eben durch die zwischenliegenden Arbeiten genügend berücksichtigt erscheint, nicht mehr in den Kreis der Polemik, die nun einmal hier nicht zu vermeiden ist, gezogen wurde.

Blendende neue Aufschlüsse wird die Beschäftigung mit der alten Philosophie nur selten mehr bieten können, ehe neue Funde gemacht werden. Aber das wird man der Forschung nicht verwehren wollen, alles zu berichtigen, was an überlieferten Anschauungen unrichtig oder zweifelhaft ist.

Würzburg, im Juli 1898.

Der Verfasser.

Inhalt.

Kapitel I.

Zur Geschichte der ältesten Atomistik.

———

§ 1. Leukippos und Demokritos.

1. Der vorwaltende Zweck dieser Untersuchung ist nicht der, die Frage nach der Existenz des Leukippos von neuem zu stellen, sondern der, zuzusehen, worin der Unterschied zwischen Leukippos und Demokritos besteht. So gefasst hätte die Frage selbst dann Sinn, wenn sich erweisen liesse, dass der erstere Name nicht mehr ist als ein blosses Wort; denn sie würde auch so wenigstens dazu beitragen, die Entwicklung eines Mannes, wie Demokritos, aufzuhellen, ein Ziel, dem zuzustreben der Mühe wohl wert ist.

2. Dennoch wollen wir nicht versäumen, zuvor den Standpunkt zu bezeichnen, welchen wir in dem Streite einnehmen zu sollen glauben, der sich an den Anfang der Atomistik knüpft. Denn mögen auch die meisten Stimmen mit Diels[1]) Leukippos für den Begründer der Atomistik erklären, so gibt es doch noch heute hochachtbare Gelehrte, welche an der Seite Rohdes[2]) ausharren, und manche, die nicht hervortraten, werden der Ansicht huldigen, dass eine Entscheidung im vorliegenden Falle ebensowenig zu geben sei wie bezüglich des ältesten Denkmals griechischer Poesie.

3. Gegenüber Rohde, der in Demokritos den Entdecker jener weltgeschichtlichen Theorie verehrt, ist vor allem ein methodischer Gesichtspunkt zu betonen, den Diels nur im

---

[1]) S. besonders Verhandlungen der 35. Versammlung deutscher Philologen und Schulmänner (1881). Leipzig 1881. S. 96—169.

[2]) S. besonders Verhandlungen der 34. Versammlung der Philologen u. s. w. (1879). Leipzig 1880. S. 64—89.

1*

Vorübergehen streift.[1]) Rohde hat es nämlich abgelehnt[2]) Rechenschaft darüber zu geben, wie man dazu gekommen sein soll, einen Leukippos frei zu erfinden. Gerade hierauf aber muss eine Antwort gefordert werden, wenn man sich zur Billigung seiner Aufstellung verstehen will.[3]) Homeros lebte in einem Zeitalter, das vom hellen Tagesglanze der Geschichte nicht bestrahlt wird.[4]) Einen Kastenheros „Homeros" konnte, falls er nicht wirklich existierte, der verbürgte Name der Homeriden[5]) nach bekannter Analogie leicht erzeugen. Und auch ohne jeglichen Anhaltspunkt mochte zu den herrenlosen Gedichten ein Verfassername ersonnen werden. Bei Leukippos jedoch fehlt die Vorbedingung zu solchen Vermutungen. Im Gegenteil! Hätten die leukippischen Schriften ihren Vater vermisst, so würde nach ebenso bekannter Analogie eher Demokritos die Waisen haben adoptieren müssen.

4. P. Tannery[6]) hingegen meint, Demokritos habe eine erste Schrift über die Atomlehre unter dem Pseudonym Leukippos veröffentlicht. Wir können uns hier mit den von Tannery beigebrachten Parallelen[7]) nicht beschäftigen. Sie sind fast alle selbst erst der Sicherung bedürftig. Und zugegeben, dass Hiketas und Ekphantos Dialogpersonen des Herokleides Pontikos waren und dass erst der Platoniker dem Ekphantos atomistische Vorstellungen unterschob, immerhin sind

---

[1]) A. a. O. S. 100 f.

[2]) 34. Philologen-Versammlung S. 88.

[3]) So auch Diels a. a. O. S. 103, 25.

[4]) Rohde selbst S. 75.

[5]) S. Christ, Griech. Literaturgesch. 3. Aufl. S. 59 f.

[6]) Revue des études grecques X Nr. 38. 1897 S. 127—129 und Annales de philosophie chretienne 1897 Juniheft. Auf das Revue S. 129 Gesagte, welches teils unklar teils unzutreffend ist und die Schwierigkeiten nur vermehrt, gehen wir hier nicht ein. Die von Tannery verwendete Erzählung. dass Demokritos die grosse Weltordnung in Abdera vorlas (D. L. IX. 39), hat bereits Diels a. a. O. auf ihren wahren Wert zurückgeführt.

[7]) Tannery hätte auch an die Meinung Bergks erinnern können, dass Aristophanes den Platon unter dem Namen Aristyllos verspottete. Freilich steht dieselbe auf schwachen Füssen (s. Christ, Griech. Literaturgesch. S. 301, 2). Für Pseudonyme späterer Zeit s. S. Sepp, Pyrrhoneische Studien. Freising 1893. S. 83. 125.

jene beiden Philosophen geschichtliche Persönlichkeiten. Bei Demokritos liegt die Sache wesentlich anders. Ausser dem als unecht verdächtigten Pythagoras,[1]) den übrigens als Dialog zu denken kein Zwang besteht, kann keine der zahlreichen Schriften des demokritischen Corpus in diese Litteraturgattung gestellt werden. Somit entfällt jede Berechtigung, Tannerys Verfahren auf den Abderiten anzuwenden und besteht unser Einwand gegen Rohde zu Recht.

5. Aber auch schwere sachliche Bedenken werden gegen Rohde laut. Wer ihm beistimmt, gibt, ohne durchschlagende Gründe, in einer philosophiegeschichtlichen Frage dem Zeugnis eines Epikuros gegenüber den widersprechenden Aussagen eines Aristoteles und Theophrastos den Vorzug. Was das heissen will, hat Diels eindringlich auseinandergesetzt. Und dem Gewicht seiner Ausführungen entzieht nicht das Mindeste die Bemerkung Tannerys, Aristoteles müsse nicht notwendig das von ihm unter dem Namen Leukippos zitierte Werk diesem selbst zugeschrieben haben, er könne sich damit ebensogut auf eine Schrift beziehen wollen, welche nur als die Lehre des Leukippos repräsentierend ausgegeben worden war.[2]) Damit gibt der französische Gelehrte wenigstens das eine zu, dass Leukippos ein Philosoph gewesen sein kann. Der Vergleich, den Tannery mit der Zitierweise des Aristoteles bei den Namen Sokrates und Platon[3]) zieht, würde sogar andeuten, dass er Leukippos wenigstens als den Urheber der atomistischen Philosophie denkt, wenn nicht das über die Vorlesungen der „Grossen Weltordnung“ Gesagte uns eines Besseren belehrte. Aristoteles konnte aber den Leukippos nicht ohne weiteres genau wie den Sokrates und den Platon behandeln, da seine Schüler bei der Nennung des Namens Sokrates und Platon

---

[1]) Lortzing S. 4. Zeller I. 5 S. 842 Anm. Die Schrift wird wie der Lykon des Keers Ariston und der Abaris des Herakleides eine Idealschilderung gewesen sein.

[2]) Revue S. 128.

[3]) Phys. IV. 2. 209 b, 11 zitiert Aristoteles übrigens Πλάτων ἐν τῷ Τιμαίῳ. Gen. et corr. I. 8. 325 b. 24 Phys. IV. 2. 209, 33. Dies gegen Tannery 129.

sofort wussten, wie sie das zu verstehen hatten, [1]) während bei
Leukippos das Missverständnis, welches denn auch Jahrtausende
angehalten hätte, unvermeidlich war. Wenn Aristoteles an
der einen Stelle andeutet, Leukippos sei der erste, welcher
die Ewigkeit der Bewegung lehrte, [2]) an einer anderen aber
sagt, Demokritos sei der erste, welcher physikalische Definitionen versuchte, [3]) und zwar letzteres in einem Atemzuge mit
einer Angabe, welche von Pythagoreern, nicht aber von Pythagoras spricht, so muss er selbst sich zwei Persönlichkeiten
wenigstens gedacht haben. Dazu kommt, dass gerade in der
Metaphysik Aristoteles die Verdienste des Sokrates gewissenhaft abwägt [4]) und von ihm niemals φησί [5]) gebraucht, sondern
das Partizip oder Imperfekt eines anderen Verbums, [6]) den
Leukippos aber unmittelbar mit Platon zusammenstellt. [7])
Letzteres konnte er nicht thun, wenn er unter seinem Repräsen-
tanten der Atomistik sich nichts weiter als eine Gesprächs-
person vorstellte. Wo er den Demokritos besonders erwähnt,
bietet dieser eine eingehende Ausführung der Theorie vom
Leeren [8]) oder den anaxagoreischen Satz: „Alles war zusammt" [9])

---

[1]) Pol. II. 1 sagt jedoch Aristoteles klar: „In der Politik des Platon
erklärt Sokrates" u. s. w.

[2]) Metaph. 1072 a, 7 gegenüber 1071 b, 32. Schon Aristoteles (wie
auch die Quellen des Diogenes Laertios) fragt nach dem πρῶτος (metaph.
983 b, 20. 984 b, 23).

[3]) Metaph. 1078 b, 19 vgl. mit part. an. I. 1 (Zeller I 5. S. 163, 3).

[4]) 1078 b, 28.

[5]) S. bezüglich des Leukippos Zeller I. 5 S. 838 Anm. Das γί-
γραπται des Ps.-Aristot. De Xenophane etc. hat jedoch bei der Diels-
schen Ableitung der Stelle keine Bedeutung.

[6]) Ζητεῖν oder πραγματεύεσθαι.

[7]) 1071 b. 32. Noch deutlicher gen. et corr. I. 8. 325 b, 30 u. 32.

[8]) 1009 a, 27: Das Leere und das Volle sind zugleich an jedem
Teile.

[9]) 1039 a, 9. 1069 b, 22. Von den Vertretern dieses Satzes (vgl. 1071 b,
27 mit 1069 b. 29 ὁμοῦ πάντα χρήματα, was 1069 b, 21 zufolge hauptsächlich auf Demokritos gemünzt ist). werden 1071 b, 31 unverkennbar
Leukippos und Platon geschieden, indem es heisst: Da der Satz: ἦν ὁμοῦ
πάντα ungenügend ist, deshalb setzen einige, so Leukippos und Platon.
eine ewige Bewegung. Aus dem διό darf natürlich nicht geschlossen
werden, dass Leukippos nach Anaxagoras lehrte; er müsste sonst auch
nach Demokritos gelehrt haben.

oder eine ausführlichere Begründung der Lehre von der Unzuverlässigkeit der Sinneswahrnehmung als Leukippos.[1]) Nur
an einer Stelle[2]) nennt er den Demokritos allein für eine
Ansicht, die schon Leukippos aufgestellt hatte. Doch einerseits
ist klar, dass ihm dort die Persönlichkeit Nebensache ist
und es hauptsächlich auf die Zahl der Unterschiede des sinnlich Wahrnehmbaren ankommt,[3]) andererseits übergeht er dort
den Leukippos mit Grund; denn an anderer Stelle lässt
Aristoteles deutlich merken, dass Leukippos wohl allgemein
diese Unterschiede angegeben habe, aber auf das „Wie?"
dabei nicht genauer einging.[4]) Endlich kann Aristoteles die
Sonderexistenz des letzteren doch wohl nicht unzweideutiger
bezeichnen als durch die Worte: „Leukippos und sein Schüler
Demokritos."[5])

6. Kann also das Zeugnis des Aristoteles für den Philosophen Leukippos nicht hinweggedeutet werden, so ist
andererseits die Angabe des Epikuros, abgesehen davon, dass

---

[1]) 1009 b, 2—17.

[2]) 1042 b, 12; vgl. 985 b, 4—20. Phys. I. 5. 188 a, 22.

[3]) Wie Aristoteles auch in den bereits erwähnten Stellen (1009 a, 25;
b, 2) von den αἰσθητά handelt. Weiteres später. Wir beschränken uns
hier auf die Metaphysik, da sich an einer Schrift am besten zeigen
lässt, wie es der Schriftsteller meinte.

[4]) Gen. et corr. I. 2. 315 a. 34 wird ausdrücklich Demokritos als der
einzige bezeichnet, der mehr als Oberflächliches über Entstehen und Veränderung sagte, und ihm allein das Nachdenken darüber zugeschrieben,
wie die Unterschiede sich ergeben (vgl. 315 b, 3). Es ist daher nicht
ohne Grund, dass Aristoteles den Leukippos 315 b, 6 und 29 erst nach
Demokritos anführt. Von Leukippos stammte eben nur eine allgemeine
Andeutung über die Unterschiede des sinnlich Wahrnehmbaren und er
gebrauchte hauptsächlich die Begriffe διάκρισις und σύγκρισις, während
Demokritos eingehend die Zahl „drei" feststellte und die Unterschiede
der Gestalten erörterte, wie sich aus 315 b, 35 ergibt, wo wieder Demokritos allein erwähnt ist und sofort ein Beispiel seiner genauen Betrachtungsweise erwähnt wird, nämlich seine Anwendung der Lehre auf die
Farbe, die er durch Lageveränderung erklärt.

[5]) Metaph. 985 b, 4. Ἑταῖρος Schüler ebd. 1009 b, 26 S. Bonitz z. St. und
auch Diels, Doxogr. s. v. Ein Missverständnis ist es natürlich, wenn
Philoponos an. I. 2. XV. 67, 33 Hayduck den Leukippos einen ἑταῖρος des
Demokritos nennt.

sie dem überlieferten Wortlaute nach mit der Auffassung des
Aristoteles und Theophrastos in Einklang gebracht werden
könnte, [1]) durchaus nicht einwandfrei. Diels thut dem Garten-
philosophen zu grosse Ehre an, wenn er glaubt, dieser habe
die Schriften des Demokritos auf den Namen Leukippos hin
untersucht.[2]) Sollte Demokritos, der Mann ohne Eitelkeit, der
andere Vorgänger nicht ohne Achtung nennt, [3]) seinen eigenen
Meister schnöde totgeschwiegen haben?[4]) Die Diogenesstelle
X. 4 ist mit Rohde und Diels so zu erläutern: Epikuros
leugnet, Schüler des Nausiphanes gewesen zu sein; er behauptet,
er sei sein eigener Lehrer, und wenn man seine Lehre gar auf
Leukippos zurückleite, so sei zu erwidern, dass es gar keinen
Philosophen Leukippos gegeben habe. Man sieht, dass
ein persönliches Motiv [5]) zu der Behauptung trieb. Wie aber

---

[1]) Trotzdem Zeller selbst I 5 S. 837, 4 seine ursprüngliche Deutung
der Stelle preisgibt, müssen wir übrigens die Möglichkeit offen lassen,
dass Epikuros nur sagen wollte, Leukippos habe es nicht zur Würde
eines Philosophen gebracht. Die Grammatik erhebt keinen Einspruch
(s. Diels a. a. O. und Rohde, Fleckeisens Jahrb. 123. 1881. 741), und
die Wortstellung von φιλόσοφον kann Kerns Erklärung sogar bedenklich
erscheinen lassen. Die Bedenken von Diels bezüglich der Stelle D. L.
X. 13 liessen sich heben. Epikuros, der nur die Ethik als eigentliche
Philosophie schätzte und seine Naturlehre daraufhin einrichtete, der auch
auf dialektisch-logische Behandlung etwas hielt, konnte wohl den Demokritos, der Ethik und Begriffsbestimmungen kannte, nicht aber Leukippos,
bei dem all dies fehlte, als Philosophen gelten lassen. Vgl. das ähnliche
Urteil des Eusebios, praep. ev. XIV. 763, welcher die Skepsis nicht als
Philosophie dulden will (Sepp, Pyrrhon. Studien S. 78, 2).

[2]) Auch wo Epikuros den Demokritos studiert hat, ist er nicht immer
glücklich. So schrieb er jenem die Lehre zu, nach dem Tode existiere
im Körper noch Empfindung; die Demokriteer leugneten, dass dies Demokritos gesagt habe (fr. 17; s. R. Heinze zu Lucret. III S. 148). Demokritos hatte wohl nur behauptet, dass Teile der Seele nach dem Tode
im Körper bleiben, und sich auf das Weiterwachsen von Haaren und
Nägeln bei Toten berufen, war also auf jene psychologische Frage nicht
eingegangen.

[3]) Zeller I. 5 S. 841 Anm.

[4]) Auch Tannery nimmt an, dass der Name Leukippos von Demokritos genannt war.

[5]) P. Tannery a. a. O. S. 128 meint freilich von Epikuros: il ne pou-
vait avoir aucun intérêt à en diminuer l'ancienneté.

solch persönliche Ausserungen des Vielschreibers im allgemeinen
zu bewerten sind, hat D i e l s selbst gezeigt.[1]) Hier kommt
insbesondere in Betracht, dass die Stelle in einem B r i e f e
stand. Es liesse sich zunächst bei dem bekannten Charakter
der antiken Epistolographie[2]) überhaupt ein Zweifel an der
Echtheit des Briefes erheben, und dies umsomehr, als ein
Epikureer selbst, Apollodoros, die Existenz des Leukippos und
sein Verhältnis zu Demokritos bezeugte. Es könnte auf die
schamlosen Briefe hingewiesen werden, welche der Stoiker
Diotimos aus Feindseligkeit dem Epikuros in die Schuhe schob,
und auf eine andere sonst dem Chrysippos zugeschriebene[3]) Serie
von Briefchen, die von einem Gegner als angebliches Werk
des Epikuros zusammengestellt wurde.[4]) Auch der Name
Hermarchos könnte fingiert sein.[5]) Doch zugestanden der
Brief war echt,[6]) wissen wir nicht, wie leicht es die nacharistotelische Zeit mit Athetesen nahm, was Zenodotos in der
Athetese von Homerversen, Panaitios, Sosikrates, Sotion in
der Athetese von Schriften sich erlaubten, wie die Kataloge
eines Aristippos, Diogenes, Zenon, Ariston misshandelt wurden?[7])

---

[1]) Vgl. U s e n e r , Epicurea Ind. nomin. s. v. Λεύκιππος und Δημόκριτος.

[2]) Schon Cicero Tusc. V. 32, 90 kennt ein Briefchen des Anacharsis
an Hannon, welches ganz im Stile der unechten Anacharsisbriefe abge-
fasst ist, wie es scheint aus epikureischer Quelle (s. T i s c h e r - S o r o f z. St.).

[3]) In ἀναφερόμενα liegt, dass man dieselben auch nicht für das Eigentum des Chr. hielt.

[4]) Warum D. L. dies dort erwähnt, ergibt sich aus dem Vergleich
von VII. 32—35. 187—189. Als Verleumder erscheinen dort (X. 4) Poseidonios, Nikolaos, Sotion (Zeile 24 der 12 diokleischen Widerlegungen),
Dionysios von Halikarnassos.

[5]) Epikuros konnte als in jenem Briefe sich auf die Beistimmung des
Hermarchos berufend gedacht werden, da er seine Schüler (darunter Hermarchos) auch sonst erwähnte (Senec. ep. 52, 3—4. H. v. A r n i m , De
restituendo Philodemi de rhetorica lib. II. Lektionskatolog Rostock 1893
S. 9).

[6]) Dann würden wir die Kunde dem Hermarchos verdanken, der uns
auch eine andere Äusserung des Epikuros berichtet. U s e n e r , Epicurea
prol. S. XLIII.

[7]) Aus jener Zeit mag der „Spassvogel" stammen, welcher dem
Demokritos nur zwei Schriften gönnte (D i e l s Rh. M. 1887. 2, 1).

Zur Athetese von Persönlichkeiten ist da nur noch ein Schritt.
Man schob Pasiphon und Onomakritos Fälschungen zu. Demetrios Phalereus behauptet auch, Demokritos sei nicht in
Athen gewesen, obwohl jener selbst davon spricht.[1]) Um so
zweifelhafter ist, dass Epikuros für einen Brief eine solch pein-
liche Untersuchung angestellt habe, wie Diels annimmt.
Ein kritischer Wert ist also der brieflichen Äusserung desselben nicht zuzuschreiben.[2])

7. Rohde legt jedoch Gewicht darauf, dass das Verdienst
des Leukippos später vergessen wurde. Dem ist fürs erste
nicht so.[3]) Man vergleiche nur die in den Doxographi zu-
sammengestellten Berichte des Stobaios und Ps.-Plutarchos,
und man wird finden, dass Stobaios vielfach dem Leukippos
Ansichten zuschreibt, bei welchen Ps.-Plutarchos dessen Namen
nicht gibt, so dass die Vermutung auftaucht, erst Stobaios habe
den Namen Leukippos fälschlich eingesetzt. Bei Grammatikern
mochte die von Rohde gezeichnete Stellung der Alexandriner,
bei vielen Epikureern die des Epikuros massgebend gewesen
sein. Im übrigen hat bereits Diels hervorgehoben, dass
Leukippos vergessen werden konnte, weil seine wenigen Schriften
in der Schriftenmasse des Corpus Democriteorum untergingen.
Eben weil sich die Ansichten beider Männer fast wörtlich
deckten, musste Demokritos in den Vordergrund des Interesses
treten, der zudem durch das reiche empirische Material, welches
er der unkritischen nacharistotelischen Naturwissenschaft lieferte,
die Bewunderung der Epigonen erregte! Würde etwa Leibniz
so wenig geschrieben haben wie Leukippos, wäre es da nicht
leicht möglich, dass ein späteres Zeitalter mehr von Wolff
spräche, zumal da letzterer sich dagegen sträubte, seine Philosophie als Leibniz-wolffianische bezeichnet zu sehen?

8. Den für die Existenz des Leukippos bisher geltend gemachten Gründen lässt sich schliesslich noch eine allgemeinere
Erwägung zugesellen, die uns zu dem eigentlichen Gegenstande
dieser Untersuchung zurücklenkt. Nehmen wir einmal für

---

[1]) D. L. IX. 39.

[2]) Vgl. die Briefstellen bei Usener, Epicurea S. 152 f.

[3]) S. Galen. de elem. sec. Hippocr. I. 2. I. 418 K. (geht auf Act. I.
3, 18. Dox. 286 a, 9 zurück).

einige Augenblicke an, einen Leukippos habe es nicht gegeben und Demokritos sei der Erfinder der Atomistik! Erscheint er dann nicht als ein Nachzügler? Wir finden uns mit seiner Person in eine ganze neue Zeit, die der Sophisten und des Sokrates, versetzt. Protagoras hat Aufsehen gemacht. Die Physik ist verächtlich geworden, die Tage der alten jonischen Naturphilosophie sind vorüber. Einzelwissenschaftliche Bestrebungen treten an die Stelle der alten Kosmologien. Eine Moralwissenschaft erhebt kühn ihr Haupt. Und Demokritos selbst zeigt sich in beiden Beziehungen nicht ganz unberührt. Wie erklären wir den Anachronismus, dass er nun doch noch einmal ein naturphilosophisches System von solcher Konsequenz aufstellt? Suchen wir nicht unwillkürlich nach einem Bindeglied zwischen dem Abderiten und dem Zeitalter, in welchem ein Diogenes von Apollonia noch an der Luft- und Hippon von Rhegion noch an der Wasserlehre festhielt?[1]) Demokritos lediglich als Schüler des Anaxagoras und Empedokles zu betrachten, verbieten viele Gründe. Das Rätsel, welches die Entstehung der Atomistik dem geschichtlich Betrachtenden aufgibt, wäre um eine Bedenklichkeit reicher. Dieses aber fällt weg, wenn sich Demokritos einer Lehre, die ihm in der Jugend teuer geworden, nach vielen Reisen und Studien annimmt und sie fortpflanzt. Mit anderen Worten: Wie Leukippos gegenüber den Eleaten für eine frühere Anschauung eintrat, so Demokritos wiederum gegenüber den Sophisten.

9. Gehen wir endlich daran, an den Bildern beider Philosophen, die sich so sprechend ähnlich sehen sollen, die Unterschiede aufzufinden, so zeigt sich, dass die in der geschichtlichen Überlieferung gegebenen Züge zu dem soeben gezeichneten Zeitunterschiede trefflich stimmen.

Dabei sei es erlaubt, einige kleinere Differenzen noch einmal zu berühren, welche bereits R o h d e [2]) selbst und D i e l s [3]) aufgedeckt haben. Es kann sich nämlich nicht, wie R o h d e meint, lediglich um solche Unterschiede handeln, die als Selbst-

---

[1]) Vgl. G o m p e r z, Griech. Denker I S. 299 f.
[2]) S. 68, 6.
[3]) S. 97, 7.

widersprüche eines und desselben Autors [1]) gedeutet werden könnten. Gerade Rohde, welcher geneigt ist, die Zahl der echten demokritischen Schriften als möglichst gering anzusehen, durfte eine derartige Behauptung nicht aufstellen. War Demokritos in der That fast ausschliesslich Physiker, so konnte ihm ein Selbstwiderspruch eben bei einer so vornehmen und praktisch damals mehr als jetzt beachteten Naturerscheinung, wie der Donner ist, nicht gleichgültig erscheinen. Gehört er wirklich noch zur Schule der alten Physiker, so musste es ihm mit seiner Erklärung der Naturerscheinungen Ernst sein; er konnte nicht das einmal so, das andere Mal anders erklären. Wollte man den hier zwischen leukippischen und demokritischen Gedanken bestehenden Unterschied als nicht entscheidend für die Feststellung zweier Persönlichkeiten erachten, so dürften wir in jenem Teile der Meteorologie überhaupt nicht verschiedene Philosophen annehmen.

10. Diels hat betont, dass die leukippische Erklärung des Donners durch Feuer, welches selbst Herakleitos zu diesem Zwecke nicht heranzieht, ganz allein steht. Demokritos erscheint hier auf einem verschiedenen Standpunkt. Die kleinen Feuerstoffe dienen ihm wohl zur Erklärung des Blitzes, jedoch nicht des Donners. Für den Blitz nimmt er zwar einen Zusammenstoss der Wolken an, aber nicht für den Donner. Ihm, der die Sinnesgebiete einzeln durchforschte, schien wohl unfassbar, wie eine Gehörserscheinung, der Donner, durch eine Gesichtserscheinung (Blitz — Feuer) sollte hervorgerufen sein. Der Hinweis aber auf das Streben der vielgemischten Atomverbindungen nach unten gibt einen Fingerzeig, dass er den Zusammenhang als unklar empfand, in welchem das nach oben

---

[1]) Rohde S. 68, 6. Ähnlich Tannery a. a. O. S. 128. Wenn der französische Gelehrte aber vermutet, freilich nur zaghaft, Aristoteles zitiere unter dem Namen Leukippos die „grosse" und unter Demokritos die „kleine Weltordnung", so widerlegt sich das durch die Erwägung, dass das letztere Werk entweder den „Menschen" behandelte (Rohde), also nicht alle von Aristoteles dem L. zugeschriebenen Ansichten enthalten haben kann — oder, wie Diels wahrscheinlich macht, eine kürzere Zusammenstellung des in der „Grossen Weltordnung" breiter Ausgeführten gab, also nicht über den Donner, Erdneigung und eine Reihe von anderen Dingen ausführlicher sprechen konnte als die „Grosse Weltordnung".

strebende Feuer[1]) mit dem nach unten schallenden Donner
stehen sollte. Wenn nach ihm der Blitz durch Zusammen-
stossen der Wolken entsteht, so ist ersichtlich, dass er von einer
ἔκπτωσις nichts wissen will, sondern sich der damals moderneren
Theorie anschloss, die durch Anaxagoras, mit dem er auch
einzelne Arten des Blitzes unterscheidet, Empedokles, Diogenes
von Apollonia, nach dem Vorgange von Herakleitos, vertreten
wurde. Es ist kein Zweifel, dass hier ein Philosoph einen
Vorgänger durch genauere Ausarbeitung der Theorie unter
Benutzung neuer Forschungen des Anaxagoras, der ein reicheres
Beobachtungsmaterial hatte, zu überbieten suchte. Dass mit
dem Donner regelmässig Niederschläge verbunden sind, verwertet er zur Erklärung des Donners, die Methode, durch
Reiben von Holzstücken Feuer zu erzeugen, zur Erklärung
des Blitzes. Eben bei der gleichmässigen Anlehnung an
Aanaximandros fallen solche Unterschiede mehr ins Gewicht
und zeigen, wieviel näher der richtigen Erklärung Leukippos
als Demokritos war, [2]) insofern der erstere den feuerartigen
Stoff zu dem Donner in kausale Beziehung brachte. Andererseits liegt jedoch auf der Seite des Demokritos ein Fortschritt
darin, dass er an Stelle der roheren Vorstellung vom Feuerstoff eine andere setzte, welche das Sichtbarwerden des Feuers
durch ein Sichzusammenfinden feinster feuererzeugender Atome [3])

---

[1]) Zeller I. 4. 794, 1. Doxogr. 654, 13.

[2]) Während Demokritos sich sonst einer Ausdrucksweise bedient,
welche Aristoteles (coel. IV. 2. 309 a, 6) durch ἐμπεριλαμβάνειν, Theophrast
aber durch ἐναπολαμβάνειν wiedergibt (Doxogr. 517, 1. 521, 15. 581, 16),
nimmt er hier trotz des leukippischen ἐναποληφθέντος (369, 9) das Anaxi-
mandrische περιλαμβάνειν (z. 13). Das deutet auf Unterschiede in der
Auffassung der Zusammensetzung. Ἐναπολαμβάνειν Anaxag. bei Aristot.
Phys. IV. 6. 213a, 27.

[3]) Man wird dadurch an Galileis Vorstellung vom Freiwerden der
Feuerteilchen (Lasswitz II 40) erinnert, die an sich noch nicht Wärme
erzeugen. Der oben berührte Unterschied tritt in einem anderen Falle
noch schärfer hervor. Wie πῦρ und τὰ γεννητικὰ τοῦ πυρός (396 b, 16. 21),
entsprechen sich die Sätze: „Die Seele ist aus Feuer‘ (Leuc. Aet. IV. 3
7. 388b, 11; vgl. ebd. V. 25, 3. 437a, 16 θερμοῦ) und: Sie ist eine
feuerartige Zusammensichtung von Atomen, welche eine feurige δύναμις besitzen (Democr. ebd. 5, 388a, 2 = b, 5), womit wieder der Unterschied zwischen Purpur und purpurartig u. s. w. in der Farbenlehre des

deutet. Der Abderite fasst in Verfolgung der Wahrnehmungstheorie das Feuer hier nur als Gesichtserscheinung, nicht als
grundstoffartiges Gebilde auf.

11. Ähnliches gilt bezüglich weiterer Unterschiede. Einer
Nachricht zufolge neigte Leukippos der Uterus-, Demokritos
aber der Spermatheorie zu; [1] der Zusatz des antiken Bürgen
(„Nur soviel sagt er") bezeugt neben dem Texte, dass Leukippos
auch den Ursprung des Geschlechtsunterschiedes nur kurz behandelte, während Demokritos wieder, Empedokles folgend,
genauer auf die Sache einging [2]) und feinere Unterschiede
machte.

12. Auch die leukippische und die demokritische Auffassung
der Erdgestalt sind nicht unwesentlich verschieden. Leukippos
greift zu dem Bilde einer Handpauke, [3]) denkt also an eine

D. zu vergleichen ist. Ferner vgl.: „Der Same ist ein Körper" (Leuc. 417a,
19) und: „Er ist κατὰ τὴν δύναμιν Körper" (Democr. 418a, 1, πνευμα-
τικῇ gilt natürlich nur für Straton). Die peripatetischen Forscher haben
demnach den Unterschied zwischen L. und D. gefunden, dass jener einfach die vulgären Begriffe in verdinglichter Bedeutung verwertete, letzterer
in abstrakterer Weise eine ähnliche Vorstellung hatte, wie sie in der
aristotelischen Potenz vorlag. Das ging dann in die doxographischen Berichte so über, wie ein Doxograph etwa aus Simplic. an. III. 2. XI. 193,
28 ὑπὸ δὲ τῶν περὶ Δ. καὶ τὸ δυνάμει αἰσθητὸν . . . ἐξιοῦτο ἐκ τῷ αἰσθητικῷ ὑφίστασθαι hätte machen können. Δ. τὸ δυνάμει αἰσθητὸν ἐν τῷ
αἰσθητικῷ. Der Ausdruck des bilderliebenden Demokritos mag σπέρματα
τοῦ πυρός (vgl. Democr. πανσπερμία; auch Lucret. IV. 305 semina ignis)
gelautet haben; das würde wiederum auf Abhängigkeit von Anaxagoras
hinweisen.

[1]) S. Diels, Parmenides' Lehrgedicht. Berlin 1897. S. 113 f. Für
Hippokrates Sext. E. math. VII. 50.

[2]) Doxogr. 420a, 10—16. Für κατ' ἐπικράτειαν, das in der folgenden
Philosophie noch eine Rolle spielte, vgl. Doxogr. 642, 11. 18. 375. 15.
Die zugrundeliegende Anschauung übersieht Brieger S. 14, wenn er bei
Demokritos die Benutzung der vorherrschenden Arten vermisst.
Von Empedokles (s. auch ἀντεπικράτεια Aet. II. 4, 8. 331 b, 19) war vielleicht
der Eleate Zenon in seiner Seelenlehre beeinflusst (Fr. 140 bei Ritter-
Preller, Histor. philos.).

[3]) Vgl. Brieger S. 20, dessen Deutung ich annehme, weil sie die
nächstliegende ist und Demokritos auch sonst über Leukippos zurück-
geht, wohl wieder durch Anaxagoras veranlasst. Denn das zur Begründung
herangezogene Experiment mit der Wasseruhr (Aristot. probl. 13, 8.
914 b, 9; s. Brieger S. 21), welches bewies, dass die Luft schweren

hohle Halbkugel, Demokritos dagegen zieht es vor, eine Vermittlung mit der Scheibenthorie zu suchen; er vergleicht die Oberfläche des Diskos, welcher eine kleine Wölbung nach der Mitte hin zeigt, und muss deshalb noch besonders ausdrücken, dass dieser Diskos in der Mitte hohl sei, [1]) was Leukippos schon durch sein Bild bezeichnet hatte. Wieder ist hier ein Rückschritt und ein Fortschritt eigentümlich verbunden.

13. Leukippos erklärte ferner die Neigung der Erde nach dem Süden hin damit, dass im Süden durch die ausdehnende Hitze die tragende Luft dünner, im Norden aber durch die zusammenziehende Eiskälte dicht zusammengefroren sei. [2]) Demokritos meinte, die südlichen Teile der Luft [3]) seien schwächer, deshalb dehne sich dort die Erde aus und neige sich dahin. Denn der Norden sei ungemischt, der Süden gemischt, und so liege der Schwerpunkt der Erde dort, wo bei ihr Früchte und Wachstum überwiegen. [4]) Leukippos wendet also einfach die Atomtheorie an, Demokritos jedoch zieht die bei Parmenides nur im Keime vorliegende, [5]) inzwischen durch Anaxagoras und Empedokles fortgebildete Mischungstheorie [6])

Körpern wie dem Wasser Widerstand leistet — es sollte kein Vergleich sein, wie Brieger meint — war eben von Anaxagoras (Phys. IV. 6. 213 a, 27) zum Beweise für die Festigkeit der Luft angestellt worden!

[1]) Doxogr. 377 a, 2—4. Vgl. Leuc. D. L. IX. 30. Gegenüber Brieger S. 22 vgl. jedoch Goedeckemeyer S. 138.

[2]) Dies bezieht sich auf die parmenideische Lehre, dass die Erdzonen im Süden übermässig breit, nach Norden enger seien (Strabo II. 94. Diels. Parmenides, S. 104.)

[3]) Wegen περιέχοντος s. auch Democr. Simpl. an. I. 2. XI. 26, 8 Hayduck.

[4]) Aet. IV. 12, 1—2. 377 a, 22—378 a; Leuc. D. L. IX. 33, eine Stelle, die trotz ihrer Verderbtheit beweist, dass, wie bei Anaxagoras (Zeller I. 5 S. 1007), die schiefe Stellung der Erde angenommen wurde, um Sonnen- und Mondfinsternisse zu erklären.

[5]) Diels, Parmenides S. 104 f., fr. 12, 1. 16, 1. Diels, Aet. II 71 (335, 4). Bei Leukippos ist das handschriftliche κράσει und ἐκκράσεως (κράσεως) durch Heimsoeth (und Diels) beseitigt: Aet. V. 25, 3 (437 a, 13—15).

[6]) Siehe auch Diels 35. Phil.-Vers. 97, 7 über σύγκριμα. Ferner vgl. Democr. Aet. IV. 3, 5. 388 a, 2 = b, 5 (die Seele ein σύγκριμα) mit Leuc. ebd. 7. 388, b 11 die Seele ist aus Feuer. Demokritos nimmt diese

heran. Wollten wir hier e i n e n Autor für beide Ansichten
annehmen, so müssten wir etwa denken, Demokritos sei durch
Polemik an seiner ersten Aufstellung irre geworden. Da glauben
wir doch lieber, dass Leukippos durch andere Philosophen bekämpft wurde und ein Schüler die naive Lehre umbildete.

14. In der Astronomie, die Leukippos wenig angebaut zu
haben scheint, fällt auf, dass dieser Philosoph, einer Anregung
des Parmenides folgend, den Sternenhimmel zwischen Sonne
und Erde (mit Mond) setzt, Demokritos aber die Sonne zwischen
Erde und Sternenhimmel, wie auch, dass Demokritos den
Sternenhimmel recht eingehend betrachtet. [1]) Man wird kaum
fehlgreifen, wenn man an die Fortschritte denkt, welche Anaxagoras in der Astronomie machte, [2]) da Demokritos auf diesem
Gebiete auch sonst sich von diesem abhängig erweist. [3])

15. Bedeutungsvoller noch als diese Differenzen sind die
Unterschiede, welche die alten Darstellungen wohl erkennen
lassen, aber nicht als solche herausheben. [4])

Zunächst erscheint Leukippos als ein Philosoph, der
lediglich die Kosmologie anbaute. Über die Grenzen dieses
Gebietes geht nur e i n e s der ihm zugeschriebenen Dikta hinaus.
Dasselbe betrifft die Erklärung der Spiegelbilder, welche als
Bildchen sich von uns weg bewegen, auf dem Spiegel zusammentreten und sich umdrehen. [5]) Was diese Erörterung in einer
atomistischen Kosmologie zu thun hätte, ist mir unerfindlich.

Theorie von Anaxagoras auch bei Aristot. metaph. IV. 5. 1009 a, 26 an.
Aet. I. 17, 2—315 a, 8 = b, 20. Theophr. sens. 61. 516, 27. Alex. περὶ κράσεως
(II. 2) 214, 18—26. Damit man scharf hören kann, muss u. a. das Hirn
wohlgemischt (εὔκρατος) sein: Theophr. sens. 56. 515, 12 Diels. S. ἀμιγές
fr. phys. 29 (Geschmack), 32. 35 (Farben), μιγνυμένας fr. phys. 34. 37.
39 Mull.

[1]) S. die Mitteilungen bei Z e l l e r I. 5 S. 896, 4. B r i e g e r S. 24
hält — wie Zeller 896 Anm. richtig bemerkt, ohne Grund — es für möglich, dass kein Unterschied bestand, erweist jedoch S. 24 f. eine andere
Differenz als wahrscheinlich.

[2]) S. Z e l l e r I. 5 S. 1007 f.

[3]) Z e l l e r I. 5 S. 894 f.

[4]) B r i e g e r S. 17 zeigt, dass vielleicht erst Demokritos unendlich
viele Welten annahm. (Aet. procem. I. 3. 327 b, 12 nennt nur Stobaios,
nicht auch Plutarchos den Leukippos. S. auch S. 27 f.)

[5]) Aet. VI. 14, 2 (405 a, 10 b, 9).

Doch verbietet nichts, diese optische Theorie dem Leukippos zu nehmen. Denn ein solches Verfahren hat vor dem R o h d e s, welcher dem Demokritos eine Reihe von Fragmenten streitig macht, um die Unterschiede zwischen beiden zu verwischen, durch die Analogie den Vorzug, da es wahrscheinlicher ist, dass die an Leukippos festhaltende Tradition demselben mehr gab, als dass sie nahm. Eben die angeführte Stelle ist eine derjenigen, an welchen Plutarchos den Leukippos nicht erwähnt, Stobaios aber denselben neben Demokritos und Epikuros setzt. Überhaupt sind die wenigen Stellen, wo die Lehre von dem Bildchen vorausgesetzt wird, [1]) bei Leukippos sehr verdächtig; denn diese wieder setzt die empedokleische Vorstellung von den Abflüssen voraus. Die embryologischen Mitteilungen des Leukippos dagegen konnten in einer Kosmologie, zumal einer prosaischen, sehr wohl Platz finden. [2])

14. Demgegenüber vertritt Demokritos eine Reihe von Wissenszweigen, von welcher sich bei Leukippos höchstens dürftige Anfänge entdecken lassen.

Vor allem ist das Interesse für anthropologische [3]) Fragen bei dem Abderiten ein sehr ausgebildetes. Aus dem, was von seinen Ansichten über die menschliche Seele überliefert ist, lässt sich eine kleine Psychologie zusammenstellen. [4]) Nicht ohne Grund führt Aristoteles in seinem Buche „über die Seele" vorzugsweise den jüngeren Atomiker als Vertreter der atomistischen Seelenlehre an und begnügt sich, den Anteil des anderen mit einem hinterher kommenden: „Ähnlich auch Leukippos" zu verzeichnen. [5]) Dieser scheint nicht viel mehr ge-

---

[1]) Aet. IV. 8, 10 (395 a, 1. b, 25), wo freilich auch Plut. den Leukippos nennt und dafür den Epikuros weglässt. IV. 13, 1 (403 a b, 1), wo Plut. nur den Leukippos wieder weglässt.

[2]) S. wegen Parmenides D i e l s, Parmenides S. 114 und vgl. fr. 12, 5 D i e l s. Die Vermutung von D i e l s, Verh. d. 35. Philolog.-Vers. S. 101, 16, es könne eine besondere leukippische Schrift πεϱὶ ἀνϑϱώπου φύσιος gegeben haben, hat daher nichts für sich.

[3]) Vgl. die Andeutung W i n d e l b a n d s bei I w. M ü l l e r, Handb. d. klass. Altertumswissensch., München 1888, V. 1 S. 210.

[4]) Zeller I. 5 S. 901—916. Vgl. H a r t, Seelenlehre d. Demokritos S. 1—17.

[5]) An. I. 2. S. Z e l l e r I. 5 S. 902, 4. Wo es sich um das kosmo-

sagt zu haben, als dass die Seele den Körper der Lebewesen
bewegt, deshalb selbst bewegt sein müsse und aus kugel-
artigen Feueratomen bestehe. [1] was ebenfalls in einem kosmologischen Werke von der Art des parmenideischen noch Raum
fand. [2] Kann nun auch hier von einem unmittelbaren Einflusse
der Sophistik in keiner Weise die Rede sein, so ist doch nicht
abzusehen, wie Demokritos von dem dogmatischen Eleatismus
seine Psychologie sollte erhalten haben. Psychologie und
Erkenntnislehre sind bei ihm aufs engste verschwistert, und
so ist es das wahrscheinlichste, dass er von diesem Gebiete
aus an die Seelenlehre herantrat. Denn wurde behauptet, der
Mensch sei das Mass aller Dinge, so hatte der Abderite
doppelte Pflicht, sich mit der Nuslehre des Anaxagoras aus-
einanderzusetzen.

---

logische System handelt, wird (Aristot. metaph. 1. 4, 985 b, 4. Theophr.
Doxogr. 484, 1) Leukippos zuerst und Demokritos nachträglich genannt.

[1] Vgl. Hart S. 8.

[2] Wie auch das Aet. 8, 5 (394 b. 26) in späterer Terminologie Aus-
gedrückte. Diels, 35. Philol.-Vers. S. 102 macht plausibel, dass die
leukippische Schrift „Über den Nus" eine Psychologie enthielt. Notwendig
jedoch ist diese Annahme nicht. Konnte nicht Leuk. in der Schrift
seine „Weltordnung" gegen Anaxagoras verteidigt haben? Wenn Fa-
vorinus durch die Lektüre der angeblich demokritischen Schrift gegen
die anaxagorische Weltordnung und den Nus (D. L. IX. 35) zu haltlosen
Erklärungen verleitet wurde, muss der Inhalt der Schrift mit dem Wesen
des sonst bekannten Demokritos doch nicht ganz im Einklange gewesen
sein. Vgl. Aet. II. 3, 2. 330 b, 1, wo jedoch Plutarch. den Namen des
Leukippos weglässt. Die Stelle Aet. I. 25, 4 (321 b, 10) würde sich in
solchen Zusammenhang viel leichter fügen, indem sie den Nus durch den
materialistischen Logos (vgl. Aet. I. 7, 16. 302 a, 3; b, 13. Aristot. an.
404 a, 27. D. L. IX. 44. Ethika des Demokr. Natorp. s. v.) verdrängen
will. Hätte die Schrift eine wirkliche Psychologie enthalten, so hätte
Theophrastos wohl mehr und andere Stellen aus derselben mitgeteilt.
Eine monographische Psychologie vor Aristoteles ist vielleicht zur Zeit
des Demokritos, aber nicht zu der des Leuk. denkbar. Dass die Schrift
„Über den Nus" mit der περὶ αἰσθήσεως zusammengefasst wurde (D. L.
IX. 46 vgl. 44), beweist nichts gegen uns. Von der Wahrnehmung sprach
Leukippos höchstens ganz im allgemeinen (Aristot. gen. et corr. I. 8).
Aet. IV. 8, 5. 394 b, 26.

17. Dilthey[1]) und Windelband[2]) lassen Demokritos auch von der protagoreischen Wahrnehmungstheorie abhängen. Hier legt zwar Heinze[3]) mit Fug Verwahrung ein gegen die Behauptung Windelbands, Demokritos' Lehre mache den Eindruck eines philosophischen Systems,[4]) aber die Beziehung der demokritischen Begründung zur Wahrnehmungstheorie haben die beiden zuerst genannten Gelehrten richtig beobachtet.

Doch hat denn nicht schon Leukippos die Subjektivität der Sinnesqualitäten bewiesen?[5]) Aufgestellt hatte er wohl diese Ansicht. Aber wir müssen hier den Zusammenhang genau unterscheiden. Die demokritischen Fragmente geben die Grundzüge einer ausgeführten psychologischen Wahrnehmungstheorie, welche erst durch die unberechtigte Verknüpfung mit der Lehre von der rechten und dunklen Erkenntnis den Anflug von Erkenntnistheorie gewinnt. Hingegen besteht auch nicht der geringste Anlass Leukippos mehr zuzuschreiben als den sehr allgemeinen Gedanken, welcher die Unterlage seiner Kosmologie bildet, dass die Sinne trügerisch sind und in Wahrheit nur das Volle und das Leere existiere.[6]) Der erste Teil dieses Grundsatzes ist in den Bruchstücken des parmenideischen Systems noch besser belegt als bei Leukippos,[7]) der eben in dieser einen Beziehung dem Parmenides zustimmt, um in der anderen ihm um so energischer zu widersprechen. Bereits Parmenides hatte die Annahme von sinnlichen Qualitäten, wie Geschmack,[8]) Farbe,[9]) Töne,[10]) als Herkommen bezeichnet[11])

---

[1]) Einleitung in die Geisteswissenschaften I, Leipzig 1883, S. 200.

[2]) Bei Iwan Müller, Handb. der klass. Altertumswissensch. V. 1, 1888, S. 168 f. 209 ff.

[3]) Überweg-Heinze, Grundriss 1894 I S. 92.

[4]) S. 169.

[5]) Gomperz, Denker, I S. 280. Diels, Parmenides S. 87 zu 8, 41.

[6]) Rohde S. 69 findet daher mit Unrecht in diesem Punkte einen prinzipiellen Unterschied zwischen dem angeblichen Leukippos und Demokritos. S. auch Diels S. 97, 7.

[7]) Vgl. Gomperz, Griech. Denker I S. 280.

[8]) Diels, Parmenides 1, 36 (γλῶσσαν).

[9]) Diels ebd. 1, 35. 8, 41 (Diels dazu S. 87).

[10]) Diels ebd. 1, 35.

[11]) Ἔθος Diels 1, 34. S. Diels dazu S. 61 f.

und in Gegensatz dazu die wahre Qualität gesetzt, welche die
Vernunft, der Logos, allein erkennt. Er ist der erste grosse
Nominalist; er wird nicht müde zu betonen, dass alles mit
Ausnahme des Ewig-Einen leerer Name sei. [1] Der gleiche
Gedanke konnte demnach auch bei Leukippos in seinem durch
Parmenides veranlassten kosmologischen System Aufnahme
finden. Die Angabe des Stobaios [2] geht nicht darüber hinaus,
sondern beweist vielmehr erst recht, dass dies der Zusammenhang war, wenn überhaupt der Name Leukippos dort mit
Grund neben den des Demokritos und Diogenes von Smyrna [3]
gesetzt ist. [4] Aus dem Ausdruck νόμῳ [5] kann nicht einmal
geschlossen werden, dass der bekannte sophistische Gegensatz
zwischen Menschensatzung und Natur bei Leukippos vorgebildet
war. Denn der Ausdruck kann nach jener Stelle von Demokritos (oder auch Epikuros) herrühren. [6] Um es kurz zu-
sammenzufassen: Derselbe Gedanke, der bei Leukippos nur

---

[1] Diels 8, 38; 53. 19, 3 (Diels dazu S. 62. 101).

[2] Aet. IV. 9, 8 (397 b, 10). Vgl. Epiphan. ad Haer. III. 13 (590, 27);
da dessen Angaben über die Atomistik nicht ganz so unzuverlässig sind
wie die meisten übrigen (Diels, prol. 177), könnte man glauben, dass er
die Erscheinung des Meeresleuchtens, welche Anaximenes für die Erklärung des Blitzes verwertet hatte (Aet. III. 3, 2. 368 b, 1, vgl. Gomperz,
Griech. Denker I. 49), auf die Sinneswahrnehmung angewendet hätte: Wie
sich hier die weisse Farbe als im Grunde nicht vorhanden zeige, so sei
sie überhaupt lediglich Schein. Allein Diels (Zitate prol. 177) bezieht
den Ausdruck mit Recht auf die von Akademikern hervorgehobene Erscheinung, dass Ruder im Wasser gebrochen erscheinen (vgl. Aet. IX. 5,
5. 372 a, 24 = b, 24).

[3] So Diels im Index Nominum der Doxographi mit Recht. Der
von Apollonia (s. 512, 22) kann nicht gemeint sein. Nebenbei bemerkt,
steht an der ersten Stelle Diogenes nach Demokritos.

[4] Zweifel ist erlaubt, da ebendort (396 b, 14) Leukippos unter den
Philosophen, welche die Wahrnehmungen als falsch erklären, nicht
auftritt.

[5] Ebd. 397 b, 11.

[6] Selbst Demokritos gebraucht noch im Gegensatz zu νόμῳ das
Wort ἐτεῇ oder τῷ ἐόντι (Mullach S. 204 f.). Wenn er dort auch νομίζεται
sagt, so ist zu bemerken, dass dieses Verbum zu νόμος ebenfalls bei
Parmenides (Diels 6, 8) vorliegt. D. L. IX. 45 steht ποιητά (von Menschen
eingerichtet) im Gegensatz zu φύσει. Κατὰ φύσιν Democr. Aristot. gen. an.
V. 8. 788 b, 13.

Grundsatz war und gegenüber Parmenides auch nicht mehr sein musste, wird bei Demokritos, der die Sophisten vor sich hatte, zur ausgeführten Theorie. [1]

Von der demokritischen Erkenntnislehre [2] wird später genauer die Rede sein. Sie ist, wie nicht zweifelhaft sein kann, ein wirklicher Versuch einer Erkenntnistheorie und gibt sich als Rückschlag gegenüber den Sätzen des Gorgias zu erkennen.

18. Können wir auch nicht zugeben, dass Demokritos ein ausgebildetes ethisches System hinterliess, so ist doch nicht zu leugnen, dass er die Ethik mit grosser Liebe pflegte. Von Leukippos ist keine einzige sichere Spur ethischer Betrachtung erhalten. [3] Ein Rest politischer Weisheit des Demokritos [4] erinnert, von einem Anklang an Herakleitos abgesehen, in dem Tone an das pseudo-xenophontische Büchlein vom Staate, und insofern es sich um einen praktischen Verbesserungsvorschlag handelt, inhaltlich an die Traktate eines Protagoras, Phaleas, Hippodamos. Denken wir an die völkervergleichenden Studien des Hippias und die historischen Streitigkeiten, die sich bei gewissen Hellenen an die Frage nach den Vorzügen der drei Verfassungsformen schon frühe anknüpften, [5] so werden wir auch keine Zweifel fassen bezüglich eines anderen Ausspruchs des Weisen, welcher nach der Überlieferung wegen seiner

---

[1] So stellt dies auch Aristoteles gen. et corr. I. 2 dar. Für den allgemeinen Satz wird Leukippos mitangeführt, für den Satz: „die Farbe entsteht durch Umlegung der Atome", nur Demokritos. Vgl. Zeller, Archiv V. 444 f. (1892). Gomperz I S. 286 hält, wie es scheint, eine besondere Seelen- und Wahrnehmungslehre des Leukippos für wahrscheinlich.

[2] Vgl. Zeller, I. 5 S. 1157, 5. Auch sie ist von Anaxagoras beeinflusst.

[3] Diels, 35. Philosoph.-Vers. 109, 1. Die Mitteilung Clem. strom. II. 21 p. 179, 22 S. (Natorp, Ethika S. 90, 4), dass ein gewisser Leukimos die Freude am Schönen als Ziel bezeichnete, kann deshalb, falls die Beziehung auf Leukippos erlaubt ist, höchstens als unhistorische Unterschiebung erachtet werden.

[4] Gomperz, Denker I S. 297.

[5] Herodot. III. 80 vgl. VI. 43.

vielen Reisen angeklagt wurde: „Einer wackeren S e e l e Vater-
land ist der ganze Kosmos,“ das ist die Allnatur. [1])

19. Gegenüber dem, was Kritias von der Entstehung des
G ö t t e r g l a u b e n s weiss, [2]) und selbst gegenüber der Ansicht
des Prodikos [2]) erscheint Demokritos Erklärung desselben zwar
etwas altertümlich positiv, und Z e l l e r [3]) nimmt das atomistische
System mit Recht gegen den Vorwurf der Sophistik in Schutz.
Aber eben deswegen sehen wir uns darauf angewiesen, ihn nur als
Fortpflanzer, nicht als Erfinder der atomistischen Theorie anzusehen. Im übrigen sagt Z e l l e r [4]) selbst: „Demokritos kann als
der erste betrachtet werden, der zur Vermittlung zwischen Philosophie und Volksreligion den in der späteren Zeit so gewöhnlichen Weg einschlug, die Götter des Polytheismus zu Dämonen
herabzusetzen,“ gibt also zu, was auch die Geschichte bestätigt,
dass man sich vor ihm wenig oder keine Sorge in dieser Frage
gemacht hatte. Wer anders aber als die Sophistik, die auch
Aristoteles zu ähnlichen Ansichten verleitete, sollte dem
Atomiker die Besprechung derselben nahegelegt haben?

20. Seiner Aussprüche über Weissagung und Magie, [5])
Sprache [6]) und Recht, [7]) Musik [8]) und Poesie [9]) sei nur im allgemeinen gedacht. Und wenn das nicht unkritische Bücher-

---

[1]) Z e l l e r I. 5 S. 932, 3 zweifelt mit F r e u d e n t h a l. Dagegen
N a t o r p, Ethika S. 117, 41. Ihn aber mit L ö w e n h e i m, Arch. VII
1894, 263 zum e r s t e n Kosmopoliten zu stempeln, ist kein Grund.

[2]) Z e l l e r I. 5 S. 1133 f.

[3]) I. 5 S. 944 ff.

[4]) I. 5 S. 939.

[5]) Z e l l e r I. 5 S. 904 f. D i e l s, Archiv VII. 1894. S. 154 ff. In
der Erklärung der Träume (Z e l l e r a. O.) ist ihm vielleicht Antiphon,
der Sophist (Z e l l e r I. 5 S. 1070, 4) verwandt.

[6]) S. besonders G o m p e r z. Denker I. S. 318 ff. Z e l l e r I. 5
S. 921, 3. D i e l s, 35. Philol.-Vers. S. 109, 42.

[7]) D. L. IX. 45. Die entstelleude Angabe des Epiphanios (Z e l l e r
I. 5 S. 932, 3) hatte also doch einen Anhaltspunkt.

[8]) Mullach. fr. var. 4 S. 237. J u l. W a l t e r. d. Gesch. der Ästhetik
im Altertum, Leipzig 1893, S. 113.

[9]) Z e l l e r I. 5 S. 941, 3. Vgl. D i e l s, Parmenides S. 6. Der Satz
über Homeros zeigt zugleich wieder sein Zurückblicken auf Parmenides,
an dessen Sprechweise er anklingt (D i e l s zu Parmen. 8, 52).

verzeichnis Recht behält, [1]) so wäre er überhaupt auf anthro-
pologischem Gebiete sehr ins einzelne gegangen. [2]) Hervorzuheben ist die kulturhistorische Betrachtungsweise des Fragmentes über Musik und der etymologisierende Charakter der
Stelle über das Wort ἀλλοφρονέων. [3]) Zu derartigen Erörterungen hatte Parmenides keine Veranlassung gegeben, wohl
aber waren sie unter dem Sprühregen des sophistischen Betriebes
allenthalben aufgesprosst. Wir sind sonst gewohnt, in den
mannigfachen Sprachstudien der Sophisten die Wurzeln der
späteren Grammatik, Synonymik und Etymologie zu finden. [4])
Warum sollten sie nicht auch auf Demokritos gewirkt haben?
Jedenfalls ist dies Verhältnis wahrscheinlicher, als das umge-
kehrte. [5]) Es ist deshalb nicht einmal unwahrscheinlich, dass
der Zeitgenosse eines Protagoras, der einen Wulst für die Last-
träger erfand, [6]) und eines Hippias, dessen technische Lieb-
habereien ihm bitteren Spott eintrugen, [7]) über technische Dinge
schrieb, wie das Bücherverzeichnis behauptet. Die Atomistik
lud förmlich dazu ein, sie für die Praxis des Lebens, zumal
für die Landwirtschaft [8]) fruchtbar zu machen.

21. Höchst lehrreich sind die Beziehungen des Abderiten
zu der Ästhetik. Die umsichtige Darstellung Walters [9])

---

[1]) D. L. IX. 46—49. Mullach S. 105 ff. Die Unechtheit einer dieser
Schriften zu erweisen, fehlen nahezu alle Mittel.

[2]) Vgl. Gomperz, Denker I S. 310 f.

[3]) Zeller I. 5 S. 915, 2. Vgl. Mullach S. 148.

[4]) Zeller I. 5 S. 114 ff. Schanz, Beiträge z. vorsokr. Philosoph. I,
Göttingen 1867, S. 151 ff. Die Unterscheidung, welche Prodikos für die
Wörter χαρά, τέρψις, εὐφροσύνη gab, wurde z. B. von der Stoa einfach
übernommen. Wegen der Homerstudien und der Musik Zeller I. 5
S. 1162, 2 (Damon). 1066, 2. 1167. 1 (Hippias). Schanz a. a. O. S. 158 ft.
Vgl. z. B. περὶ ῥυθμῶν καὶ ἁρμονιῶν καὶ γραμμάτων ὀρθότητος Hipp. min.
368 d (mai. 285 c) mit den Titeln περὶ ῥυθμῶν καὶ ἁρμονίης, περὶ Ὁμήρου
ἢ ὀρθοεπείης u. s. w. Democr. Mull. S. 106.

[5]) Diels (am Schluss seiner Rede auf der 35. Phil.-Vers.) scheint
Demokritos für den Urheber derartiger Studien zu halten.

[6]) Aristoteles D. L. IX. 53.

[7]) Zeller I. 5 S. 1166, 2.

[8]) Varro de re rust. 1, 8 S. 121 Keil nennt Dem. neben Xenophon,
Aristoteles, Theophrastos (!), Archytas. Theophrastos ist auch I. 5, 1
S. 133. 2 K. und 7, 6; 7 erwähnt.

[9]) Die Geschichte der Ästhetik im Altertum, Leipzig, 1893 S. 111 bis

erweckt zwar keinen sehr günstigen Eindruck von der ent-
sprechenden Befähigung des Demokritos.   Doch der e i n e Aus-
spruch, was immer ein Dichter mit Enthusiasmus und heiligem
Geisteswehen schreibe, sei überaus schön,[1]) lässt uns einen fein
empfindenden Beurteiler von dichterischen Kunstwerken ahnen.
Als einen Bau von bunten Worten preist er die Gedichte des
Homeros.[2]) Gibt er sich hier als einen empirisch verfahrenden
Ästhetiker zu erkennen, so analysiert er in der Farbenlehre die
Zusammensetzung der „schönsten Farbe" (Blau?) und leitet den
angenehmen $(\dot{\eta}\delta\acute{v})$ Eindruck des Purpur aus der guten Proportion
der Farben Rot, Weiss, Schwarz her.[3]) Und mag er auch die
Musik zu den übermässigen Freuden rechnen,[4]) von der nicht-
dorischen und nicht-phrygischen Musik denkt Platon, der Ver-
ehrer der Musik, ebenso.[5]) Ja, wenn Platon einer Entscheidung
der Unlust und Lust in musikalischen Fragen die Berechtigung
abspricht und dabei eine Ansicht bekämpft, welche davon ausgeht, dass nicht alle an ein und derselben Form Vergnügen
haben,[6]) glaubt man den Namen Demokritos zwischen den

---

119. Einzelnes ist nicht stichhaltig, so erledigt sich die Bemerkung über die
$\varepsilon\dot{\iota}\delta\omega\lambda\alpha$ $\alpha\dot{\iota}\sigma\vartheta\eta\tau\iota\varkappa\grave{\alpha}$ einfach dadurch, dass mit Meineke (Lortzing p. 23) zu lesen
ist $\dot{\iota}\sigma\vartheta\tilde{\eta}\tau\iota$ und die Stelle besagt, die Frauen seien nur Bilder, mit schönen
Gewändern bekleidet (s. Natorp fr. 172). Das Lexikon (Walter S. 113)
war, wie schon andere bemerkten, wohl eine Sammlung von seltenen
Wörtern aus seinen Werken. Ästhetisch wird Demokritos den menschlichen Körper schwerlich missachtet haben; wenigstens liegt das in den von
Walter S. 113 angeführten Worten nicht. An atomistische Theorien des
Wohllautes (Walter S. 113) ist kaum zu denken; hingegen kann die Rhe-
torik (W a l t e r ebd.) recht gut den Demokritos mitbestimmt haben.

[1]) Mullach fr. var. 2. 6 S. 236.
[2]) Mullach fr. var. 3 S. 236.
[3]) Theophr. sens. 76 f. 522, 4 u. 9 (s. Exkurs).
[4]) Dies liegt in Mullach fr. var. 4. 237.   Vielleicht ist daher unter
den $\dot{\varepsilon}\nu\iota o\iota$, welche nach Athen. XIV. 628 b meinen, die Musik sei ursprünglich eines oberflächlichen Vergnügens halber zu den Gastereien ge-
kommen, Demokritos mitverstanden. Aristoteles Pol. V (VIII) 5. wo-
rauf Kaibel z. St. verweist, ist nicht nur von der $\varkappa o\iota\nu\grave{\eta}$ (= $\delta\eta\mu o\tau\iota\varkappa\dot{\eta}$) $\dot{\iota}\delta o\nu\dot{\eta}$
(die Konjektur $\dot{\omega}\varphi\varepsilon\lambda\varepsilon\acute{\iota}\alpha\varsigma$ ist also überflüssig) die Rede, sondern auch von
dem ethisch bildenden Einflusse der Musik.
[5]) Vgl. W a l t e r, Gesch. d. Ästh. S. 467 f.
[6]) W a l t e r ebd. S. 468 f. Dass N a t o r p, Ethika S. 173 f. diese
Stellen (Leg. 655 c—656 a. 658 b c. 668 a) nicht erwähnt, ist auffallend.

Zeilen zu lesen.[1]) Leider fehlen uns die Hilfsmittel, um hier tiefer einzudringen.

Nur aus den Ethika ergeben sich beachtenswerte Gesichtspunkte in ästhetischer Richtung. Sie sind von ästhetischen Anschauungen getragen. „Das Schöne ist bei allen das Gleichgewicht; Überschwang wie Mangel gefällt mir nicht."[2]) Dies ist sein Grundsatz. Daneben tritt die Ansicht, dass die Euthymie

---

[1]) An Aristippos, der nur Ethiker sein wollte, ist nicht zu denken. Eine Ansicht des Eudoxos, von dem übrigens auch keine Äusserung über Musik bekannt ist, konnte Platon nicht als „gottlos" brandmarken. Vielleicht deutete auch Aristoteles, wenn er sagt (Pol. VIII. 7, 3), nicht nur Musiker vom Fach, sondern auch Philosophen hätten über Harmonie und Rhythmen gut gesprochen (s. Walter S. 693), auf Demokritos. Welche Rolle der Musiker Damon, der Schüler des Prodikos (Plat. Lach. 197d), in der ästhetischen Forschung über Rhythmus und Harmonie spielte, erkennt man noch aus Platon (Walter S. 470). Er führte die Musik, Gesänge und Tänze auf eine gewisse Bewegung der Seele zurück; die edlen und schönen Seelen erzeugten edle und schöne Produktionen, unedle und unschöne umgekehrt (Athen. XIV 628c). Nach Platon sagen die meisten, die Richtigkeit (ὀρθότης) der Musik sei diejenige Lust, welche den Seelen Kraft bringt (655c. 658e. 668a). Um die ὀρθότης dreht sich die ganze folgende Erörterung (655e. 657a. b.). Den Ausgangspunkt bildet wie in der demokritischen Ethik die Behauptung, dass beim Kinde die erste Empfindung die von Lust und Schmerz sei (653a). Die Lust soll auf Freude (χαίρειν, τέρπειν) ausgehen (655c. e. 656a. 657e. 658a). Platon berücksichtigt, wenn auch nur nebenbei, die Streitfrage, ob Vortrag, Musik und Tanz von Natur oder durch Gewohnheit (ἔθος, συνήθεια) gefalle (655d. e), und verwendet dabei auffallend oft das Wort ἐναντία, welches in der demokritischen Erkenntnislehre bei Aristoteles in der Regel auftritt, um die Verschiedenheit der Urteile über Sinneswahrnehmungen zu bezeichnen. Von Demokritos könnte daher Platon die geschichtliche Nachricht über die Musik in Ägypten (Leg. 656d) haben. In steter Bewegung soll sich nach dem von Platon vorgeführten λόγος das Kind befinden; die übrigen Lebewesen jedoch für Rhythmus und Harmonie, für Ordnung und Unordnung in den Bewegungen keine Empfindung haben (653d. e). — Nebenbei sei darauf hingewiesen, dass Useners Wink, die Berührungen zwischen Platon und Demokritos in den spätesten Schriften des Platon zu suchen, der höchsten Beachtung wert ist. Timae. 52e ist die demokritische Analogie zwischen der Aussichtung (διακρινόμενα) des Gleichartigen bei der Weltentstehung und bei der Getreideschwinge einfach übernommen; beachte dort auch διακοσμηθέν 53a, κατακόσμησις 47d, ἀόρατα 51a u. 52a. (!), νοητόν 51c, λογισμῷ τινι νόθῳ 52b.

[2]) Fr. 51 Natorp; vgl. s. v. καλόν. Plat. Leg. 668a.

eine Symmetrie des Lebens sei,[1]) und in der schönen Anordnung des. Charakters die schöne (εὖ)·Anordnung des Lebens
gegeben sei.[2]) Man kann sich, wenn man solche Gedanken
vernimmt und dabei beobachtet, wie neben dem Begriffe καλόν
der Begriff εὖ[3]) (im Denken, Reden und Handeln) die ganze
Ethik, selbst die politische durchzieht, der Vermutung nicht
erwehren, dass sich hier Fäden zu dem Kanon des Polykleitos
hinüberschlingen. Das εὖ, das καλόν, die Symmetrie, die schmale
Grenze zwischen dem Zuviel und Zuwenig, das Massvolle, dies
sind die leitenden Vorstellungen in dem berühmten Buche des
Bildhauers gewesen.[4]) Dass aber die physikalische Symmetrie
der Poren nichts mit der ethischen Symmetrie zu schaffen hat,
dürfte selbstverständlich sein. Und der Name „Kanon" kann
bei der erkenntnistheoretischen Schrift des Demokritos nur
eine Übertragung sein, während die ästhetische Schrift des
Künstlers denselben mit Fug sich beilegte. Was liegt hier
näher, als dass Demokritos von Polykleitos, dem jüngeren Mit-
schüler des Pheidias, lernte?

Kein Zweifel mehr, wir sehen uns mitten in den historischen
Regionen, in welchen die Philosophie, vom Himmel in die
Städte der Menschen gerufen, sich der anthropologischen Ge-
biete bemächtigte.

23. Den Umfang der atomistischen Wissenschaft erweiterte
Demokritos daneben noch durch Hereinziehung der Mathematik[5])
und durch einzelwissenschaftliche Ausbildung der Zoologie und
Botanik.[6]) Rohde geht, wenn er dem Abderiten die zoolo-

---

[1]) Natorp S. 4. Fr. 52. Vgl. Theophr. sens. 58. 515, 23.

[2]) Fr. 15 Natorp.

[3]) S. Natorp s. v. εὖ und beachte die Komposita mit εὖ.

[4]) S. Ethik der alten Stoa S. 352 f. An eine systematische Ästhetik
ist bei Polykleitos natürlich noch nicht zu denken.

[5]) Mullach S. 106. 142 ff.

[6]) Mullach S. 105 f. 138 ff. Plinius N. H. zitiert den Demokritos als
Quelle für das Buch VIII (Vierfüssler), IX (Wassertiere), X (Vögel), XI
(Insekten und allgemeines), XII—XXVIII (Pflanzen und pflanzliche Heilmittel), XXVIII—XXXI (Heilmittel von Tieren), XXXIII—XXXV (Me-
talle und Farbstoffe). Das zweite Buch, für welches er ebenfalls genannt
ist, enthält fast nichts Demokritisches (eine Äusserung II. 14.) Ebenso
wird sich der Name bei Buch VII auf § 189. bei XVIII auf § 273. 321.

gischen Fragmente kräftig zu beschneiden sucht, zu weit. Man wird Zeller [1]) beipflichten müssen, der die Überlieferung massvoll gesichtet hat. Die Zeugnisse des Ailianos sind nicht so verächtlich, wie Rhode meint, da dessen Angaben zum wenigsten auf Juba zurückgehen. An innerem Werte stehen jene dem Demokritos geliehenen Bemerkungen gewiss nicht unter dem, was die nacharistotelische Tierforschung erzählte. Was bei Demokritos Fortschritt war, erscheint im Gegenteile bei den Nachfolgern des Aristoteles als Rückschritt. [2]) Endlich lässt sich der demokritische Charakter jener Fragmente, wie an anderer Stelle gezeigt werden soll, wahrscheinlich machen. So entspricht es, im ganzen genommen, den thatsächlichen Verhältnissen, dass Laertios in einer vergleichsweise breiten Zusammenstellung bei Leukippos nur kosmologische Ideen verzeichnet, von dem Bericht über Demokritos aber ein Drittel des Raumes der Ethik zuweist. [3])

24. Hier sei es erlaubt, auch einige **inhaltliche Bereicherungen** zu besprechen, welche die Atomistik dem jüngeren Vertreter dankt. Diels schreibt die Konzeption der **Porenlehre** bereits dem Leukippos zu mit der Begründung, dieselbe sei ohne Leeres nicht möglich und Empedokles habe dieses geleugnet. [4]) Es ist zuzugeben, dass Leukippos leere Zwischenräume zwischen den einzelnen Atomen der Atomverbindung angesetzt hatte. Ja, indem er die Thatsache des Wachstums damit erklärt, dass Atome vermittels des (in den Atomverbindungen befindlichen) Leeren unvermerkt eindringen, [5]) scheint

---

341, bei XXIV auf § 156. 157. 160 ff., bei XXV auf § 13, bei XXVIII auf § 118, bei XXX auf § 9. 10 beziehen.

[1]) I. 5 S. 899, 2, 3.

[2]) Eine Untersuchung über die Quellen des Aristoteles und seiner Schüler in der Tiergeschichte ist immer noch ein frommer Wunsch.

[3]) Vgl. D. L. IX. 30—33 mit 44—45.

[4]) 35. Philol.-Vers. 104, 28.

[5]) Leuc. Arist. gen. et corr. I. 8. 325 b, 4, vgl. 2. 315 b, 13 ἐμμιγνύμενον. Natürlich beruft sich an erster Stelle Leukippos nicht auf Empedokles. Ich stimme dem von Diels, 35. Philol.-Vers. 105, 30 gegen Rohde (67, 1. 79, 1) Bemerkten trotz dem inzwischen erhobenen Einspruche Natorps zu. Diels hätte dort noch erwähnen können, dass auch Ps.-Aristot. De Xenophane etc. solche Vergleiche liebt, so τὰ μὲν ὡς Μέλισσος κτέ Fr. Ph. Gr. I. 302 Mull. 305 a. 306 a u. s. w.

er sich unzweifelhaft der Porenlehre zu bedienen. Aber es
besteht doch ein Unterschied zwischen dem leeren Innenraum
des Leukippos und den Poren des Empedokles. Die Atomiker
hatten gar nicht nötig, zu Poren, also Zugängen zu den Atomverbindungen, zu greifen, da sie alle Veränderungen an den
Körpern, Werden, Vergehen und Wachstum durch das einmal
prinzipiell angenommene Leere und dessen (durch die Atome
hergestellte) Teile auf das leichteste erklären konnten. Anders
bei Empedokles. Er hatte keine Atome, [1]) hatte kein Leeres. [2])
Wollte er daher die Einwirkung der Körper auf einander mit
Hilfe seiner Mischungs- und Entmischungstheorie fassbar machen,
so war er gezwungen, zu den Körpern Zugänge, die er sich
mit Luft angefüllt denken konnte, [3]) und kleine Abflüsse von
anderen Körpern vorauszusetzen, welche in diese Zugänge eindringen. [4]) Hierbei kann die Theorie des Leukippos auf ihn
Eindruck gemacht haben. Unumgänglich ist letztere Annahme
jedoch nicht. [5]) Die Porenlehre, welche in der späteren Medizin
so sehr ausgeprägt erscheint, ist schon bei Alkmaion dem
Krotoniaten [6]) im Keime vorhanden, und aus medizinischen
Kreisen kann sie Empedokles, der Arzt, genommen haben.

---

[1]) Zeller I. 5 S. 764 f.

[2]) Zeller I. 5 S. 768.

[3]) Auffallend ist, dass er die Poren κοῖλα, nicht κενά nannte (Diels,
35. Philol.-Vers. 105, 29). Dieses Wort gebrauchte auch gelegentlich
Anaxagoras (Doxogr. 562, 11), Archelaos (573, 27), Demokritos (Aet. III.
10, 5. 377 a, 4) und κοιλότης Epikuros (Aet. III. 15, 11. 381 a, 10). Für
Alkmaion bezeugt es nur Stobaios (Aet. IV. 16, 2. 406 b, 24) und zwar
als ein Synonym zu κενόν. Plutarch. sagt κενά.

[4]) S. Zeller I. 5 S. 765 f.

[5]) Vgl. Gomperz, Denker I S. 448, der indes übersieht, dass gerade die Bemerkung des Aristoteles: „Nicht das musste bewiesen
werden, dass die Luft etwas sei" (Physik IV. 6) auf Polemik des Anaxagoras (und Empedokles?) gegen andere natürlicherweise zu beziehen
ist. Übrigens ist der Grund, dass Rückschritte schwerer zu begreifen sind
als Vorstufen, nicht stichhaltig; der Gomperzsche Anaxagoras erscheint
(S. 180 f. 182) als ein zurückgebliebener gegenüber seinen Zeitgenossen.
Die Annahme des zeitweilig Leeren scheint mir das empedokleische Experiment (Gomperz S. 191 f.) nicht vorauszusetzen.

[6]) Diels, 35. Philol.-Vers. S. 104, 28. Von den πόροι des Anaximandros (Doxogr. 510, 1, 4) ist überhaupt abzusehen.

Weiter musste dieser das Verhältnis von Poren und Ausflüssen durch das Merkmal der Symmetrie bezeichnen; denn
waren die Ausflüsse zu klein, so drangen sie in das Innere der
Körper ein, waren sie zu gross, so war eine Einwirkung überhaupt nicht möglich. Die Ausflüsse prallten ab und wurden etwa
zu Staub. Nun aber war die Farbe z. B. etwas Ausserliches;
es musste deshalb Ausflüsse geben, denen gerade die Poren
symmetrisch waren, [1]) diese fügten sich also sofort fest ein und
so werden Farbänderungen an der Oberfläche von Körpern
hervorgebracht. [2]) Solche Feinheiten bedurfte der Atomiker
nicht. Er hatte all diese Möglichkeiten schon in seinen
Prinzipien vorgesehen. „Zusammensichtung, Auseinandersichtung der Atome", diese Zauberformel löste alle Schwierigkeiten
viel einfacher. [3]) Kann doch dieselbe Atomverbindung ganz
anders erscheinen, wenn nur ein Atom seine Lage verändert. [3])
Sehen wir nun, dass für Leukippos die Benutzung der Porenlehre nirgends nachzuweisen ist, dass er sich vielmehr durchaus mit einfacheren Annahmen abfindet, so haben wir keinen
Grund, ihm die Einfügung der Porenlehre in den Bau des
atomistischen Systems zuzuschreiben. [4]) Wenn dagegen Demokritos der Ausflüsse und der Poren öfter gedenkt, [5]) so darf
wohl geschlossen werden, dass er hierin von Empedokles abhängig ist. In der That gebraucht Demokritos jene Vorstellung

---

[1]) Einleuchtend erklärt diese Theorie Goedeckemeyer S. 63 ff.
aus der Beziehung zu dem empedokleischen Grundsatze: „Gleiches durch
Gleiches."

[2]) S. Zeller I. 5 S. 766, 1 Ps.-Plut. quaest. nat. 19, 3.

[3]) S. die Zeller I. 5 S. 856, 2, 3 angeführten Stellen.

[4]) Aristoteles unterscheidet denn auch gen. et. corr. I. 8 die leukippische Erklärungsweise vermittels des κενόν klar genug von der empedokleischen vermittels der πόροι. Wenn er 325, 7 von πόροι spricht,
so bezieht sich das auf Empedokles, von dem er dort (Z. 10) ausdrücklich
bemerkt, dass er die κενά des Leukippos πόροι nannte. Der Satz Z. 11
οὕτως δὲ καὶ Λεύκιππος kehrt nach der auf Empedokles bezüglichen Ab-
schweifung (Z. 5—10) zu Z. 5 zurück. Auch 326 b, 6 werden die Vertreter der Porenlehre von den Atomikern deutlich geschieden.

[5]) Diels. 35. Philol.-Vers. 104, 28. Die Stellen im Index zu den
Doxogr. s. v. ἀπόρροια, πόροι und εὔποροι. Alex. qu. nat. II. 23 S. 137
Sp. (Zeller I. 5 S. 888, 2).

gerade in den genauen Ausführungen über die Wahrnehmung.[1]) Welches war aber für Demokritos die Veranlassung, diese Lehre in die seinige hereinzuflechten? Wohl folgende. Die Körper, die grossen sowohl wie die kleinen, dachte sich Leukippos mit Häuten umzogen, die aus besonders enge verflochtenen Atomen bestehen sollten. [2]) In der Kosmologie waren die festgeformten Zugänge — das sind die πόροι — entbehrlich, da der Ausdruck „Häute" dort überhaupt nur bildlich zu nehmen war, so dass ein zeitweiliges weiteres Auseinandertreten der verflochtenen Atome keine Schwierigkeit bot. So kommt noch Demokritos, der immerhin durch die Porenlehre zu seiner Vorstellung der πολύκενα [3]) geführt worden sein mag, bei seiner eingehenden Erklärung der Blitzerscheinungen mit dem Begriff des Leeren und ohne Zuhilfenahme der Poren aus, obwohl er zur Deutung der Glutwinde der Häute bedarf.[4]) Sollte hingegen das Eindringen der Gesichtsbilder in das Auge veranschaulicht werden, so schienen die physiologisch-biologischen Studien, die Demokritos trieb, [5]) eine Anwendung jener Methode zu verbieten und eine teleologische [6]) zu erheischen. [7]) Aber überhaupt war jene nur für grosse Verhältnisse passende Weise der Erklärung, sobald es sich um Dinge der nächsten Wahrnehmung handelte, nicht mehr geeignet, so wenn der Blitz, Erz, Gold, Silber wegen ihrer Dichtigkeit, die ein Durchgehen des Blitzes durch den Stoff hindert, schmelzen, Kleider und Holz aber wegen ihrer porenreichen Beschaffenheit unberührt lassen soll. [8]) Ähnliches wäre bezüglich dessen zu sagen, was

---

[1]) In der Lehre von den Geschmäcken εὔπορος (was das meiste Leere enthält) fr. phys. 27. 32. 33 Mull.

[2]) Zeller I. 5 S. 892, 2; 3. Solche Häute entstehen nicht nur bei der Weltenbildung, sondern auch bei der Bildung von Glutwinden. S. unten.

[3]) Aet. III. 3, 11 (369b, 17; 24, 25).

[4]) Ebd. 369b, 26.

[5]) Zeller I. 5 S. 901 f.

[6]) In dem von Zeller I. 5 S. 901 festgestellten Sinne.

[7]) Doxogr. 513, 20. 515, 10. Dort werden für die Beschaffenheit des χιτών (fast synonym mit ὑμήν; vgl. Xenoph. Cyrop. 8, 2, 5) Vorschriften gemacht.

[8]) πολύπορος Plut. quaest. con. IV. 2, 4, 3 (fr. phys. 11. Mull. S. 210).

Demokritos über die Anziehungskraft des Magneten lehrt; hier liegt die Anlehnung an Empedokles auf der Hand. [1])

25. Ausser in der Porenlehre erkennen wir die Hand des Demokritos auch in den Anfängen einer Theorie der Schwere.[2]) Epikuros schrieb sich, wie Usener sah,[3]) das Verdienst zu, den Atomen neben der bestimmten Gestalt und Grösse auch eine bestimmte Schwere gegeben zu haben. Zeller[4]) hat dieses Zeugnis abgewiesen. Ganz grundlos ist es jedoch kaum. An diesem Punkte möchte ich, da es sich diesmal um wissenschaftliche Kritik handelt, glauben, dass sich Epikuros die Werke des Demokritos genau angeschaut hatte. Allerdings stehen andere Stellen entgegen. [5]) Doch lassen sich die widersprechenden Angaben vereinigen. Aristoteles sagt ausdrücklich, es gebe „nur" „drei" Unterschiede der Atome, Gestalt, Ord-

---

[1]) Zeller I. 5 S. 863. 1.

[2]) Das Studium der Quellen führte mich, ehe ich von den Arbeiten Briegers und Liepmanns Kenntnis nahm und ehe die Arbeit von Alb. Goedeckemeyer, Epikuros' Verhältnis zu Demokrit i. d. Naturphilos. Strassburg 1897 erschien, auf die hier vorgetragene Ansicht. Eine Hervorhebung der wichtigsten Punkte und genauere Begründung einzelner Behauptungen erscheint, da Zeller sich von Brieger und Liepmann nicht überzeugen liess (s. auch Grundriss d. Gesch. d. griech. Philos. 5. Aufl. Leipzig 1898 S. 69, 1), nicht als überflüssig.

[3]) Epicurea. Index s. v. Δημόκριτος (f. 275 p. 196, 1). Der Abschnitt Aet. I. 3, 18 (285 a, 13) gibt im ganzen die Gedanken des Epikuros wieder (vgl. Zeller I. 5 S. 860, 2). Wie er nun mit der Bemerkung, die Atome seien unfassbar (ἀπερίληπτος), nicht unendlich (ebd. 286 a, 4), die ältere atomistische Ausdrucksweise korrigiert, so glaubt er offenbar auch mit der Bemerkung, sie seien schwer, eine notwendige Korrektur der vorhergehenden Atomistik anzubringen. Ja mit φησί (286 a, 2) polemisiert er ganz deutlich gegen seine Vorgänger. Wenn er als Eigenschaften (nicht Unterschiede) der Atome nur Gestalt und Grösse erwähnt, nicht auch Ordnung und Lage, so unterscheidet sich sein Bericht eben dadurch vom aristotelischen. Es ist das aber keine Flüchtigkeit, sondern Epikuros trennt hier die relativen Eigenschaften (Lage und Ordnung) der einzelnen Atome mit Recht von den absoluten. Bekannt ist die Modifikation, welche Epikuros an der alten Lehre hinsichtlich der Fallrichtung vornahm. Vgl. ferner Zeller I. 5 S. 886, 2. Diels zu Doxogr. 581, 12. Alex. περί κράσεως (II. 2) 214, 28 Bruns.

[4]) I. 5 S. 860, 2. Diels, Doxogr. prol. 219.

[5]) Zeller I. 5 S. 859 f. 872 f.

nung und Lage,[1]) und da, wo er von den relativen Unterschieden absieht, „nur" die Gestalt.[2]) Für diese Angaben
wird Leukippos mitgenannt.[3]) Man darf hieraus schliessen,
dass Leukippos weder über Grösse noch über Schwere der
Atome sich ausgesprochen hatte. Demokritos aber hat, das
ist zweifellos, zuweilen von Grösse gesprochen,[4]) aber aus
allem, was sich hierüber ausmachen lässt,[5]) geht hervor, dass
er zu einer klaren Anschauung nicht vordrang. Zumal die
Worte des Theophrastos: „Demokritos spricht nicht über
alles (Wahrnehmbare) in gleicher Weise, sondern unterscheidet gewisse Sinnesqualitäten durch die Grösse, andere
durch die Gestalt, einige durch Ordnung und Lage",[6]) besagen dies, wenn sie sich zunächst auch nur auf die Sinnesqualitäten beziehen. Die Grösse ist keine selbständige, den
Kosmos mitkonstituierende Eigenschaft wie Gestalt, Ordnung
und Lage, sondern mit der Verschiedenartigkeit der Gestalt
notwendig verbunden, also identisch, nicht Prädikat der Atome,
sondern der Gestalten.[7]) Um so weniger ist dies bezüglich
der Schwere wahrscheinlich, die ja selbst wieder nach der
Grösse bestimmt wird.[8]) Theophrastos[9]) lässt klar erkennen,
dass dem Demokritos „Schwere und Leichtigkeit" Sinnesqualitäten waren, nicht Eigenschaften der ursprünglichen Atome.
Demokritos hatte diese „natürlichen" Sinnesqualitäten an Atom-

---

[1]) Metaph. I. 4; weitere Stellen Zeller I. 5 S. 855. 1. In einer
Zahl (4) fasst Demokritos selbst die Unterschiede der Farben zusammen
(fr. phys. 30 Mull.).

[2]) Gen. et corr. I. 8. 325 b, 18. 326 a, 15.

[3]) Aristot. metaph. 985 b. 14. Vgl. Gen. et corr. I. 1 314 a, 21. Doxogr.
484, 3. Alex. περὶ κράυεως II. 2. 212, 21 Bruns.

[4]) Zeller I. 5 S. 857, 1. In Gen. et corr. I. 2. 315 b, 29 (Alex.
περὶ κράσεως a. a. O.) liegt nicht, dass auch Leukippos Grösse annahm.

[5]) S. Zeller I. 5 S. 856 f. Leukippos hatte die Atome unteilbare
Grössen genannt. Aristot. coel. III. 4. 303 a, 5, sie waren also selbst Grössen,
nicht aber die Grösse ihre Eigenschaft, wie ja auch dem einzelnen Atome
nicht die Vielheit (πλῆθος) als Eigenschaft zugesprochen werden konnte.

[6]) Doxogr. 516, 18.

[7]) S. Aristot. fr. 208. wo διαφορά statt διαφορῶν zu lesen ist.

[8]) Zeller I. 5 S. 859, 1 (Doxogr. 516, 25. 520, 10).

[9]) Doxogr. 516, 25.

verbindungen demonstriert, [1]) und wenn er sagt, jedes einzelne
Atom sei infolge des Mehr au Stoff schwerer, [2]) so heisst das
nichts weiter als: Die Schwere des Atoms bestimmt sich nach
der Grösse. [3]) Eben aus der Polemik, in der Aristoteles diese
Worte verwendet, erhellt, dass Demokritos Schwere und Leichtig-
tigkeit, Weichheit und Härte dort nur als aus der Gestalt abzu-
leitende Eigenschaften betrachtete. Wichtiger ist, dass Aristoteles nur Atome der Erde und ihrer Umgebung im Auge hat;
denn auch die Eigenschaften der Wärme und Kälte, von
welchen er dort spricht, konnte Demokritos den ursprünglichen
Atomen nicht zusprechen. Dass wir es nur mit Eigenschaften,
die sich erst aus dem Verhältnis der Atome zu dem Erdganzen
ergeben, zu thun haben, nicht mit absoluten Eigenschaften,
sagen ferner die sämtlichen Einwände des Stagiriten bezüglich
der ἀπάθεια, der grösseren Wärme des Wassers. Die Frage,
ob die Natur der Atome e i n e sei, konnte er bei den ursprünglichen Atomen nicht stellen, da ja die Gleichartigkeit der
letzteren ebendort von ihm bestätigt wird. [4]) Zu beachten ist
endlich auch, dass Epikuros von der Eigenschaft der Schwere,
Demokritos aber nur von Schwere und Leichtigkeit spricht,

---

[1]) A. a. O.

[2]) Aristot. gen. et corr. I. 8. 326 a, 9. Die Stelle kann nicht heil
sein; denn 325 b, 27 ist das Wort anders und zwar richtig gebraucht.
B r i e g e r S. 5 geht über die Schwierigkeit hinweg, welche in ἕκαστον
liegt. L i e p m a n n S. 31 erkennt den Charakter der Stelle wenigstens
an. J e d e s Atom kann doch nicht schwerer sein als das andere! Κατὰ
τὴν ὑπεροχήν erklärt richtig B r i e g e r S. 5. Für ἔλλειψις s. auch Phys. I.
4. 186 a, 16. Die dort Z. 14 erwähnten Philosophen, welche den Urstoff
dichter als Feuer und feiner als die Luft dachten (vgl. coel. III. 5. 303 b,
12), sind die Eleaten nach metaph. 985 b, 10, und vielleicht die Atomiker,
welche damit hätten ausdrücken können, dass ihr Volles wie ihr Leeres
keine mit den Elementen gleichzusetzende Qualität besitzt; nach fr.
phys. 30 Mull. sind Volles und Leeres qualitätslos. Die Qualitäten ergeben
sich erst durch die Atomverbindungen; deshalb sind auch die Abflüsse
qualitativ verschieden (Theophr. sens. 74. 521, 14 D.) wegen ihres Ver-
haltens zur Vorstellung, die n e b e n Gestalt, Ordnung und Lage (παρὰ
ταῦτα) existiert (fr. phys. 30 Mull.) und durch die anders geartete ἐναπό-
ληψις der Luft entsteht (fr. phys. 33 Mull.; s. auch fr. phys. 40).

[3]) S. auch G o e d e c k e m e y e r S. 12.

[4]) 323 b, 10.

also den „Schwer und Leicht" zusammenfassenden Gattungs-
begriff noch nicht gefunden hatte. Nach Theophrastos [1]) hatte
sich Demokritos über die Leichtigkeit in einigen Schriften
genauer, in anderen einfacher ausgedrückt. Besehen wir die
Simpliciusstellen, welche den Atomen Schwere beilegen, [2]) so
ist zu bedenken, dass Simplicius die epikureische und die demokritische Lehre zusammenfasst, also sich in die Gefahr begibt,
ungenau darzustellen. Das Hilfsmittel, welches Zeller bei
einem anderen Simpliciusbericht über den Raum anwendet, [3])
sollte doch auch hier, wo ebenfalls Einfluss aristotelischer
Untersuchungen auf Epikuros zu erweisen ist, zulässig sein. [4])
Der Passus aber: „Dadurch, dass gewisse Atome (oder Dinge?)
schwerer sind, würden die leichteren von jenen, die sich nieder-
senken, in die Höhe getrieben, und so glaube man, die einen
seien leicht, die anderen schwer", führt den Gegensatz „leicht
und schwer" auf den einfachen Begriff der Schwere zurück,
gibt sich also als nähere Ausführung des Epikuros zu erkennen. Wenn Simplicius aber von Demokritos allein behauptet,
er lasse die nur als Ortsveränderung gedachte Bewegung durch
die Schwere entstehen, so sagt uns der sofort folgende Zusatz,
die Atome bewegten sich durch das weichende, nicht Widerstand leistende Leere, wie das zu verstehen ist, nämlich ebenso
wie die Bemerkung des Aristoteles, das Leere sei Grund der
Bewegung. [5]) Die Bewegung erklärte sich für die Atomiker

---

[1]) Doxogr. 516, 29.

[2]) Bei Zeller I. 5 S. 877, 3 angeführt. Simpl. coel. IV. 648, 20
(Leukippos und Demokritos) 712, 27 (VII Heiberg). Simplicius nimmt
seine Weisheit hier aus Aristoteles. In phys. VIII. 9. IX. 1318, 35 f.
Diels aber ist zu erkennen, dass Simplicius die Schwere aus περιπαλάσσεσθαι
deduziert. (Heiberg hätte cael. VII. 609, 25 als abderitisches Wort für
συμπλοκή statt ἐπάλλαξις die Lesart von cod. D. E. περιπάλαξιν, vgl. πε-
ρίπαλξιν geben sollen. S. auch Plut. adv. Colot. 8, 4 περιπλακῶσι. Und
Theophr. sens. 66. 518, 11 ist wohl zu lesen περιπάλλαξιν . . . καὶ συμ-
πλοκήν statt παράλλαξιν u. s. w. Auch ψαφαρός 518, 15 ist wahrscheinlich
demokritisches Wort.) Sonst spricht Simplicius nur von Grösse und Gestalt (z. B. in anim. I. 2. XI. 26, 1 Hayduck).

[3]) I. 5 S. 867, 2. Vgl. auch 867. 1.

[4]) S. auch die Ansichten anderer Forscher (bei Goedeckemeyer
S. 23) gegenüber Zeller I. 5 S. 878.

[5]) Zeller I. 5 S. 882, 4.

eben aus der grundsätzlich verschiedenen Beschaffenheit und
aus dem Ineinander des Vollen und des Leeren. Nach einer
Ursache der Bewegung brauchten sie darum nicht weiter zu
suchen; [1]) sie war für sie einfach den Atomen eben wegen deren
Verbindung mit dem Leeren immanent.[2]) Sollten die Ausführungen Platons [3]) auch in der That auf die Atomiker ab-
zielen,[4]) was mit guten Gründen bestritten wird,[5]) so wäre
wieder zu betonen, dass nach Theophrastos [6]) Platon dort nur
an die Erde denkt; von Feuer und Luft konnte bei den
ursprünglichen Atomen nicht die Rede sein.

　　25. Das Ergebnis der bisherigen Untersuchung ist, dass
auch Demokritos den ursprünglichen Atomen Schwere und
Leichtigkeit nicht beigelegt hatte,[7]) sondern dass er beide
Eigenschaften erst bei den Atomen der Erde [8]) und bei den
Sinnesqualitäten einer Betrachtung unterwirft. Bezeichnend
ist, dass bei der Erklärung der Erdneigung Demokritos
den Begriff der Schwere einführt,[9]) während bei Leukippos
derselbe dort fehlt. Und nicht minder, dass die Rücksicht
auf das Streben nach unten, welches sowohl in der Beschreibung
des Blitzes als des Glutwindes auftaucht,[10]) sich gegenüber
Leukippos als Neuerung erweist, die mit der Verwendung der
Mischungstheorie in engem Zusammenhang steht.

　　Der zuletzt erwähnte Umstand lässt ahnen, welche Mächte
den Demokritos leiteten. Es fällt auf, dass, von einer ge-

---

　[1]) Zeller, I. 5 S. 868 f.

　[2]) Aristot. coel. III. 2, 300 b, 9. Simplicius selbst an. I. 3. XI. 39, 29
Hayduck.

　[3]) Tim. 62 c.

　[4]) Zeller I. 5 S. 878 f.

　[5]) Goedeckemeyer S. 19 ff.

　[6]) Sens. 88. 89. 526, 6; 17.

　[7]) Vgl. das Zugeständnis Zellers I. 5 S. 860.

　[8]) Belege sind unnötig. Nur folgendes: Die Erde schwebte zuerst
wegen ihrer Dünnheit und Leichtigkeit, mit der Zeit aber verdichtete sie
sich, wurde schwer und kam so zum Stillstehen (Democr. Aet. III, 13,
4. 378 a, 16, wo statt μικρότητα wohl μανότητα zu lesen ist; denn je leichter
die Erde ist, desto ausgedehnter ist sie. Auch der Gegensatz verlangt das
Wort).

　[9]) Βεβάρηται Doxogr. 378 a, 1.

　[10]) Doxogr. 369 b, 14 (τὴν κάτω φοράν); 28 (τὴν ἐπὶ τὸ βάϑος ὁρμήν).

legentlichen Erwähnung der Leichtigkeit bei Anaximandros [1])
abgesehen, erst bei Empedokles [2]) und Anaxagoras die Begriffe
„Schwer" und „Leicht" in die Naturerklärung eindringen. [3])
Eine Äusserung des Klazomeniers ist von Bedeutung: Die Bewegung stamme vom Nus. Die Himmelsdinge seien durch die
Kreisbewegung geordnet; das Dichte, Feuchte, Dunkle, Kalte
und alle schweren Dinge gehen gegen das Mittlere hin zusammen; dieses sei fest geworden und so die Erde entstanden. [4])
Nach anderer Darstellung führte er das Schwere auf das Dichte,
Festgewordene und das Getragenwerden nach unten, das Leichte
aber auf das Dünne, Feine und das Getragenwerden nach
oben zurück. [5]) Den gleichen Gedanken finden wir bei Demokritos angewandt. [6])

26. Es muss einer genaueren Untersuchung vorbehalten werden, [7]) die Ursachen dieser geschichtlichen Erscheinung zu er-
forschen. Doch genügt einstweilen eine allgemeine Erwägung zum
Verständnis derselben. Wer leichten Herzens aus Wasser die
schwersten Körper entstehen und in Wasser wiederum vergehen,
wer das All von Luft zusammengehalten sein liess, wie den Körper
von der Seele, wer in einem Ab und Auf des Feuers die Bewegung
der Welt erblickte, wer die Gestirne für Ausdünstungen der Erde
oder für glühend gewordene Wolken hielt, dem machte das Problem der Schwere keine Schwierigkeiten. Auch Leukippos liess die

---

[1]) Aet. III. 3, 1. 367a, 26; b, 25.

[2]) „Wenn der Atem schwer wird, merkt man den Geruch nicht mehr
mit." Aet. IV. 17. 2. 407a, 7; b, 7. Demokritos: Das Feine erzeuge,
wenn es von den schweren Atomen abfliesse (ἀπορρίον), den Geruch
(Theophr. sens. 82. 524. 18; vgl. 10. 502, 3. 22. 506, 1).

[3]) S. Diels Doxogr. s. v. βαρύς u. s. w. κοῦφος u. s. w.

[4]) Hippol. Doxogr. 552. 1.

[5]) Theophr. sens. 59. 516, 7. — Nach Diogenes macht die Luft das
Blut leicht (Theophr. sens. 43. 511, 16.)

[6]) S. oben (Anm. 8 auf S. 35).

[7]) In einer geschichtlichen Behandlung des Problems, wäre auch die
klare Darstellung des heiligen Basilius (Homil. in Hexaem. I. 8f. XXIX.
21 f. Mign.) zu berücksichtigen. Die von Huber überhaupt nicht, von
Stöckl nicht hinreichend gewürdigte Naturphilosophie dieses Kirchen-
vaters, welcher gegenüber den Griechen die bekannte Haltung der
Kirchenschriftsteller einnimmt (I. 28a. Mign.), verdiente eine monographische Behandlung.

Erde im Luftraum frei schweben. Seitdem aber die vier
Elemente scharf geschieden, seitdem die·steinartige Natur der
Gestirne erkannt und die Meteorsteine beobachtet, seitdem
über Luftdruck Versuche angestellt worden waren, konnte die
Vorstellung des Schwebens und Getragenwerdens nicht mehr
genügen.[1]) Jetzt wurde es eine brennende Frage, wie es komme,
dass die Erde von der Luft getragen werden könne.[2]) Von
der Anerkennung der Schwere bei den Erdatomen — denn
auch die Luft fällt in den Bereich der Erde — bis zur Forderung, dass die ursprünglichen Atome gleichfalls Schwere besitzen müssen, ist aber ein weiter Weg.[3]) Die Konsequenz
würde, dies ist Zeller[4]) zuzugestehen, dahin geführt haben.
Die Geschichte des Begriffs, die über Platon zu Aristoteles
hinüberführt, lehrt jedoch, dass auch bei diesem Problem nur
kleine Schritte gemacht wurden, und vielleicht war Demokritos
nicht einmal der Mann dazu, diesen Schritt zu thun. [5])

Wenigstens sagt Aristoteles, nachdem er absolute und
relative Schwere unterschieden, keiner seiner Vorgänger habe
etwas über die absolute Schwere gesprochen, sondern nur über
die relative.[6]) Indem sie sagten, ein Körper sei leichter als
der andere, hätten sie geglaubt, auch über die absolute Schwere
Bestimmungen getroffen zu haben.[7]) Dass er zu diesen Vorgängern die Atomiker zählt, ergibt sich aus dem Folgenden,
und dabei weiss er als Beispiele nur Schwere von Metallen
und Wolle aufzuführen.[8]) Und Aristoteles selbst versteht
unter absoluter Schwere das Getragenwerden gegen die Mitte
hin, unter absoluter Leichtigkeit das Getragenwerden von der
Mitte weg,[9]) denkt also immer noch an die Erde. Vielleicht

---

[1]) Dass man an lufterfüllte Blasen dachte, beweist Aristot. phys.
IV. 9. 217a, 2. coel. IV. 4. 311b, 9.

[2]) Vgl. Goedeckemeyer S. 14f.

[3]) Vgl. Liepmann S. 54f.

[4]) I. 5 S. 877.

[5]) Zeller selbst mutet den Atomikern I. 5 S. 886, 2 eine Inkonse-
quenz vielleicht noch schlimmerer Art zu.

[6]) Coel. IV. 1. 308a, 10. 2. 308a, 34.

[7]) Siehe Anmerk. 6.

[8]) 309a, 1.

[9]) 308a, 14—31.

aber hinderten sogar bestimmte Rücksichten die Durchbildung
des Begriffs der Atomschwere. Zunächst: Hatte jedes Atom
Schwere, so musste das Volle fortwährend nach abwärts ins
Bodenlose fallen, so dass in den oberen Regionen ein sich
fort und fort vergrösserndes, zusammenhängendes Leeres ent-
stand. Dass aber ein zusammenhängendes Leeres undenkbar sei, war einer der Haupteinwände der Atomiker im Kampfe
gegen die Eleaten gewesen.[1]) Die ganze Atomlehre hat nur
einen Sinn, wenn Volles und Leeres stets zusammen sind.
Wozu hätten sie auch ein Verharren der Erde annehmen
sollen, wenn die Atome fortwährend fielen? Ferner: Es war
gewiss nach atomistischer Ansicht nicht unmöglich, dass ein
Kosmos den anderen von oben her zertrümmerte, aber das
Gleiche musste als von der Seite her möglich gedacht werden.
Denn auch nach den Seiten hin erstreckte sich das Unendliche.
Ein Oben und Unten gab es im atomistischen Systeme
nicht. Jederzeit konnte νόμῳ in dieser oder jener Richtung
das Unten, in der entgegengesetzten das Oben gesucht werden.
Die Begriffe Ordnung und Lage sind mit Grund sehr unbestimmt gewählt.[2]) Man kann stellen: AN und NA, aber auch
$\frac{A}{N}$ und $\frac{N}{A}$ u. s. w.

Es kann sich daher nur auf die Atome des geozentrischen
Kosmos beziehen, wenn Aristoteles, offenbar von den Atomikern,
sagt, gewisse Physiker identifizierten das Schwere mit dem
Vollen, das Leichte mit dem Leeren.[3]) Das Leere hat
hebende Kraft,[4]) der Gehalt an Leerem macht die Atomverbindungen leichter und sogar steigen. Das konnte aber von

---

[1]) Gen. et corr. I. 8. 325 b, 7.

[2]) Nach Aristot. phys. I. 5 S. 188 a. 24 bezieht sich die Lage auf
Oben und Unten, die Ordnung (zwischen κάτω und πρόσθεν ist wohl τά-
ξεως ausgefallen) auf Vorn und Hinten. Vgl. die ausführliche Erläuterung
bei Philop. phys. I. 5, XVI. 117, 1 Vitelli. Nach Theophr. sens. 73. 521, 5
bestehen die leicht zerbrechlichen, weichen weissen Farben aus kreisrunden
Atomgestalten, die jedoch schräg gegen einander liegen (θέσει) und die
ganze (!) Ordnung (τάξις) möglichst gleich haben. Danach wäre τάξις der
allgemeinere Begriff; s. jedoch ebd. 521, 10.

[3]) Coel. IV. 4. 311 a, 35.

[4]) Goedeckemeyer S. 16. Phys. IV. 9. 216 b, 35. 217 a. 3 (vgl.
Lasswitz I S. 111).

den ursprünglichen Atomen nicht gesagt werden, denen auch ein Schweben nach der Seite hin zukam.

Abschliessend dürfen wir also sagen: Die Schwere hat noch keine feste Stelle im atomistischen System. Sie kann weder als primäre Eigenschaft in d e m Sinne betrachtet werden, dass sie den Atomen n e b e n der Gestalt zukommt, sie ist einfach damit identisch. Sie ist aber auch keine subjektive Eigenschaft. Diese Unklarheit musste die Kritik eines Aristoteles [1]) herausfordern, und es ist deshalb eine historisch vertrauenswürdige Angabe, dass erst Epikuros die Schwere den Uratomen ausdrücklich beilegte; [2]) die Kritik das Stagiriten zwang dazu. [3])

Weiter scheint noch Leukippos die Einwirkung der festen Atome auf einander nur allgemein durch Berührung, [4]) Demokritos eingehender durch Widerstand [5]) erläutert zu haben.

27. Zum Schlusse erscheint auch d i e B e h a n d l u n g s - w e i s e der Probleme bei Leukippos und Demokritos eine als verschiedene. Leukippos ist Systematiker, Demokritos ist daran, einzelne Wissenschaften auszubilden. [6]) Was unter dem Namen Leukippos erhalten ist, lässt sich zu einer grossen Kosmologie im Stile der alten Philosophen zusammenreihen. Bei Demokritos geht alles ins Einzelne, Breite, droht das Gebäude der Atomistik auseinanderzufallen. Man kann nicht mehr sagen, dass die Ausführungen des Demokritos über die verschiedenen Sinne, über Musik, Poesie, Recht, sich ohne Zwang zu einem Systeme vereinigen lassen. Wir haben auch nicht den leisesten Anhalt

---

[1]) Coel. III und IV.

[2]) Man beachte den Wortlaut des Berichtes bei Aetius (Usener, Epicurea fr. 275): Epikureos hat allen, sowohl den ursprünglichen (πρῶτα) a l s a u c h den daraus entstandenen Zusammensichtungen, Schwere zugeschrieben. Der Ausdruck ἀπλᾶ (für Atome) scheint demokritisch; s. Aristot. coel. III. 4. 303 a, 12 (φασίν).

[3]) Vgl. Goedeckemeyer S. 24 f.

[4]) Aristot. gen. et corr. I. 8. 325 a, 33.

[5]) Ἀντιτυπία Aet. I. 26, 2. 321 a, 16; ἀλληλοτυπία Aet. I. 12, 6. 311 b, 20. ἀντικρούοντα coel. IV. 5. 313 b. 2.

[6]) Zwischen seiner Kosmopoiia und seinen Detailschriften (μερικώτερα) findet Eudemos (Simplic. phys. II. 4. IX. 330, 16 Diels) den Widerspruch, dass er dort das Schicksal (τύχη) zu verwenden scheine, hier aber dem Schicksal jede Bedeutung abspreche.

dafür, dass Demokritos in der Weise der nacharistotelischen
Schulen den angesammelten Erfahrungsstoff wieder zu gliedern
suchte. Wollte man, wie bei Herakleitos, etwa ein System
durchführen, so würde der Versuch misslingen. Wir haben
Fragmente aus den verschiedensten Wissensgebieten, und diese
Fragmente machen den Eindruck, als ob sich alles bei Demokritos zersplittere. Die alten Bücherverzeichnisse, welche sonst
mit den Bezeichnungen: Physisch, Logisch, Ethisch, Politisch
auskommen, müssen bei Demokritos noch die Gruppen Mathematisch, Musisch, Technisch aufstellen und Mehreres als Nach-
trag beifügen. Und dabei scheidet der Katalog die Kompi-
lationen aus Demokritos Werken und notorisch unechte Werke
aus.[1]) Aber auch wenn die dort getroffene Auslese noch zu
konservativ wäre, so ist zu erwägen, dass die Fälschungen an
den Namen des Demokritos nur anknüpfen konnten, weil er
thatsächlich so vielseitig gewesen war.[2]) Empedokles, der auf
das Besondere der Naturerscheinungen grosse Rücksicht nimmt,
verlor den Zusammenhang mit dem Ganzen der Physik nicht
aus dem Auge.[3]) Nicht mehr kann dies gelten, wenn Demokritos über die Gründe für das Ausfallen von Zähnen und
andere derartige Einzelheiten spricht.[4]) Spezialisierende Betrachtung war eben unumgänglich, wenn Demokritos in der Absicht, die vulgäre Naturauffassung zu widerlegen, ätiologisch zu
Werke ging.[5]) Die Atomlehre dient dabei nur zur Erklärung.
Um von weiteren Beispielen abzusehen, sei noch darauf hingewiesen, dass wir für die spezialisierende Art des Demokritos
bereits früher Belege beibrachten. Dem Donner widmete Leukippos nur wenige Worte, und überging, wie es scheint, den
Blitz und verwandte Erscheinungen, während Demokritos ausser-

---

[1]) D. L. IX. 49.

[2]) Vgl. D. L. IX. 37. Gomperz, Griech. Denker I. 256.

[3]) Zeller I. 5 S. 791 ff.

[4]) Aristot. gen. an. V. 8. 788 b, 10. Dort wirft ihm Aristoteles vor,
dass er nicht alle in das behandelte Gebiet fallenden Erscheinungen ins
Auge fasse.

[5]) Ein Beispiel ist die eben angeführte Stelle. 788 b, 11 gebraucht
Aristoteles den Ausdruck αἰτιᾶται, ein Zeugnis für die αἰτίαι des Katalogs.

gewöhnlich genau wird.[1])   Bei der Erklärung des Geschlechtsunterschiedes ist schon dem alten Berichterstatter Leukippos'
Kürze aufgefallen.[2])   Darauf deutet auch, wenn von Leukippos
nur die Behauptung vorliegt, die Welt sei vergänglich, von
Demokritos aber noch die durch Empedokles beeinflusste Erläuterung, die Welt gehe zu grunde, indem der grössere Kosmos
den kleineren besiege.[3])   Endlich sei noch erwähnt, dass sich
Demokritos in die Streitfragen über die Nilüberschwemmungen
einmischt,[4]) indes von Leukippos eine hierher bezügliche Ausse-
rung nicht überliefert ist.

28. Das, was hier über den Mangel eines systematischen
Aufbaues bei Demokritos gesagt wird, scheint nun allerdings
durch eine Behauptung, die G o m p e r z[5]) aufstellt, falls diese
begründet ist, umgestossen zu werden.   Danach wäre die Ethik
des Demokritos in seiner Weltanschauung beschlossen und aus
ihr mit Notwendigkeit erwachsen.   Der verbindende Gedanke
ist ihm der, der Mensch müsse aller Überhebung ledig werden,
wenn er bedenke, dass seine Wohnstatt, die Erde, nur ein
Sandkorn am Strande der Unendlichkeit sei.   Allein abgesehen
davon, dass auch das atomistische System die Erde in die
Mitte eines Kosmos setzt, ist zu erwidern, dass Gassendi, der
seine Weltanschauung teilte, die ethischen Konsequenzen nicht
annahm und dass auch Epikuros zu einem verschiedenen ethischen
Standpunkte gelangte, dessen Ideal einerseits hinter dem stolzen
stoischen Ideal nicht viel zurückbleibt und auf dem andrerseits die
Lebensziele, denen die Mehrzahl der Menschen nachjagt, durchaus

---

[1]) S. oben S. 12.

[2]) S. oben S. 14.

[3]) Aet. II. 4. 6 und 9 (331 b, 14; 21).   Das νικᾶν ist durch das empedokleische κατὰ τὴν ἀντιπικράτειαν τοῦ νείκους καὶ τῆς φιλίας (ebd. 48;
321 b, 19) veranlasst.   Leukippos und Demokritos sind dort auch äusser-
lich getrennt.

[4]) Aet. IV. 1, 4 (385 a, 8).

[5]) Griech. Denker I S. 296.   Vgl. auch H e i n z e, Der Eudämonismus
i. d. griech. Philos. I. Sächs. Akad. Abh. VI Leipzig 1883 S. 705, 1, der
jedoch sich sehr vorsichtig hält.   Unseren Standpunkt vertritt bereits
Z e l l e r I. 5 S. 933 ff. gegen frühere.   Auch F r. A l b. L a n g e, Gesch. d.
Materialismus, S. 21 sagt nur, dass die demokritische Ethik „ganz mit der
materialistischen Weltanschauung im Einklang steht", er hält sie aber „im
Grunde" für „eine Glückseligkeitslehre"; vgl. S. 22.

nicht wertlos gefunden werden. Eine logische Notwendigkeit, welche von der atomistischen Lehre mit ihrer ewigen Bewegung zu der ethischen Lehre von der Seelenruhe führte, ist bei der Disparatheit der Gebiete nicht leicht einzusehen, wie es überhaupt nicht möglich ist, von der materialistischen Ansicht der atomistischen Kosmologie zur idealen Lehre der Eleaten, die im Siege des Gedankens endigt, eine gangbare Brücke zu schlagen.

Es ist nicht fraglich, dass sich aus dem Gedankenkreis der Atomistik heraus der Mensch als gesellschaftliches Atom hätte betrachten und aus der Zusammensichtung solcher Atome die politischen Gesellschaften und der Kosmos der moralischen Gesellschaft hätten konstruieren lassen. Aber diese nur bildartige Analogie hätte wegen des Mangels des Leeren zum Abgeschmackten geführt, und die Fragmente geben keinerlei Anlass, dem Abderiten eine derartig geformte, individualistisch-altruistische Betrachtungsweise unterzuschieben.

29. Hingegen scheint die seiner Ethik untergelegte Psychologie von atomistischen Gesichtspunkten beherrscht. Seine Euthymie entsteht nämlich aus der Auseinandersichtung der Lüste.[1] Der Adel der Menschen besteht in der Eutropie des Gemütes.[2] Er hat sich darunter eine ästhetische Gleichmässigkeit gedacht, von welcher sich das Übermass und der Mangel abheben.[3] Letztere ziehen gerne Umschwünge[4] und grosse Bewegungen der Seele nach sich. Die infolge grosser Zwischenräume[5] sich bewegenden, wir würden sagen von einem Extrem ins andere fallenden, also exzentrischen Seelen, sind nicht wohlgemutet.[7]

---

[1] Ἐκ τοῦ διορισμοῦ καὶ τῆς διακρίσεως Stob. ecl. II. 52, 19 W. (Natorp S. 4).

[2] F 17 N. Εὐτροπίην (von τροπή) bedeutet wohl die richtige Lagerung der Seelenatome. — Vgl. O. Immisch in den Commentationes für Ribbeck, Leipzig 1888, S. 71 ff., besonders S. 76.

[3] Fr. 51. N. Die Begriffe ὑπερβολή (ὑπεροχή) und ἔλλειψις begegnen auch in der Physik.

[4] Μεταπίπτειν.

[5] Διαστημάτων vgl. Aristot. Phys. IV. 8. Ich halte die Übersetzung Zellers für die beste.

[6] Fr. 52 N.

Doch diese wenigen Spuren von höherer Psychologie — im übrigen ist seine Psychologie physikalisch — verraten uns erst recht, wie wenig es ihm darauf ankam, ein innerliches Band zwischen Naturphilosophie und Ethik zu schlingen. Denn das sind nur Bilder, die er liebt, wie vor allem fr. 52 N. zeigt,[1] wo nach der Einführung des Bildes auf die Vorstellung von Seelenbewegungen keine Rücksicht mehr genommen wird. In der Betonung der *φύσις*[2] vermag ich einen Bezug auf die Physik nicht zu finden. In fr. 187 N. ist der Begriff wieder nur vergleichsweise eingeführt. Würde ein Satz wie der heraklitische: „Man muss auf die Natur hinhorchen",[3] vorliegen, so wäre ein systematischer Grundgedanke eher anzunehmen. Bei dem Ephesier ist in der That die Ethik noch viel enger mit der Physik verflochten, ein Umstand, der es bei diesem besonders schwierig macht, gewisse Fragmente sicher einzuordnen.

Was hier über die Beziehung der demokritischen Ethik zur Physik bemerkt ist, gilt ebenso von den Beziehungen zur demokritischen Erkenntnistheorie. Wenn Demokritos sagt, die Vernunft sollte über die Leidenschaft herrschen und ihr das Mass bestimmen, so ist das echt griechisch gedacht, aber von strengem Rationalismus, „der Identität und Beharrung zur Bedingung der Wahrheit macht, die sinnliche Erscheinung um ihres Wechsels und Widerspruchs willen nicht als wahrhaft anerkennt",[4] kann nicht die Rede sein.

30. Auch der später von Epikuros ausgeführte Gedanke, die Physik dadurch mit der Ethik zu verknüpfen, dass erstere die Aufgabe erhält, das menschliche Gemüt von der Leidenschaft abergläubischer Furcht zu befreien, bildete bei Demokritos nicht die Vermittlung. Wohl verwertet dieser die zu grunde liegende Ansicht, als sei der Götterglauben aus der Furcht vor meteorologischen Erscheinungen hervorgegangen,

---

[1] Fr. 167 N. ist *ῥυσμός* im Sinne von Art und Weise zu nehmen. Fr. 163 *εὐογκίη* und *μεγαλογκίη* von *ὄγκος*. *Συνεχής* fr. 72. 132. 194 hat natürlich mit dem physikalischen *ξυνελής* nichts zu thun. Dasselbe gilt von *εἴδωλον* fr. 29. 172.

[2] Natorp S. 111.

[3] Fr. 103 Bywater. Vgl. Heinze, Eudämonismus S. 696.

[4] Natorp S. 111.

[5] Zeller I. 5 S. 937.

um das Aufkommen des Götterglaubens zu erklären, [1]) und
Laertios [2]) könnte zu dem Glauben führen, dass Demokritos
diesen Gedanken in den Dienst der Ethik stellte. Aber die
von ihm gleichfalls mitgeteilte Thatsache, dass antike Ausleger
des Demokritos den Begriff εὐθυμίη falsch verstanden, besagt,
dass die weiter beigefügte Interpretation des Begriffes eben
seine eigene ist oder die seines epikureischen Gewährsmannes.
Durch jene Auffassung würde die Physik zur Magd der Ethik,
und das entspräche ganz und gar nicht dem Vorrange, welchen
jene bei Demokritos noch geniesst. Die Form monographischer
Erörterung eines einzelnen ethischen Begriffes aber und die
prosaische Darstellung findet wiederum ihre Analogie in den
Darbietungen der Sophistik, welche hier anregend genug wirkte.[3])

31. Auf einen weiteren Unterschied, der in dieser Hinsicht
zwischen Leukippos und Demokritos besteht, deutet ein Ausdruck hin, mit welchem Aristoteles die Lehre des Leukippos
charakterisiert. Er sagt, Leukippos glaubte λόγοι zu haben,
welche hinsichtlich der Wahrnehmung allgemein Zugestandenes
aussprechend (λέγοντες) [4]) weder Entstehen noch Vergehen,
noch die Bewegung und die Menge des Seienden aufzuheben
brauchten.[5]) Da Aristoteles augenscheinlich hier mit dem
Worte λόγοι spielt,[6]) ist der Schluss nicht zu kühn, er

---

[1]) Auf seine Physik nimmt er jedoch fr. 92 N. Rücksicht, wo er die
Unruhe und Furcht mancher (!) darauf zurückführt, dass sie falsche
Mythen über die Zeit nach dem Tode sich einbilden, da sie den Jammer des
Lebens wahrnähmen, von der Auflösung der sterblichen Natur aber nichts
wüssten. Es ist klar, dass er dies nur als eine der vielen Ursachen
anführt, welche das Leben der Menschen unglücklich machen, und so ist
die Stelle nur ein Zeichen dafür, dass Demokritos seiner Physik nie ganz
vergass.

[2]) IX. 45.

[3]) Natürlich soll hier Einwirkung auf den Standpunkt des Demokritos
nicht behauptet werden. Ob die Gegenüberstellung der Guten und
und Schlechten bei Demokritos (fr. 195 N.) auf Kenntnis der protagoreischen
Ethik sich gründet, ist zweifelhaft, da diese Unterscheidung populär ist.

[4]) Ähnlich Plat. Rep. 608a. Leg. 656d. 657e. Vgl. Democr. Sext.
math. VII. 136 δηλοι . . . οὗτος ὁ λόγος. Aristot. eth. Nicom. 1172b, 15.

[5]) Gen. et corr. I. 8. 325a, 23.

[6]) Die eigenartige Ausdrucksweise fiel schon dem peripatetischen
Verfasser der Schrift De Xenophane etc. auf, der, indem er von καλούμενοι

habe den Ausdruck λόγοι als Bezeichnung der leukippischen
Ausführungen bei diesem selbst vorgefunden. Wem fielen hier
nicht die Augumentationen (λόγοι) des Eleaten Zenon ein?
Und in der That, was wir von den Argumenten des Leukippos
wissen, zeigt Ähnlichkeit mit der Methode des Zenon. Die
Spaltung des Bergriffes des „Seienden" in ein volles Sein und
ein Sein zweiter Ordnung, das Leere,[1]) gewöhnlich Nicht-Seiendes
genannt, ist ein dialektischer Kunstgriff, wie überhaupt die
ganze Entwicklung der atomistischen Hauptsätze ein Meister-
stück der Distinktion ist. Der Satz: Aus dem in Wahrheit
Einen kann keine Menge werden, wie auch nicht aus dem in
Wahrheit Vielen ein Einziges,[2]) verrät die Schule des Eleaten.
Ebenso hat Leukippos einen logischen Beweis für die Unteilbarkeit der Atome gegeben:[3]) Es müsse feste Körper geben,
wenn nicht die Welt ein zusammenhängendes Ganze von leeren
Räumen sein solle,[4]) und umgekehrt leere Räume, wenn
nicht die Welt ein konkretes Ganzes sein solle.[5]) Was nicht selbst
bewegt wird, kann nach ihm auch nichts anderes bewegen.[6]) Die
Menge der Atomgestalten muss unendlich sein, da kein Grund
vorhanden ist, warum die Atome eher diese als jene Form be-

λόγοι des Leukippos spricht. wie Diels mit anderen richtig urteilt
(35. Philol.-Vers. 105, 30). sich auf die obige Aristotelesstelle bezieht. Bei
dieser Auffassung bietet die Stelle De Xenoph. etc. 980a, 7 keine Handhabe gegen die Autorschaft des Theophrastos. wie Rohde schliesst. Natorps (Erkenntnisproblem S. 168, 1) Widerspruch gegen Diels ist wenig
begründet. Würde die Rohdesche Übersetzung stimmen, so müsste gestellt sein ἐν τοῖς καλουμένοις Λευκίππου λόγοις oder ἐ. τ. .Λ. λόγοις καλουμένοις. Das καλούμενοι ist nur ein Echo des aristotelischen ᾠήθη.

[1]) Bei dieser Deutung kann die überlieferte Lesart τοῦ ὄντος οὐθὲν
μὴ ὂν φησιν εἶναι bestehen.

[2]) Aristot. ebd. und de coel. III. 4. 393a, 5 Zeller I. 5 S. 848, 2.

[3]) Philopon. z. Aristot. gen. et corr. I. 8. Zeller I. 5 S. 852, 2, 3.
Vgl. die von Diels 35. Philos.-Vers. S. 105, 30 angeführte Stelle aus De
Xenophane etc. Weiter Zeller 853, 3.

[4]) Aristot. gen. et corr. I. 8. 325b, 5.

[5]) Aristot. Phys. IV. 6. 213a, 33 Lukrez 1, 520. Vgl. Gomperz
I. 282.

[6]) Aristot. an. I. 2. 403b. 29. Dieser Gedanke gehört nach jener
Stelle (Plural) dem Leukippos. Er fügt sich auch sehr gut in seine Kosmologie.

sitzen sollen.[1]) Anders geartet sind die Beweise des Demokritos; er beruft sich mit Vorliebe auf die Erfahrung,[2]) besonders auf Experimente, deren Benutzung durch Anaxagoras
und Empedokles nahegelegt war. So ist eben von den Beweisen
für die Existenz des Leeren[3]) der letzte experimentell.[4]) Den
leukippischen Satz, dass im Weltwirbel das Gleiche sich zum
Gleichen geselle,[5]) belegt, plump genug, Demokritos, durch die
Beobachtung, dass sich unter den Tieren nur die Angehörigen
gleicher Art scharen, Tauben mit Tauben, Kraniche mit
Kranichen, ferner durch die weitere, dass die Futterschwinge
Linse zu Linsen, Weizen zu Weizen und Gerste zu Gerste und
der Wellenschlag die länglichen Kiesel zu den länglichen, die
runden zu den runden treibt.[6]) Für die Unzuverlässigkeit der
Sinneswahrnehmung führt er an: Dasselbe erscheint dem einen
süss, dem anderen bitter. Andere Lebewesen nehmen die
gleichen Dinge in gerade entgegengesetzter Weise wahr als
wir, und auch der Einzelne verhält sich in derselben Beziehung
nicht immer gleichmässig.[7]) Ausserdem rühmt er sich selbst

---

[1]) S. Gomperz, Denker I. 283. 457 f. Das ist bereits bedeutend
abstrakter gedacht als der Schluss des Anaximandros, welchen Gomperz
I. 42 f. erläutert.

[2]) Dies erkennt schon Gomperz, Denker I. S. 283, 289. Sext.
math. VIII. 327.

[3]) Zeller I. 5 S. 850, 1.

[4]) S. später. Auf die Thatsache des Wachstums weist schon Leukippos (Aristot. gen. et corr. I. 8. Zeller 768, 1) hin, aber nur er-
läuternd, nicht beweisend. Aristoteles sagt auch, vor Demokritos sei nur
oberflächlich über Wachstum und Veränderung gesprochen worden.
(Gomperz I S. 256.)

[5]) D. L. IX. 31 διακρίνεσθαι χωρὶς τὰ ὅμοια πρὸς τὰ ὅμοια. Zeller
I. 5 S. 888, 2.

[6]) Sext. math. VII. 116 ff. Vgl. Gomperz I S. 270 (ὁμόφυλα Democr. Aristot. gen. et corr. II. 2. 329 b, 26, welches Diels zu Theophr.
sens. 75. 521, 17 vergleicht. Theophr. sens. 50. 513, 27).

[7]) Aristot. metaph. 1009 b, 2—11. Den Satz, dass das Rote aus denselben Atomgestalten bestehe wie das Warme, begründet er so: 1) Wir
werden rot, wenn wir warm werden. 2) Ebenso alles übrige Glühende
(Eisen), so lange als es feuerartig ist (Dies wohl der Sinn der nicht ganz
heilen Stelle; s. Diels) Theophr. sens. 75. 521, 18. Dass im Purpur
Schwarz und Rot enthalten ist, lehrt der Anblick: Theophr. sens. 77.
522, 10. Den Unterschied zwischen organischer und anorganischer Natur,

seiner geometrischen Beweise.[1]) Man wird es jetzt nicht gänzlich verkehrt finden, dass Leukippos ein Schüler des Zenon
genannt wird,[2]) und es nicht ganz missbilligen, wenn Epiphanios
beide Schüler des Parmenides als Eristiker bezeichnet.[3])

32. Andererseits bedeutet in logischer Hinsicht die Bearbeitung der Physik durch Demokritos einen Fortschritt. Er
ist der erste, der Begriffsstimmungen versuchte, doch geschah
dies hauptsächlich nur bei naturwissenschaftlichen Begriffen
wie „Warm, Kalt",[4]) also da, wo er sich in das Einzelne verliert. Wie Sokrates der Sophistik auf dem Gebiete der Ethik,
ebenso erwiderte Demokritos derselben in der Physik.[5])

33. Das Gesagte dürfte genügen, um zu beweisen, dass
die Überlieferung Leukippos und Demokritos durch eine Fülle
von Merkmalen unterscheidet und dass diese Merkmale den
verschiedenen Zeitverhältnissen sehr gut entsprechen. Und
alle diese Unterschiede sollen darauf zurückzuführen sein,
dass Demokritos den *Μέγας διάκοσμος* und den *Μικρὸς διάκοσμος*
zu verschiedenen Zeiten schrieb? Eine solche Voraussetzung
würde zu gezwungenen Annahmen verleiten, ob nun *Μικρὸς
διάκοσμος* den Menschen bedeutet oder die kleine Darstellung
der Weltordnung, welch letzterer Auslegung ich mich anschliesse.[6])

---

der ihm wahrscheinlich aufgegangen war, beachtet er bei seinen Induktionen
nicht.

[1]) Mullach S. 238. Natürlich wird Demokritos die logischen Beweise
nicht verschmäht haben, wie einen solchen Aristot. metaph. 1039 a, 9 anführt, der aber von Leukippos stammt (Zeller 847, 1. 848, 2) und nur
zahlenmässig genauer und konkreter formuliert ist.

[2]) Doxogr. 564, 26. 601, 9.

[3]) Doxogr. 590, 20; 26.

[4]) S. die Stellen bei Zeller I. 5 S. 922, 4 (Part. an. I. 1. 642 a, 26.
Danach Alex. in met. I. 746, 35 ff.).

[5]) Vielleicht ist die Form der Aporie bereits von D. eingeführt.
Aristoteles selbst erwähnt eine solche in betreff des Zufalls und coel. IV.
6. 313 b, 3 macht sich D. selbst einen Einwand, welchen er dann „löst".
Jedoch auch der Form der *λόγοι* würden Aporien entsprechen.

[6]) Diels, 35. Philol.-Vers. 101 f. *Διακόσμησις* für Weltordnung (als
Aktion) Democr. bei Favorin D. L. IX. 35 von der anaxagorischen Weltanschauung; auch für Zenon von Elea bezeugt. Wenn Ciceros Mitteilungen
auf Theophrastos zurückgehen (Diels, prol. 120. Kahl, Demokritstudien I),
so muss der berühmte Anfang seiner Physik (Cic. Acad. pr. II. 23 Sext.
math. VII. 265) „Folgendes sage ich über das All" den Eingang der

Die Entwicklung des Demokritos müsste nämlich eine sehr
eigenartige gewesen sein. Nach Vorausgang einer grundlegen-
den, bahnbrechenden Darstellung seiner Naturphilosophie würde
er, etwa nachdem er seine Reisen ausgeführt und Anaxagoras
und Empedokles studiert hatte, in einer Reihe von naturwissenschaftlichen Schriften seine Theorie angewendet und dabei mit
Überlegung in mehreren nicht unwichtigen Einzelheiten seine
ursprüngliche Ansicht geändert, innerhalb dieser letzteren
Schriftengruppe aber Selbstwidersprüche nicht mehr zugelassen
haben; denn bei ihrem Demokritos weiss die Überlieferung
nichts von derartigen Differenzen. Der junge Demokritos also
wäre der Entdecker der genialen Lehre und der reife, er-
fahrungsreiche Gelehrte im grossen Ganzen nur sein eigener
Nachbeter, der, statt in seiner „Kleinen Weltordnung" die Früchte
ausgedehnter Studien zu verwerten, es für nötig hielt, eine ab-
kürzende, nur „mehrfach verbesserte" Auflage des älteren
Werkes zu geben.[1]) Nun scheint aber gerade der junge
Demokritos weniger Auffallendes geleistet zu haben. Denn
als er nach Athen kam, war er ein unbekannter Mann und
erst der reifere Demokritos freut sich, so scheint es, des
Glanzes, den sein Name verbreitet.[2]) Lassen wir aber die
„Grosse Weltordnung" ebenfalls nach jenen Reisen und Studien
fallen, so bleibt der Grund der nachgewiesenen Änderungen
unerklärt und die gefundenen zeitlichen Beziehungen passen
nicht. Und setzen wir endlich die „Grosse Weltordnung" an
den Schluss seines Entwicklungsganges, so ist unerfindlich,

Kleinen Weltordnung gebildet haben, wie auch Tannery S. 128 annimmt,
womit ihr allgemein physikalischer Charakter erwiesen wäre.

[1]) Und auf diesen „Grundriss" legt Demokritos wie die in derselben
gemachten chronologischen Angaben verraten, besonderen Wert (D. L. IX. 41).

[2]) Die bekannte autobiographische Äusserung muss durchaus nicht
als Ausdruck der Klage aufgefasst werden. Dem Selbstbewusstsein des
Demokritos entspricht es besser, wenn er in der früheren Unbekanntheit
eine treffliche Folie des gegenwärtigen Ruhmes erblickt. Die Auslegung
(Sonst D. L. IX. 36) des Demetrios Magnes beweist gegen die Möglichkeit
dieser Deutung nichts, und Lange, Gesch. d. Mat. I S. 11 übersieht,
dass die Angabe des Demetrios Phalereus nur eine ungeschickte Folgerung aus jenem Ausspruch war. Ἔγνω kann dort heissen: „Erkannte
mich" oder „Hatte mich kennen gelernt".

warum Demokritos gerade jetzt die primitivsten Ansichten hervorkehrt.

Wir bleiben also bei dem, was Aristoteles über beide Männer sagt, und setzen die Erfindung der atomistischen Hypothese in die Periode, welche die Idee der Zahl erfasst hatte und den Begriff der Zeit einer Prüfung unterzog, in jene Periode, in welcher die Geister noch nicht von des Zweifels Blässe angekränkelt oder durch Empirie überladen waren, sondern in frischer Naturkraft noch die Fähigkeit hatten, sich in kühnen Abstraktionen und scharfsinnigen Schlussfolgerungen zu ergehen.

---

§ 2. Über die Entstehung der Atomistik.

34. Bei einem System, welches geschichtlich so wirkungsreich war und seinem Gehalte nach so wertvoll ist wie das atomistische, beansprucht die Frage nach seiner Abkunft doppelte Sorgfalt und gewinnt ihre Beantwortung erhöhte Bedeutung. Wie frühere Forscher über die geschichtliche Stellung der Atomistik urteilten, hat Zeller[1]) klar und übersichtlich geschildert. Seine eigene Prüfung des Sachverhalts ist mit aller notwendigen Vorsicht und mit verständigem Urteile vorgenommen. Jedoch in einem Punkte — und dieser scheint mir der wichtigste — ist er allzu zurückhaltend. Die Ansicht K. Fr. Hermanns[2]) nämlich, welcher die Atomistik an die alte jonische Naturphilosophie anknüpft, wird noch in der vierten Auflage mit der Bemerkung abgewiesen, es lasse sich von einem solchen Einfluss nichts wahrnehmen,[3]) und erst in der fünften erfolgt das halbe Zugeständnis, es zeigten sich von einem solchen Einflusse höchstens vereinzelte Spuren.[4])

---

[1]) I. 5 S. 941—960.
[2]) Geschichte und System d. platonischen Philos. I Heidelberg 1839 S. 154 ff.
[3]) I. 4 S. 857.
[4]) I. 5 S. 959.

35. Gegenüber H e r m a n n ist Z e l l e r s Standpunkt nicht
ohne gewisse Berechtigung. Denn H e r m a n n war aprioristisch
vorgegangen und hatte die Stütze der Einzelheiten verschmäht.
Und wenn dieser die Atomiker den Sinnen a l l e Zuverlässigkeit aberkennen, wenn er sie die Formen zu Geschöpfen des
Zufalls und Geburten der Phantasie machen lässt, so zeigt
auch sein U r t e i l den gleichen Mangel. Indes in der Hauptsache
hatte der treffliche Platonkenner recht gesehen: Das System
des Anaximandros mit seinem ἄπειρον und das der Atomiker
besitzen eine Gemeinsamkeit der Spekulation.

36. Es ist ein Verdienst von G o m p e r z,[1]) mit Nachdruck
auf die historische Beziehung zwischen der alten und der
jüngeren jonischen Naturphilosophie hingewiesen zu haben.
Wenn er die Atomistik als die reife Frucht an dem Baume
der alten von den jonischen Physiologen gepflegten Stofflehre
bezeichnet, so hat er zugleich den glücklichen Ausdruck für
die von Z e l l e r bestrittene Thatsache gefunden. Er hat ebenso
bereits auf die anaximenische Lehre von der Verdichtung und
Verdünnung aufmerksam gemacht,[2]) freilich ohne zu betonen,
dass Demokritos eben jenen Prozess als erwiesen voraussetzte,
um auf dieser Grundlage einen Beweis für die Existenz des
Leeren zu erbauen,[3]) und ferner in der leukippischen Lehre
vom Wirbel die Fortbildung einer anaximandrischen Schöpfung
erblickt.[4]) Doch was G o m p e r z weiter geltend macht, ist
geeignet, den ganzen Gedanken wieder in Misskredit zu bringen,
da es über das Ziel hinausschiesst. Aus der Lehre des
Anaximenes liest er den Gedanken heraus: W ä r e n   u n s e r e
S i n n e   f e i n   g e n u g, so würden wir in allen Wandlungen
dieselben Stoffteilchen bald näher aneinander tretend, bald
weiter auseinander gerückt erkennen. Dies ist eine Antizipation,
wie sie G o m p e r z auch sonst begeht, so bezüglich des Satzes

---

[1]) Griech. Denker I S. 260.

[2]) Griech. Denker I S. 47 f. 260.

[3]) Aristot. Phys. IV. 6. 213 b, 16, wo wie bei Anaximenes das Verbum πιλεῖσθαι gebraucht ist. — Auch die Milchstrasse lässt Demokritos mit
Hilfe der V e r d i c h t u n g entstehen (Aet. III. 1. 6. 365 a. 17 = b, 17).

[4]) Griech. Denker I S. 271.

von den Aggregatzuständen.[1]) Anaximenes hatte wohl nur die
sich den Sinnen darbietende stete Verwandlung der Stoffe
durch eine Analogie zu erklären versucht. Die von dem Gelehrten selbst angeführten „kläglich missdeuteten Versuche"[2])
sind der beste Beleg dafür, dass jene philosophische Spekulation der homerischen Naivetät, die nicht minder grossartig
wirkt, nicht allzu ferne steht. Auch lässt sich aus der anaxi-
menischen Deutung des Meeresleuchtens[3]) das Postulat der
qualitativen Konstanz des Stoffes nur mit Zwang entwickeln.
Zugegeben kann nur werden, dass die alten jonischen Hylozoisten
die qualitative Konstanz des Stoffes zur unbewussten Voraussetzung hatten.

Befreien wir den von Gomperz ausgeführten Gedanken
von solchen Zuthaten, so erscheint er der höchsten Beachtung
würdig. Es handelt sich dabei nicht darum, die Atomiker in
die Reihe der alten Naturphilosophen zu stellen, was ja auch
Zeller thut, indem er erstere von den Sophisten trennt[4]) und
versuchsweise an Abhängigkeit von Herakleitos denkt,[5]) sondern
darum, sie in nähere Beziehungen zu Anaximandros und Anaximenes zu bringen.

37. Zellers Darstellung erweckt den Eindruck, als ob
er sich bei der Vorstellung, dass die Atomistik im Widerspruch gegen die eleatische Theorie entstanden sei, beruhige,
da ihm eine andere Anknüpfung nicht möglich schien. Die
Auskunft konnte in der Zeit der Hegelschen Geschichtsauffassung,
kann aber nicht mehr in der von Zeller selbst so glänzend
begonnenen Ära philologisch-historischer Betrachtung ausreichen.
Ohne die Annahme geschichtlicher Beziehungen bleibt es ein
Rätsel, weshalb gerade Leukippos die Synthesis zwischen der
altjonischen Naturphilosophie und der eleatischen Lehre ein-
leitete. Dilthey[6]) hat zwar gezeigt, wie fast zu gleicher
Zeit Empedokles, Anaxagoras und Leukippos auf die parme-

---

1) Griech. Denker I S. 47 f. 262.
2) S. Griech. Denker I S. 48.
3) Griech. Denker I S. 49. 261.
4) I. 5 S. 952.
5) I. 5 S. 954 f.
6) Einleitung in die Geisteswissenschaften I S. 198 ff.

nideische Seinslehre mit der Theorie der Massenteilchen er-
widerten. Aber dadurch wird die Frage, wer von den dreien
zuerst diese Theorie aufwarf, erst recht nahegelegt, und ein
Unterschied besteht insofern, als die Stellung der beiden anderen
zu Parmenides eine leichtere Ableitung gestattet. Jene schritten
zur Annahme unstofflicher, jenseits der Welt des Scheins ge-
legener Kräfte fort, Anaxagoras mit seinem Nus und Empedokles mit seinen Mächten der Freundschaft und des Zwistes,
letzterer in unverkennbarer Anlehnung an Parmenides, Leukippos kehrt zur Aufstellung rein materieller Prinzipien und
geht so selbst über Herakleitos und die Pythagoreer zu r ü c k.

38. In dieser Verlegenheit gibt die Heimat des Leukippos
einen Fingerzeig.[1]) Denn von den drei Städten, die sich um
die Ehre streiten, die Wiege der Atomistik zu sein, hat Milet
deshalb darauf das meiste Anrecht, weil wohl für Abdera und
Elea, nicht aber für Milet eine Irrtumsquelle ausfindig gemacht
werden kann.[2]) Der Atomismus ist eben nichts anderes als
der Widerspruch der fortlebenden altionischen Anschauungs-
weise gegen die neue eleatische Denkweise. Die milesische
Naturbetrachtung reisst mit Anaximenes nicht jäh ab. Wie
schon oben betont wurde,[3]) fand in dem Zeitalter des Leukippos die Luft- und die Wasserlehre noch Vertreter.

39. Zwar führten auch die Kanäle pythagoreischer und
eleatischer Weisheit eine Fülle altionischen Gedankengutes mit
sich fort, und gar in meteorologischen Fragen vermochte man
noch lange nicht die Eierschalen der ersten Kindheit abzu-
werfen. Doch gerade die spärlichen Reste der atomistischen Meteorologie bieten uns Anzeichen dafür, dass Leukippos sich lieber

---

[1]) Auf die Bedeutung dieses Umstandes hat mich Professor O s w a l d
K ü l p e aufmerksam gemacht.

[2]) G o m p e r z, Griech. Denker I. 455. Wegen A b d e r a s. D i e l s,
35. Philol.-Vers. 98, 9. T a n n e r y 128, 4 scheint auch die Nennung von
Milet daraus ableiten zu wollen, dass Demokritos (D. L. IX. 34) als Milesier
galt. Da aber kein Zweifel besteht, dass dieser ein Abderite war, wird
umgekehrt zu schliessen sein, dass Demokritos — auf Grund eines der in
der demokritischen Sammlung stehenden Werke des Leukippos? — als
Milesier ausgegeben wurde, weil Leukippos ein solcher war.

[3]) S. 11. Vgl. auch die von G o m p e r z. Denker I S. 134 f. erwähnte
Polybosstelle.

an Anaximandros und Anaximenes als an seine unmittelbaren
Vorgänger anschloss. Die leukippische Erklärung des Donners
führt, wie schon Diels[1]) beobachtete, auf Anaximandros zurück, dessen Lehre durch Anaximenes einfach fortgepflanzt
worden war.[2]) Werden und Veränderung gehen nach Leukippos
ununterbrochen fort; ähnliches hatte Anaximandros behauptet.[3])
In der Meinung, dass es zahllose verschiedene Welten gebe,
geht zwar noch Xenophanes ausser Leukippos mit den Mile-
siern,[4]) doch auch Xenophanes stand zu Anaximandros in
näherem Verhältnis.[5])

40. Bei Demokritos macht sich trotz dem von uns geschilderten Streben über seinen Meister hinauszukommen, auch
wieder ein konservativer Zug bemerkbar.[6]) So scheint er, wie
einige wörtliche Berührungen vermuten lassen, seine Deutung
des Donners in gewisser Beziehung noch etwas genauer der des
Anaximandros und Anaximenes nachgebildet zu haben als Leu-

---

[1]) 35. Philol.-Vers. 97, 7. Die Ähnlichkeit geht bis zu Einzelheiten:
Die dicken Wolken (Anax. 367b, 26 = Leuc. 369b, 10, wo der Super-
lativ nur eine Verbesserung auf grund der Verdichtungslehre ist). Das
Ausbrechen des eingeschlossenen Stoffes Anax. 367b, 24 = Leuc. 369b, 10.
Die Gewaltsamkeit des Ausbruchs Anax. 367b, 24 (βιασάμενον) = Leuc.
369b, 10 (ἰσχυράν). Die übrigen Physiker bei Aetios vertreten mit einer
Ausnahme alle den Gedanken der ἔμπτωσις. Die Jonier denken etwa an das
knallbewirkende Ausbrechen von Luft aus einer Blase oder von Feuer
aus einem verschlossenen Kessel, die übrigen an Analogien, wie sie Archelaos 368b, 23 heranzieht: Glühende Steine werden in kaltes Wasser
geworfen. Xenophanes aber (368b, 26) denkt an das Warmwerden heftig
bewegter Wagenräder.

[2]) Wohl auch sonst darf, wo die Berichte über Anaximenes kurz
lauten oder schweigen, Übereinstimmung desselben mit seinem Meister
angenommen werden, so bezüglich des Mondes (Aet. II. 25, 2. 356b, 1).
Aus gleichem Grunde könnte auch vermutet werden, dass Leukippos den
Blitz nicht genauer erklärte, weil er sich einfach an die beiden Milesier
hielt (vgl. S. 20, 2).

[3]) Leuc. Doxogr. 483, 19. Anaximandr. prol. 173 f.

[4]) Aet. II prooem. 1, 3. 327b, 10; vgl. prol. p. 174. Zeller I. 4
S. 229. Der Unterschied zwischen den Joniern und Leukippos soll hier-
mit nicht verkannt werden; s. Zeller I. 5 S. 233.

[5]) Zeller I. 5, S. 523 Anm.

[6]) Den Rückschritt, welchen seine optische Theorie bedeutet, stellt
Gomperz, Gr. Denker 1 S. 288 fest.

kippos;[1]) auch seine anomale Zusammenmischung entspricht
dem milesischen Pneuma besser als das leukippische Feuer.
Wenn er das Feuer der Gestirne durch die Dünste der Erde
genährt sein lässt,[2]) so muss dies in den Tagen n a c h Anaxagoras[3]) wie ein schwacher Nachhall der altjonischen Lehre
lauten.[4]) Ist B r i e g e r s Auffassung von der Gestalt der leukippischen Erde richtig, so hat der Abderite über Leukippos
hinweg wieder zur altjonischen Scheibentheorie zurückgelenkt.
Würde sie sich nicht bewahrheiten, so wäre doch das e i n e
sicher, dass Leukippos selbst der parmenideischen Kugeltheorie
die Scheibentheorie vorzog.

Dieses Verhältnis[5]) lässt sich nur so erklären, dass die
Atomiker die für jene Erscheinungen neu aufgekommenen
Theorien entweder als ungenügend oder als mit ihrer eigenen
Grundlehre nicht vereinbar fanden und deshalb lieber zu älteren
Anschauungen zurückkehrten.

41. Die Übereinstimmung in Einzelheiten wäre aber nicht
möglich, wenn nicht die leukippische Philosophie im tiefsten
Grunde mit der altjonischen harmonierte. Beide Weltanschau-
ungen sind rein materialistisch.[6]) Gott nimmt in beiden Schulen
etwa den gleichen Platz ein. Die Jonier versetzen ihre Götter
in die Gestirne,[7]) und das Gleiche ist für die Atomiker wenigstens
wahrscheinlich.[8]) In Wahrheit sind Götter in all diesen Systemen
überflüssig; die Naturprozesse vollziehen sich ohne sie. Ganz
anders in den übrigen Systemen, in welchen den Gottheiten

---

[1]) Anax. 367 a, 25 = b, 23 περιληφθὲν νέφει — βιασάμενον — ἐκπέσῃ.
Democr. 369 b, 13 περειληφὸς — νέφος — ἰκβιαζομένου (vgl. βιάζηται Z. 23).

[2]) In seiner Homererklärung? Z e l l e r I. 5 S. 897, 5.

[3]) Z e l l e r I. 5 S. 1007f.

[4]) Z e l l e r I. 4 S. 206 (Anaximandros). 226 (Anaximenes).

[5]) Der konservative Charakter des Demokritos offenbart sich auch
in der Berufung auf Vorgänger (Anaxagoras u. s. w.) und Dichter (Homeros). Abgesehen vom Gesicht und Gehör hielt er sich bezüglich der
Sinneswahrnehmung ziemlich an die gewöhnliche Ansicht; s. Theophr. sens.
57. 515, 22 u. 55. 515, 3 Diels, wo an Empedokles u.s.w. zu denken ist.

[6]) Z e l l e r I. 5 S. 947 stellt die Atomistik in die materialistische
Reihe.

[7]) Z e l l e r I. 5 S. 230.

[8]) Z e l l e r I. 5 S. 936.

die Rolle der gestaltenden und den Verlauf der Erscheinungen
lenkenden Naturkräfte zufällt. Mag die Verbindung der anderen
voratomistischen Philosophie mit der Physik noch so innig gedacht werden, zu übersehen ist nicht, dass die substantielle
Zahl der Pythagoreer, der Allvater Krieg des Herakleitos und das
substantielle Sein der Eleaten kraftvolle Versuche des antiken
Denkens sind, sich aus den Fesseln der Stofflehre zu befreien.
Die Atomistik begibt sich in ihre Ketten zurück.

42. Auf den ersten Blick zwar machen die Begriffe des
Vollen und des Leeren demjenigen, der von der alten jonischen
Schule herkommt, den Eindruck des Abstrakten. Doch weder
dies noch der Einfluss des eleatischen Denkens soll hier geleugnet werden. Nur das sei hervorgehoben, dass jene Begriffe,
scharf beschen, einen stofflichen Kern darstellen. Die Ausdrücke λόγῳ θεωρητά, νοητά entstammen dem Sprachgebrauch
späterer Schulen. Zerteilen wir den erkenntnistheoretischen
Schleier, in welchen Demokritos seine Atome zu hüllen sich gezwungen sah, so bleiben die στερεά übrig, die mit den Sonnenstäubchen [1]) und gewissermassen sogar mit Aschenstäubchen [2])
verglichen werden. Diese fast erdhaften Gestalten der Atome
waren in der Art grobsinnlich gedacht, dass selbst Epikuros
meinte, sie seien leicht zerbrechlich, was mit dem Begriffe der
Atome nicht vereinbar sei.[3]) Das Wasser des Thales und das
Feuer des Herakleitos waren sichtbare, tastbare Stoffe. Anaximenes dagegen hatte, wohl unbefriedigt durch die qualitative
Unbestimmtheit des anaximandrischen Urstoffs, welche auch
durch die Vermittlung der „Aussonderung" nicht gut mit der

---

[1]) Aristot. an. I. 2. 404 a, 2. Vgl. Zeller I. 5 S. 858, 1.

[2]) Im vierten Beweise für die Existenz des Leeren (bei Zeller I. 5
S. 850, 1).

[3]) Usener, Epicurea fr. 270. Schon Leukippos muss die Arten der
Atomgestalten benannt haben, wenn er die „Haut" des Kosmos aus angel-
artigen Atomen zusammengehäkelt denkt (Act. II. 7, 2. 336 b, 6). Zu den
von Zeller I. 5 S. 856 namhaft gemachten Stellen kommt Aristot. phys.
I. 5. 188 a, 25. Theophr. sens. 73 ff. 77. Philop. phys. I. 5. XVI. 126, 29
(γεγωνιομένα, ἀγωνίους). I. 25, 25 (σφαρικά, κυβικάς). 229, 1. Vgl. Brieger
S. 15 f. Gomperz, Gr. Denker I S. 269, der auch an J. J. Bernouillis
Pyramiden (K. Lasswitz, Gesch. d. Atomistik. Hamburg 1890 S. 524)
hätte erinnern können.

qualitativen Verschiedenheit der Erscheinungen in Einklang zu
bringen war, an die Stelle des „Unendlichen" einen Stoff gesetzt, welcher sich auch dem Gesichtssinne entzog. Nur noch
ein Schritt weiter, und wir kommen zum Atom. Man war in
der atomistischen Schule gewohnt, bei den Versuchen die Natur
zu e r k l ä r e n weniger auf die grossen, gewaltigen Veränderungen
sein Augenmerk zu richten als auf feinste, sich der oberflächlichen Wahrnehmung sich verbergende Dinge, wie die in der
Luft fliegenden Sonnenstäubchen;[1] man stellte mit Aschenstäubchen und Wasserteilchen Experimente an, man verwertete
die Ergebnisse derartiger Beobachtungen zur Begründung der
Theorie. Wo aber sollte diese Forschungsweise aufgekommen
sein, wenn nicht in der Schule des Anaximenes, der vor allem
auf solche Prozesse achten musste? Eine Spur des richtigen
Verhältnisses mag noch in einem unscheinbaren Umstande gefunden werden. Der antike Berichterstatter gebraucht, wo er
die altjonische Erklärung des Donners und des Blitzes wiedergibt, das Wort „Feinteiligkeit".[2] Es ist dies natürlich ein
späteres Wort, welches mit seinem Adjektiv vorwiegend bei
Atomikern, darunter zuerst bei Leukippos in Anwendung
kommt.[3] Aber soviel dürfen wir dem Berichterstatter zu-
trauen, dass wenn er die den alten Joniern vorschwebende
Vorstellung als mit dem Begriffe der Atomiker identisch erkannte, er ein gewisses Recht dazu hatte. Übrigens wird diese
Annahme durch das beigefügte „Leichtigkeit" und den ganzen
Zusammenhang gestützt. Beachtet man noch, dass im zweiten
Teil des parmenideischen Lehrgedichtes das Dünne und das
Dichte gleichsam substanziiert in einen scharfen Gegensatz
gestellt werden,[4] so tritt ins hellste Licht, dass die Atomistik,
wenn sie Verdichtung und Verdünnung als P r o z e s s e be-
trachtet, über Parmenides und Herakleitos zurückgreift. Dass

---

[1] Die Pythagoreer des Aristoteles (Z e l l e r I. 5 S. 444, 4) können
n a c h Leukippos fallen.

[2] Δεπτομέρεια Aet. III. 3, 1. 367a, 26 = b, 25.

[3] S. D i e l s Doxogr. s. v. (auch bei Epikuros).

[4] Eine scharfsinnige Hypothese über die Tendenz des zweiten Teiles
trägt D i e l s , Parmenides S. 100 vor; durch dieselbe werden die Bemerkungen von G o m p e r z , Gr. Denker I. S. 146 ff. stark beeinträchtigt.

sie auch letzteren bekämpft, geht aus dem Einwand des Demokritos gegen die Alleinslehre hervor: Aus Zwei könne nicht
Eins, und aus Eins nicht Zwei werden.[1])

43. Nehmen wir an, auf einen Geist, der gewohnt ist, die
Vielgestaltigkeit der Natur durch ein materielles Prinzip zu
erklären und zwar durch einen Urstoff, dessen Teile leicht
auseinander und leicht wieder zusammentreten können, wie dies
bei dem Wasser, bei dem ἄπειρον und der Luft der Fall ist,
macht folgende Lehre Eindruck: Die Wahrheit liegt in der
Erkenntnis, dass nur das Seiende ist, ein Nichtseiendes aber
nicht ist und nicht gedacht werden kann, dass der Wechsel
der Dinge Sinnentrug ist! Ergibt sich hier nicht der Ausweg
des Leukippos von selbst? Werden aus Nichts, Vergehen in
Nichts ist gewiss undenkbar. Aber Bewegung innerhalb der
geschlossenen Menge des Seienden kann gedacht werden, wenn
wir einerseits letzte, kleine, unteilbare Stoffteilchen annehmen,
deren Existenz wohl den Sinnen entgeht, aber durch den ab-
strahierenden Geist erkannt wird, andrerseits aber an Stelle
des Nichts einen stoffleeren Raum, der ins Unendliche teilbar
ist. Bei dieser Auffassung muss man sagen: Das Nichtseiende
ist ebensosehr wie das Seiende.

44. Jetzt ist lediglich noch ein äusseres Gegenargument
zu entfernen. Leukippos gilt als Schüler des Parmenides; es
wäre deshalb natürlicher zu glauben, dass er seine Kenntnis
der Stofflehre ebenda empfing. Doch Gomperz[2]) hat nach-
gewiesen, dass der Bericht des Theophrastos zu dieser Auffassung nicht zwingt, sondern nur sagt, der Atomiker habe
von Parmenides gelernt. Und Aristoteles erzählt, die Argumentationen des Leukippos seien darauf ausgegangen, hinsichtlich der Wahrnehmung die allgemeine Ansicht so zu begründen,
dass Entstehen, Vergehen, Bewegung und die Vielheit des
Seienden nicht aufgehoben würden. Hierin habe er dem Schein
Recht gegeben, den Vertretern des Einen hingegen, dass es
ohne Leeres keine Bewegung gebe und das Leere das Nicht-

---

[1]) Aristot. metaph. 1039a, 9, eine Äusserung, welche durch die von
Diels, Parmenides S. 100 erläuterte Stelle gen. et corr. 318a, 3 ihren
vollen Sinn erhält.
[2]) Gr. Denker I. 455.

seiende sei, und so komme er zu seinem Hauptsatze.[1]) Hier
ist der Ausgangspunkt der atomistischen Lehre etwas anders
bestimmt als bei Theophrastos, die vulgäre Weltanschauung
ist die Grundlage der Theorie, die eleatische Kritik wirkt nur
modifizierend und klärend. Es ist dies ganz unsere Auffassung
des Sachverhalts, welche allein verständlich macht, wie es kam,
dass Leukippos, von Parmenides lernend, doch „den entgegengesetzten Weg einschlug“.[2])

45. Nur ein grosser Unterschied besteht zwischen dem
atomistischen und den altjonischen Systemen.[3]) In den Vorstellungen von der „Feinteiligkeit“ und von der „Verdünnung
und Verdichtung“ sind wohl Keime mathematischer Mechanik
gelegt. Aber diese Ansätze sind in der atomistischen Grundlehre mit einer bewundernswürdigen Folgerichtigkeit entwickelt.
Hier scheint ein Moment mitzuspielen, welches nicht im altjonischen Denken seinen Ursprung hat. Indes schon Aristoteles
ist die Verwandtschaft der Atomlehre mit der pythagoreischen
Zahlenlehre aufgefallen,[4]) und selbst Zeller erkennt die Ähnlichkeit an,[5]) wie denn auch Fr. Alb. Lange aus dem Studium
der Mathematik die klare Einsicht reifen lässt, dass das Postulat
der Naturnotwendigkeit die Bedingung jeder rationellen Natur-
erkenntnis sei.[6]) Möglich ist, dass die antiken Angaben über
Beziehungen des Demokritos zu den Pythagoreern eines

---

[1]) Gen. et corr. I. 8. 325a, 23.

[2]) Dies sind Theophrastos' eigene Worte Doxogr. 483, 14.

[3]) Dass die Atomiker die bewegende Ursache im Gegensatz zu den
alten Joniern vom Stoff prinzipiell gesondert hätten (Überweg-Heinze
I. 8 S. 81), kann nicht zugegeben werden (vgl. Gomperz, Gr. Denker
I. 275). Der Begriff der Bewegung trat nur durch die Anstrengungen
des Herakleitos deutlicher ins Bewusstsein.

[4]) Er spricht dies nicht nur de coelo III. 4. 303a, 8 (Zeller I. 5
S. 959, 3), sondern auch metaph. 1039a, 11 mit ὁμοίως τοίνυν δῆλον ὅτι
καὶ ἐπ' ἀριθμοῦ ἕξει aus. wo zuvor über die Atomistik gehandelt war;
s. auch met. 1084b, 27.

[5]) I. 5 S. 959. Die Bemerkung I. 4 S. 764 Anm.: „Seine Philosophie
hat mit derjenigen der Pythagoreer keine Verwandtschaft“ ist in der
fünften Auflage (842 Anm.) erheblich eingeschränkt.

[6]) Gesch. d. Materialismus. I. 2 Iserlohn 1873 S. 15. Vgl. S. 130
Anm. 22. S. ferner Natorp, Erkenntnisprobl. S. 178, 1. Mabilleau
S. 105 ff.

Anhalts, sei es in der Überlieferung, sei es in der Beschaffenheit der demokritischen Schriften nicht ganz entbehren,[1]) wenn wir auch nicht wissen, worauf Glaukos, der Zeitgenosse des Demokritos, seine Behauptung, dieser habe einen Pythagoreer gehört, und Thrasyllos, der Neupythagoreer und Zahlenmystiker, die Bemerkung gründete, der Abderite habe mit den Pythagoreern gewetteifert. So würde denn auch der oben berührte Unterschied eine historische Erklärung zulassen und kann somit keinen Gegenbeweis gegen unsere Ableitung liefern.

---

§ 3. Über die Niederlage der ältesten Atomistik.

A. Allgemeines.

46. Es wird stets eine der vornehmsten Pflichten der Philosophiegeschichte sein, nach den Ursachen zu forschen, welche die Niederlage der materialistischen Weltanschauung im Altertum herbeiführten. Dieselben werden nicht lediglich in der Sache selbst, sondern auch in äusseren Verhältnissen kulturgeschichtlicher, politischer und persönlicher Natur zu finden sein. Denn angesichts der Thatsache, dass die vorsophistische

---

[1]) D. L. IX. 38. S. Zeller I. 5 S. 842 Anm. Was Gomperz, Gr. Denker I S. 144. 442 f. ausführt, ist höchst unsicher; s. Diels, Parmenides S. 64. 66. 82. Die Pythagoreer des Aristoteles (phys. IV. 6. 213 b, 22), welche das Leere durch den Himmel einatmen und die Beschaffenheiten der Zahlen (Dinge) durch das Leere getrennt sein lassen, müssen nicht notwendig voratomistische Denker sein. S. M. Offner, Die pythagoreische Lehre vom Leeren. Abh. Wilh. v. Christ dargebracht. München 1891 S. 1 ff., wo S. 10 f. der Pythagoreer Xuthos (Simpl. phys. IV. 9. IX. 683. 24 Diels. Philop. phys. IV. 9. XVII. 671, 6 σοφιστής ist zu unbestimmt) zu Ehren gebracht wird. C. Deichmann, D. Probl. d. Raumes. Diss. Leipz. 1893 (Halle) S. 19, 1. O. Teichmüller, Studien z. Gesch. d. Begriffe. Berlin 1874 S. 553 ff. 558. Wenn Alkmaion (Act. IV. 16, 2. 406 a, 21) von einem Leeren (κοιλα Stobaios) beim Ohre spricht, darf die Leere der Atomiker nicht verglichen werden. Übrigens sagt Aristoteles coel. III. 4. 303 a, die Atomiker nennen ihre Atome nicht deutlich Zahlen, aber sie wollten doch das Gleiche ausdrücken.

Philosophie im Grunde über den Materialismus nicht sehr weit
hinausgekommen war, und angesichts der Vorzüge der ältesten
Atomistik, welche sich durch die Fortbildung der Naturwissenschaften in der Neuzeit auf das glänzendste herausstellten, ist
von vornherein zu erwarten, dass ein solch wichtiger Vorgang
durch eine Reihe von Teilursachen bedingt sei.

47. In kulturgeschichtlicher Beziehung darf wohl auf die
Macht der antiken Religionen hingewiesen werden, die mit
ihrer anthropomorphen Auffassung der Naturereignisse eher eine
Stütze teleologischer als atomistischer Naturbetrachtung war;
aber auch auf den ästhetischen Sinn der Hellenen, welcher sich
daran stossen mochte, dass das ganze Gebiet der regelmässigen
Formen, bereichert durch die Entdeckung der vollkommensten
Gestalt, der Kugelstalt der Erde, einem blinden Zwange verdankt werden sollte. Der Druck, welchen die Dike des
Herakleitos auf die Sonne ausübt, ist wenigstens ein Zwang
zur Regelmässigkeit und auch der Weg von oben nach unten
und zurück regelmässiger als die atomistische Enstehung des
Weltgebäudes und dessen Zertrümmerung durch andere Welten.
Dem Griechen zeigte sein Auge vorzugsweise das Begrenzte,
Abgeschlossene in den Dingen, die Formen. Und nun sollte
er plötzlich die Dinge gleichsam von innen heraus anschauen,
sollten die sichtbaren Formen ein unwesentliches, fast zufälliges
Erzeugnis von steten, selbst nicht an regelmässige Wege gebun-
denen Veränderungen sein. Auch war die äussere Kultur noch
nicht so weit gekommen, dass für das Erfassen der Atomver-
änderungen die richtigen Instrumente hergestellt werden konnten.

48. In politischer Beziehung ist die überragende Bedeutung Athens im Leben der Griechen nicht ohne Einfluss
gewesen. Eben als die jonische Naturphilosophie den konse-
quentesten Materialismus des Altertums aus sich geboren hatte,
war Athen auf dem Gipfel seiner äusseren Macht angelangt,
und die geistige Vormachtstellung blieb ihm infolgedessen noch
auf lange Zeit. Der Abderite selbst erkennt das in seinem
öfter erwähnten Ausspruche an und gibt zu verstehen, wie
schwer er, der Fremde, in der Metropole der Bildung bekannt
wurde.

49. In persönlicher Beziehung endlich darf die bewunderns-
würdige Charaktergestalt eines Sokrates, das dichterische Genie
eines Platon und der alles Wissen seiner Zeit umfassende Geist
eines Aristoteles nur genannt werden, um zu begreifen, dass
sich das Altertum, auch die von L a n g e so hoch gestellten und
doch von Aristoteles so sehr bestimmten Alexandriner, für die
Richtung dieser Männer entschied. In den Denkern, die nach
Aristoteles aufstanden, war entweder das naturwissenschaftliche Interesse zu schwach und zu behindert oder die Geister
selbst zu unselbständig, als dass das von Demokritos über-
kommene Erbe hätte fruchtbar angelegt werden können. Die
peripatetische Schule zerfiel und löste sich in einzelwissenschaftliche Kreise auf, die sich den Blick auf das Ganze verbauten.
Bei den Stoikern und selbst bei den Epikureern herrschte die
Ethik, bei den Akademikern ausserdem noch der Skepticismus
vor; auch einzelne Glieder der peripatetischen Schule wurden
in die ethischen Fragen stark verwickelt. Der Sinn für das
Pikante [1]) und Wunderbare that sein Übriges und lähmte den
Flug, der auf den kühnen Bahnen der Atomistik zu den Höhen
der erhabensten Naturgesetze empordringen sollte.

50. Trotz allem dem muss die Hauptursache für den Ver-
fall der ältesten Atomistik in ihr selbst gesucht werden. Unter
ihren Gegnern befinden sich die grössten Denker des Altertums,
die gewiss nicht gesonnen waren, die von ihren Meistern überlieferten Lehren nur deshalb, weil jene ihre Lehrer waren,
urteilslos zu vertreten. Demokritos wurde nicht etwa einfach
zur Seite gesetzt; seine Schriften fanden von den verschiedensten
Seiten eifriges Studium. Aristoteles selbst war mit dem guten
Beispiele vorangegangen. Er zeigte sich so wenig blind gegen
die Vorzüge des Abderiten, dass er bei allen Gelegenheiten
auf ihn Rücksicht nimmt, von ihm sowohl in der Darstellung
des Tierlebens und in einer Reihe von Einzelheiten als auch in
der Methode [2]) lernt und einige wichtige Begriffe, wie die der

---

[1]) S. die schöne Bemerkung H. U s e n e r s, Preuss. Jahrb. 1884. 53, 22.
[2]) G. v. H e r t l i n g, Philos. Jahrb. d. Görresgesellschaft 1896 S. 72
behauptet zwar mit Recht, dass Demokritos „von der Ausbildung einer wissenschaftlichen Methode" „weit entfernt war", aber kräftige A n r e g u n g zur
genaueren Ausbildung der empirischen Methode und der Methode der

Aktualität und Potentialität, der Privation, der Mischung, des
Zufalls und vielleicht auch der Materie, an der Hand der demokritischen Ausführungen und Aporieu gewinnt. Seine Schule
hat die Demokritstudien eifrig fortgesetzt. Voran Theophrastos
bezüglich der Lehre von den Sinneswahrnehmungen und von
den Pflanzen.[1]) Was Simplicius mehr von Demokritos weiss,
als wir selbst aus Aristoteles unmittelbar entnehmen können,
scheint er dem Eudemos zu verdanken, der in lebhafter Form
die Bewegungstheorie und die Lehre vom Zufall angriff. Straton [2])
und wohl auch Dikaiarchos philosophieren unter dem Eindrucke,
welchen das materialistische System hervorrief. Ebenso suchte
Herakleides der Pontiker[3]) in dasselbe einzudringen, und die
Skeptiker durchforschten Demokritos' Schriften zu ihren Zwecken.
Wie Herakleides, so arbeitete die Stoa, wohl durch den Streit
zwischen Epikuros und Theophrastos aufmerksam geworden,
demokritische Begriffe und Auffassungen in ihr System herein,
trotzdem sie in der Physik grundsätzlichen Widerspruch erheben

---

Aporien hat er dem Stagiriten höchst wahrscheinlich gegeben. Über
diesen Punkt wie überhaupt über die Abhängigkeit des Aristoteles von
Demokritos soll, soweit dies die vorhandenen Fragmente gestatten, an
anderem Orte gehandelt werden. Die Behauptung Langes, Gesch. d.
Mater. I S. 62 (vgl. S. 61. 11), Demokritos habe vermutlich mit grösserer
Selbständigkeit als Aristoteles den Umfang der Wissenschaften seiner
Zeit beherrscht, ist übrigens sowohl, was Aristoteles als auch was Demokritos angeht, schlecht begründet. Von den Quellen des letzteren und
seinem Verhältnis zu denselben wissen wir fast nichts.

[1]) Auch περὶ πυρός 52. 15, 30 Gercke (Greifswald 1896) nennt er den
Demokr. (die Gestalt der Flamme ist pyramidenartig, weil die Spitzen
rings abgekühlt, so ins Kleine zusammengedrängt und zuletzt zugespitzt
werden). Sollte nicht auch das dort beigegebene empirische Material zum
Teil (φασὶ) von Demokritos herrühren (§ 68)?

[2]) Ausser Älterem und Bekannterem s. H. Diels, Berliner Sitzungs-
ber. 1893, 101 ff. Kahl, Demokritstudien 1 S. 22. Vgl. Straton Doxogr.
370b, 17 mit Democr. 368b, 14. Ebda. 418a, 1.

[3]) S. Lortzing, D. eth. Fragm. d. Demokr. S. 31. Ob er durch
Ekphantos auf die Atomistik hingelenkt wurde oder nicht, würde erst
eine Auseinandersetzung mit P. Tannery (Revue des études Grecques
S. 133 ff. S. auch Annales de philosophie chrétienne XXVII. 1897 S. 131 f.)
lehren. Die von Herakleides bekämpfte Lustlehre (Zeller II. 1. 3 S. 889, 6)
könnte die des Demokritos sein.

zu müssen glaubte.[1]) Vor allem machte sie sich in der Psychologie, die bei Herakleitos nur ganz dürftige Ansätze getrieben hatte, die Ausführungen des Philosophen zu nutze, welcher sie unter ihren materialistischen Vorfahren am genauesten ausgebildet zu haben scheint.[2]) In der archaistischen Zeit der griechischen Kultur ging man nicht nur im Bilden und Dichten, sondern auch im Denken auf alte Vorbilder zurück, und so griff man nicht selten wie zu Pythagoras, so auch zu Demokritos, dessen Schriften noch erhalten waren. Er tritt neben Platon und Aristoteles als Autorität auf.[3]) Sollte bei

---

[1]) Gegen Demokritos schrieb Kleanthes (D. L. VII. 174), gegen die Lehre von den Atomen und den Abbildern Sphairos (s. Ethik d. alten Stoa. Berlin 1897 S. 351, 5).

[2]) Die „innere Berührung (ἁφή)" (vgl. Democr. Doxogr. 515, 9), die Einsichtung der Seele von aussen (vgl. Democr. Simplic. an. I. 2. IX. 26, 11 Hayduck und dagegen die ungenauere Vorstellung des Herakleitos Zeller 1. 5 S. 707, 5), das symmetrische Verhalten der Seele zu den Dingen beim verständigen Denken (Democr. sens. 58. 505. 24 Diels), sind Begriffe, die an Demokritos angelehnt sind. Besonders aber die Ansicht, dass die Seele in den Umschwüngen dieselbe bleibe (vgl. Democr. Alex. an. II. 27, 5 Bruns. mit Ethik d. alten Stoa S. 58, 1); die Gründe, mit welchen Alexandros die Ansicht des Demokritos und „gewisser anderer" widerlegt, sind dieselben, wie die Einwendungen des Poseidonios und seiner Nachtreter gegen die chrysippeische Psychologie. Μεταβολή ist doxographische Übersetzung des demokritischen μεταπίπτειν und bedeutet eine ἀλλοίωσις im Sinne von Aristot. met. 1009 b, 13, eine Lageveränderung kleinster Teilchen, nicht substantielle Veränderung. Ebenso mag die von Chrysippos als grobsinnlich bekämpfte Auffassung der Vorstellung als eines Abdruckes vom Siegel in Wachs durch Demokritos angeregt sein; denn dieser lässt die ἐντύπωσις (ἀποτύπωσις) des Bildes in der Luft so entstehen, als ob man ein Bild in Wachs drücke (ἐκμάξειας), wobei die Ausdrücke des Theophrastos beachtenswert sind (de sens. 51. 514, 1 Diels). Die Termini ἀκριβής und καθαρόν, die Demokritos für seine Atome verwendet (fr. phys. 32 u. 37 Mull.), kehren beim stoischen Pneuma wieder (s. Bayr. Blätter f. d. Gymnasialschulw. 34. 1898 S. 419, 2). — Wegen der Chemie vgl. Alex. π. κράσεως II. 2. Chrys. 216, 19 mit Democr. 214. 22 Bruns. Das Sperma ein Körper bei Leukippos und Zenon Doxogr. 640, 17. Das demokritische παμπληθής Chrys. Sext. E. math. VII. 229 (241, 5 Bekk. σχηματισμοῖς). 230 (241, 11 Bekk. ἑτεροιώσεσι), ἰνδάλλεσθαι ebd. VII. 249 (die ganze Stelle 242—252 ist stoisch; s. 253; 261). Bezüglich der ethischen εὐστάθεια vgl. Democr. fr. 52 N.

[3]) So im Anfang der ps.-plutarchischen αἰτίαι φυσικαί 911 d. Inwiefern diese von den αἰτίαι des Demokritos abhängig sind, lässt sich

all dieser zum Teil liebevollen Beschäftigung mit der Atomistik
das Gute an ihr völlig unerkannt geblieben sein? Gewiss nicht.
Straton und Herakleides bestrebten sich die Atomtheorie zu
verwerten, und auch die Stoa scheint ihren Wert eingesehen
zu haben, wenn sie die Lehre von den ἐλάχιστα [1]) mit einem in
ihrer Zeit liegenden Anachronismus dem Herakleitos unterschob. Wenn demnach das Altertum mit Ausnahme der Epikureer nahezu einstimmig der Theorie der ältesten Atomistik
geringeren philosophischen Wert zusprach als der sokratischen
Weltanschauung, dürfen wir schliessen, dass erstere in der
Form, wie sie vorlag, erhebliche Mängel barg, die eine gedeih-
liche Fortbildung zu jener Zeit noch nicht zuliessen.

51. Und endlich Epikuros selbst, der in der atomistischen
Lehre das geeignetste Mittel erkannt hatte, das Menschenherz
von beängstigendem Wahne zu befreien, der sich ihrer neben
den freilich in dem grossen philosophischen Chor jener Zeit
nur wenig beachteten Demokriteern mit allem Eifer annahm,
selbst er mochte die alten Ansichten nicht einfach herüber-
nehmen. Ja es zeigt sich, wie die einfache geschichtliche
Betrachtung sagt und neuere Untersuchungen deutlicher
machen,[2]) dass er mit wenigen Ausnahmen, von den Grund-
sätzen natürlich abgesehen, der aristotelischen Kritik Recht
gibt.[3]) Weniger bedeutende Unterschiede zwischen der ältesten

nicht bestimmen. Die ätiologische Methode ist streng durchgeführt. Doch
werden unter dem Einfluss der Skepsis mehrere Gründe für dieselbe
Erscheinung zugelassen, wie bei Epikuros, dessen Schule jedoch schwerlich
in Frage kommt. — Für Celsus s. Sepp, Pyrrhoneische Studien S. 40.

[1]) Der Ausdruck scheint von Aristoteles herzurühren; s. gen. et corr.
I. 10. 328 a. 6. sens. et sensil. 3. 440b, 5, 10. 4. 442b, 14 (fehlt im Index)
coel. I. 5. 271 b, 10, vgl. metaph. 1064 b, 27. Zeller I. 5 856, 1.

[2]) Nachdem Zeller (III. 1. 2 2. Aufl. 431 f. 380, 2. 373. 377 f.; s.
dagegen 376. 384, 4) und Lange (Gesch. d. Materialismus. 3. Aufl. S. 79;
s. dagegen Anm. 58 S. 137. 116), der über Zeller eigentlich nicht hinaus-
geht, die Ursache der Abweichungen des Epikuros von Demokritos teilweise haben erkennen lassen (s. Zeller 375, 6. 377, 4. 378, 3. 391, 4, aber
auch 432; Lange S. 17 ff.), aber doch nicht hinreichend, hat Goedeckemeyer das Verhältnis in sorgsamer Untersuchung klargestellt.

[3]) Bei dieser nachweisbaren Abkunft der epikureischen Naturphilosophie ist es wahrscheinlich, dass sie hierin von der stoischen unabhängig
ist. Welche Erklärung hingegen die Ähnlichkeiten erheischen, die zwischen

und der epikureischen Atomistik seien hier mit Stillschweigen
übergangen.[1]) Betrachten wir die hauptsächlichsten Abweichungen und halten wir damit die Sätze zusammen, in denen
Epikuros sich dem Aristoteles entgegenstellt, so müssen
wir urteilen, dass er nicht etwa aus schwachsinniger Nach-
giebigkeit gegen die scharfe Weise des Stagiriten gehandelt
haben kann. Die Grundzüge der Atomistik hält er unbeirrt
fest, die Atome [2]) und das Leere lässt er sich nicht wegstreiten,
die angebliche qualitative Umwandlung der Elemente in andere
will er nur durch Umlagerung der Atome erklärt wissen,[3])
selbst die Lehre von den Ausflüssen gibt er nicht preis.[4])
Sein guter Blick hatte sich schon in der Wahl des demokritischen Systems bewährt, das wie kein zweites geeignet war im
Sinne seiner Ethik zu wirken. Es ist ihm auch gelungen,
mehrere Verbesserungen an jenem anzubringen. Von den Gestalten des Ankers, des Ringes, des Dreizacks will er bei den
Atomen keinen Gebrauch machen; die Annahme derselben
stehe mit der Förderung der Unzerbrechlichkeit derselben in
Widerspruch. Geschah die Einschränkung der unendlichen
Zahl der Atomgestalten auch vornehmlich mit Rücksicht auf
die Erfahrung,[5]) so war durch dieselbe doch zugleich der Ein-
heitlichkeit der Naturerklärung Vorschub geleistet. Der Ausweg, die Zahl der Atomgestalten als ungreifbar, das heisst als

---

Epikuros und Zenon in der Erkenntnislehre, Psychologie und in der
logischen Bearbeitung der Theorie obwalten, dürfte nicht so einfach zu
entscheiden sein.

[1]) S. Goedeckemeyer S. 4 f. (Vernachlässigung des Problems der
Vielheit, weniger metaphysische Begründung der Begriffe des Körperlichen
und des Leeren bei E.). 45 (Gewebe und Gemenge bei Dem. noch nicht
streng unterschieden). S. auch R. Heinze zu Lukretius III. S. 148.

[2]) Sogar die demokritische Behauptung, dass die kleinsten Tierchen
Eingeweide haben, liess er sich von Aristoteles nicht wegstreiten; Lukretius führt, wie später die Erneuerer der Atomistik, diese selbst wieder
auf einem Analogieschluss beruhende Annahme als Beleg für die Kleinheit der Atome an (de rer. nat. IV. 145, eine Stelle, die wohl auf Demokritos zurückzuleiten ist).

[3]) Goedeckemeyer S. 32.

[4]) Ebd. 62.

[5]) Goedeckemeyer S. 10 f.

nur subjektiv, nicht objektiv unendlich zu fassen,[1]) bezeugt,
dass er Schwierigkeiten, die ihm die Gegner des Demokritos
in den Weg gelegt hatten, nicht ratlos gegenüberstand. Die
Formulierung neuer Möglichkeiten,[2]) wie sie Epikuros liebt, ist
wenigstens insofern ein Verdienst, als er dadurch die Warnung
gab, die Reihe der Glieder einer Disjunktion nicht vorzeitig
abzubrechen. Dem Grundbestreben aller Atomistik, die Übertragung der Bewegung aus möglichst geringer Entfernung der
Atome herzuleiten, ist durch die epikureische Annahme eines
höhlenreichen (πολύκενος) Ortes als des Schauplatzes der Welt-
bildung besser genügt[3]) als durch das demokritische Theorem
von grossen leeren Stellen im All. In der Seelenlehre hat der
grobe Materialismus der Feueratome einer feineren Vorstellung
Platz gemacht.[4]) Nicht mehr soll zwischen je zwei Körperatome ein Seelenatom eingeklemmt sein.[5]) Die Seele hat jetzt
auch die Fähigkeit, den Körper zum Stillstehen zu bringen.[6])
Die „Bilder" gestaltet nicht mehr der Sehende und das Ge-
sehene zugleich.[7]) Das Problem der Willensfreiheit ist in
seiner Wichtigkeit erkannt.[8]) Was wir weiter von der Unterscheidung des Zusammenstosses der aus weiter und der aus
geringerer Entfernung aufeinander treffenden Atome,[9]) von
der entwicklungsmässigen Zurückführung des Organischen auf

---

[1]) Ebd. S. 11.

[2]) So gilt ihm der Wirbel nur mehr als eine von verschiedenen Möglichkeiten (ebd. S. 36; vgl. jedoch S. 43). Ausser Zeller und Lange
s. übrigens auch Goedeckemeyer S. 155. Heinze. Lukret. III S. 52.
Sollte hierin Epikuros nicht von der Skepsis beeinflusst sein?

[3]) Goedeckemeyer S. 26 f.

[4]) Ebd. 48 ff. 52 f. Heinze z. Lukret. III S. 35. 39.

[5]) Ebd. 51 f. Heinze 106 ff.

[6]) Ebd. 53. Heinze 40 f. 85.

[7]) Ebd. 66 ff. Wenn dem Aristoteles, wie Heinze S. 100 meint,
die Frage, ob auch den Sinnesorganen oder nur der Seele Empfindung
zukomme, als solche noch nicht vorlag, so ist dies noch viel weniger von
Demokritos anzunehmen.

[8]) Ebd. 92 ff.

[9]) Goedeckemeyer S. 34. Die genaue Fassung des Unterschiedes
zwischen primären Eigenschaften der Atome (Gestalt, Grösse. Schwere)
und sekundären („alles, was mit der Gestalt notwendig verbunden ist")
scheint erst von E. herzurühren; s. die Stelle bei Heinze S. 74.

das Anorganische und von der Schilderung der kulturgeschicht-
lichen Fortschritte [1]) erfahren, lässt vermuten, dass Epikuros
noch in anderen Einzelheiten die Theorie besser ausgebaut
haben mag.[2]) Die Fortbildung, die in Logik und Ethik zutage
tritt, kann hier füglich durch einfachen Hinweis erledigt werden.

52. Wenn wir nun sehen, dass sich Epikuros in diesen
Punkten fast durchaus von Aristoteles leiten liess,[3]) so dürfen
wir zurückschliessen, dass die demokritische Lehre noch grössere
Mängel barg an den Stellen, wo Epikuros in der Absicht, dem
Demokritos gegen Aristoteles beizuspringen, die Sache erst
recht verdarb.[4])

53. Dies gilt zunächst von der berühmten Abweichung der
senkrecht fallenden Atome. Diese merkwürdigste aller Inkonse-
quenzen kann nicht schlicht und einfach beurteilt werden; sie
findet denn auch bei L a n g e, der gleichwohl aus historischen
Gründen für Milderung plaidiert,[5]) unumwundene Verurteilung,
P. T a n n e r y dagegen möchte sie als die „philosophischste"

---

[1]) Weniger E m p e d o k l e s, den L a n g e und G o e d e c k e m e y e r
(S. 140) nennen, als die kulturgeschichtliche Forschung der aristotelischen
Schule, eines Dikaiarchos und Theophrastos (s. J. B e r n a y s, Th.' Schrift
über Frömmigkeit. Berlin 1866 S. 39 ff.), haben hier Einfluss gewonnen.

[2]) Vgl. L a n g e 1. 3 S. 108 über die Bewegung der Atome im
Leeren. B ä u m k e r, Probl. d. Materie S. X. 317 über die Mischungstheorie. Woher mag wohl E. die Beobachtung haben, dass das Gewicht
des Körpers beim Abscheiden der Seele nicht abnimmt (H e i n z e S. 73)?
S. auch S. 148.

[3]) S. die aus H e i n z e und G o e d e c k e m e y e r (auch 38. 58. 59 ff.
70 ff. 74. 123 ff. 126. 131) bisher angeführten Stellen. Auch wenn E. sagt,
eigentlich müssten sogar unendlich grosse Atome zugegeben werden
(G o e d e c k e m e y e r S. 10), und die Begrenztheit des Irdischen betont
(ebd.), hatten aristotelische Argumente auf ihn Eindruck gemacht (s. die
Stellen bei L a s s w i t z I S. 122. — 114 f. 104). Ebenso hatte Aristoteles
an der Sonderstellung der Feueratome Anstoss genommen. Was G o e -
d e c k e m e y e r gegen B r i e g e r S. 47 ausführt, steht daher auf schwachen
Füssen.

[4]) G o e d e c k e m e y e r S. 155 gibt. wenn er dies behauptet, der allgemeinen Ansicht von E. Ausdruck. Vgl. auch Z e l l e r I. 5 S. 886, 2
gegen L a n g e I S. 130 (bezüglich des Oben und Unten im Unendlichen).

[5]) I S. 109.

Idee des Epikuros rechtfertigen.[1]) Darüber, dass Epikuros
die Willensfreiheit, wenn er sie in seinem Systeme anbringen
wollte, am ungeschicktesten Platze einführte, scheint kein
Zweifel zu bestehen. In der Psychologie hätte sie sich, etwa
bei Voraussetzung einer eigenartigen Reaktion eines eigenartig
zusammengesetzten fünften Seelenstoffes, weniger übel ausgenommen. Aber es war nicht die Willensfreiheit ausschliesslich,
die Epikuros zu seiner sonderbaren Lehre bestimmte. Die Abweichung von der parallelen Richtung war aus physikalischen
Gründen notwendig.[2]) Und wo sollte der rein empirisch
denkende Sensualist genau parallele Linien in der äusseren
Wirklichkeit finden? Höchstens da, wo der Wille des Menschen
die äussere Natur regelmässig gestaltet. Epikuros entsprach also
sowohl dem Prinzip der mechanischen Naturerklärung wie dem
aristotelischen Gebote, eine Regel für alle gleichartigen Fälle
ohne Ausnahme, hier für die Fälle der Bewegung, aufzustellen,
wenn er die parallele Bewegung nur als „Spezialfall" aller
möglichen Bewegungsarten auffasste, genau so, wie er dann die
regelmässigen Gebilde des Zweckmässigen als Spezialfälle aller
möglichen Atomverbindungen ansah. So liess sich denn auch
die Bewegung durch den freien Willen, die er nicht nur wegen
der Enargeia dieser Erscheinung von seinem erkenntnistheoretischen Gesichtspunkte aus,[3]) sondern auch im Interesse seiner
Ethik — denn der Weise sollte sich die Dinge, nicht den
Dingen sich unterordnen — einfach anerkennen musste, auf
ein grosses allumfassendes Gesetz zurückführen. Nur dass wir
dann eben ein Gesetz der Notwendigkeit nicht mehr haben.
Der Zufall führt das Scepter, das Notwendige ist gleichsam
ein Spezialfall des Zufälligen. Die strenge Methode wird verlassen, neue wissenschaftliche Erkenntnisse sind, auch auf dem
Umwege des Irrtums, nicht mehr leicht möglich, da sich der

---

[1]) Vgl. mit Lange I Anm. 68 S. 140 Tannery, Annal. de philos.
chrétienne 1897 S. 136.

[2]) S. u. a. Lange I S. 108 f. Goedeckemeyer 126 ff.

[3]) Die Frage der Willensfreiheit würde auch dem Chrysippos nicht
so sehr am Herzen gelegen sein, wenn nicht die stoische Erkenntnislehre
mit Fingern auf die natürliche Ansicht des gemeinen Bewusstseins gedeutet hätte.

Epikureer auf die Gefahr des Irrtums so wenig einlassen wird
wie auf die Verfolgung eines Gedankens, der über die Grenze
der einfachsten Empirie und die Lehre des Meisters hinaus-
locken könnte. Sind Willensfreiheit und Zweckmässigkeit
überhaupt die Begriffe, mit welchen die rein mechanische Welterklärung nicht fertig werden kann, so sind die Schwächen der
epikureischen Naturphilosophie geschichtliche Zeugen dafür, dass
die älteste Atomistik hier noch tiefer stand. Ähnlich verhält
es sich mit der epikureischen Psychologie. Die vier Seelen-
stoffe und die Verschärfung des atomistischen Dualismus zwischen
dem Vernünftigen und Unvernünftigen der Seele sind keine
glücklichen Neuerungen des Atheners, abgesehen vielleicht von
dem Mehr an Abstraktion, welches in den Bezeichnungen
„Feuerartig, Pneumaartig, Luftartig" und in der allgemeineren
Charakterisierung einer psychologischen quarta essentia liegt. Der
Einheit des Bewusstseins entsprach indes die Gleichartigkeit der
demokritischen Seelenatome mehr. Aber eine Psychologie liess
sich eben mit solch primitiven Vorstellungen nicht ausführen; auf
die Natur der Empfindung scheint die demokritische Seelenlehre ganz und gar nicht anwendbar gewesen zu sein.[1] So
reicht die Unzulänglichkeit, welche der epikureischen Theorie
anhaftet, in der Wurzel auf jene zurück.

54. Jedenfalls aber deutet das Verhalten des Epikuros,
der noch in der Lage war, die Ausführungen des Aristoteles
mit denen des Demokritos zu vergleichen, darauf hin, dass die
aristotelische Kritik objektive Fehler des letzteren getroffen hatte.
Es dürfte deshalb die Einsicht in die Gründe jener Niederlage
des Materialismus fördern, wenn man diese Kritik näher kennen
lernt. Denn wie sich ohne dieselbe die Atomistik entwickelt
hätte, ist nicht zu ahnen. Sie hat den Atomismus, nachdem
sie einen Entscheidungskampf zwischen sokratisch-platonischer
und demokritischer Weltauffassung veranlasst hatte, auf Jahrhunderte hinaus wissenschaftlich lahm gelegt. Konnte sie sein
Fortleben keineswegs, nicht einmal in der eigenen Schule, ver-
hindern, so hat sie doch andrerseits, wie wir zum Teil schon
sahen, den Materialismus der nächsten Zeit in seiner Richtung

---

[1] S. Heinze, Lukret. III S. 41. 37 ff.

mitbestimmt.[1]) Wie sie die Schüler aus dem Peripatos zum
Vorstoss gegen den in seiner ganzen Gefährlichkeit erst jetzt
erkannten Feind anspornte, so hat sie die volle Naturkraft des
demokritischen Systems gebrochen. Gerade die Darstellung
F. A. Langes lehrt klar, dass Aristoteles für die Einwände,
die sich im Altertum gegen Demokritos geltend machen liessen,
der berufene Dolmetsch war.

55. Wir werden jedoch die Kritik des Aristoteles nicht
wieder selbst einer Antikritik unterziehen, sondern nur darauf
unser Augenmerk lenken, ob sie den Anforderungen genügt,
die an eine wissenschaftliche Kritik schon damals gestellt
werden konnten. Es sind dies hauptsächlich Unbefangenheit
gegenüber der Person des Bekämpften, massvolle Ruhe im Ton
und Scharfsinn in der Auffindung von Schwierigkeiten und
Widersprüchen, die etwa der beurteilten Lehre anhaften. Volle
Unbefangenheit in der Sache dürfen wir im Altertum am
wenigsten erwarten. Sah Aristoteles seine wissenschaftlichen
Grundsätze als gesichert an, durch Erwägungen, gegen welche
die demokritische Philosophie nichts zu sagen hatte, weil ihr
die entsprechenden Erkenntnisse noch nicht aufgegangen waren,
so hatte er als Philosoph das Recht, welches ein Historiker
nicht hat, seine eigene wissenschaftliche Überzeugung als Gegen-
grund anzuführen. Wer die Kritik prüft, hat trotzdem die
Möglichkeit, von dieser persönlichen Auffassung des Kritikers
abzusehen und sie einfach unbeachtet zu lassen.[2])

56. Bei der Untersuchung, die wir in jenem Sinn anstellen,
wird jedoch insbesondere in die Wagschale fallen, dass man
von der inneren Bedeutung der aristotelischen Kritik allgemein
überzeugt ist. Die Objektivität und Billigkeit des Aristoteles

---

[1]) Wie weit der Materialismus der Stoa, deren Begriff der Materie
sich von dem aristotelischen unterscheidet (G. v. Hertling, Materie und
Form. Bonn 1871 S. 140 ff. Lange I S. 72 f.), durch Aristoteles in
diesem Sinne beeinflusst ist, wäre wohl einer Untersuchung wert.

[2]) Wie denn thatsächlich die Gegner des Aristoteles im „Übergangs-
Zeitalter" zur Neuzeit ihre Kenntnis der Atomistik zum grossen Teile eben
Aristoteles verdankten. Nur fehlte ihnen der geschichtliche Sinn, der sie
hätte darauf führen können, die reine Lehre des Demokritos (Leukippos)
aus den Berichten des Stagiriten herauszukonstruieren.

ist es, welche von höchst beachtenswerter Seite in Zweifel gezogen wurde.[1]) Es soll daher im folgenden auf diesen Vorwurf das Hauptgewicht gelegt und zunächst dargestellt werden,
welche Mängel Aristoteles innerhalb einzelner Zweige der demokritischen Philosophie entdeckte, sodann aber gefragt werden,
ob er nicht auch die Vorzüge derselben anerkannte.

B. Die aristotelische Kritik der Atomistik.

1. Die Kritik zur demokritischen Psychologie.

57. Lange führt als erstes Beispiel unzulässiger Kritik
seitens des Stagiriten die Art an, „wie er de anima I. 3 die
Lehre des Demokritos von der Bewegung des Körpers durch
die Seele lächerlich zu machen sucht".[2]) Aristoteles erörtert
dort [3]) die verschiedenen Möglichkeiten für die Bewegung des
Körpers durch die Seele. Als eine solche Möglichkeit führt
er an, dass die Seele den Körper, in welchem sie sei, so bewege, wie sie selbst bewegt werde. Den bedeutendsten Vertreter
dieser Behauptung erkennt er in Demokritos, welcher gesagt
hatte, die Atome zögen, indem sie sich bewegten, weil sie von
Natur niemals (am Ort) bleiben könnten, den ganzen Körper
mit sich und bewegten ihn so. Diese Erklärung vergleicht der
Stagirite mit dem Scherze des Komödiendichters Philippos,
welcher erzählte, Daidalos habe das Holzbild der Aphrodite
selbstbeweglich gemacht, indem er Quecksilber in Höhlungen
gegossen habe, die er darin angebracht hatte. Da sich das
Quecksilber leicht bewegt, habe es geschienen, als ob sich
Aphrodite selbst bewege.[4])

---

[1]) Wir meinen Lange, Gesch. d. Materialismus I. 2 S. 11 (vgl.
S. 68): „Aristoteles nennt ihn oft und mit Achtung, aber er citiert ihn
meist nur, wo er ihn bekämpft und dies geschieht keineswegs
immer mit der gehörigen Objektivität und Billigkeit."

[2]) Gesch. d. Mater. I. 2 S. 129 Anm. 14.

[3]) 406b, 15.

[4]) Vgl. Philop. an. I. 3. XV. 115, 35. Simpl. XI. 39, 23 Hayduck,
wo vielleicht ἀργυρὸν τὸν einzuklammern ist.

58. **Lange** erwidert, jener Vergleich hinke bedeutend.[1])
Inwiefern, gibt der Geschichtschreiber des Materialismus nicht
an. Was der Vergleich sagen will, besagt er jedenfalls: So
wenig das Quecksilber ein perpetuum mobile oder gar eine
zweckvolle Bewegung schafft, so wenig vermögen die zwischen
je zwei Körperatome gelegten Kugelatome eine Bewegung des
Körpers hervorzubringen. Wenn **Lange** auf die Vorstellung
des Descartes von der Thätigkeit der Lebensgeister zur Ent-
schuldigung hinweist,[2]) so ist das vom Standpunkte des Histo-
rikers aus verdienstlich, aber nicht geeignet, das Urteil des Aristoteles, der dort nicht als Historiker, sondern als Kritiker auftritt, zu entkräften.[3]) Zugegeben, dass die Kugelatome die
leichteste Bewegung besitzen, so bot doch die Frage eine
Schwierigkeit, wie es kam, dass diese Kügelchen die anderen
Atome mitziehen konnten; wahrscheinlicher war, dass sie sich
um die Ecken und Häkchen der übrigen Atome herumschoben,
statt anzustossen. Und falls letzteres geschah, konnte man
dann mehr als ein Zittern und Vibrieren des Körpers erwarten?[4]) Kurz eben die anschaulich-sinnliche Aus-
deutung der demokritischen Lehre musste jenen Vergleich nahe
bringen. Übrigens ist nicht sicher, ob Aristoteles selbst den
Vergleich auf die demokritische Ansicht anwandte. Wenigstens
fährt Aristoteles nach Mitteilung des Vergleiches und der
Lehre des Demokritos weiter: „Wir ($\dot{\eta}\mu\epsilon\tilde{\iota}\varsigma$) aber werden
fragen, ob eben dieselben Atome auch das Stillstehen (des
Körpers) bewirken", trennt also seine eigenen Einwände von
jener scherzhaften Widerlegung. Weiter handelt es sich, falls
auch Aristoteles das Gebot der billigen Kritik hier verletzt
haben sollte, nur um eine Einzelheit. Kurz zuvor[5]) erhebt

---

[1]) Gesch. d. Materialismus I. 2 S. 20.

[2]) Gesch. d. Materialismus I. 2 S. 131 Anm. 28.

[3]) Vgl. auch Mabilleau, histoire de la philos. atom. S. 224.

[4]) Die Veränderung der Bewegung scheint sich Demokritos durch
Veränderung des Lageverhältnisses (schief, gerade u. s. w.) der Seelen-
kügelchen zu den Körperatomen vorgestellt zu haben (Simpl. an. I. 4. XI.
64, 15 Hayduck).

[5]) An. I. 2. 405a, 8.

er die Psychologie des Demokritos als „feiner" über andere
Theorien. Dass aber Demokritos durch die Kugelgestalt das
verständige Wesen der Seele versinnbildlichen wollte, wird
nicht leicht jemand mit Simplicius [1]) als Möglichkeit in Betracht
ziehen.

59. Endlich beweist Aristoteles, wenn er ausser dem Vergleiche noch drei weitere e r n s t e Argumente gegen Demokritos
bringt, dass er dem Gegner seine Achtung selbst in dieser
Einzelfrage nicht verweigert. Das erste ist bereits genannt;
es bezieht sich auf das Stillstehen des Körpers. Das zweite
besagt, dass es schwierig oder unmöglich sei, nach Demokritos
zu erklären, w i e die Seele den Körper zum Stillstand bringen
soll (oder w i e die Seele den Körper bewegen soll?). Das
dritte gibt sich als a l l g e m e i n e Widerlegung: Die Erscheinung zeigt, dass nicht s o die Seele das Lebewesen
bewegt, sondern durch Vorsatz und Denken.[²]) Es ist sehr
fraglich, ob die antikritische Bemerkung L a n g e s : „Als ob
dies nicht schon dem Wilden klar wäre, längst bevor die
Wissenschaft auch nur in den leisesten Anfängen vorhanden
ist" nicht auch dahin führt, den Aristoteles lächerlich zu
machen, und andrerseits, ob sie sachlich begründet ist. Der
Wilde dürfte wohl eher den Standpunkt des Demokritos teilen.
Denn das Bewusstsein von der gänzlichen Verschiedenheit der
seelischen und der körperlichen Vorgänge ringt sich erst spät
zur Klarheit durch. Was Aristoteles ausdrücken will, ist,
dass die einfache innere Wahrnehmung uns von den Atom-
bewegungen nichts zeigt, dass das e r s t e, was wir bei der Bewegung des Körpers durch die Seele untrüglich wahrnehmen,
die Akte des Vorsatzes und des Denkens sind. Er gebraucht
das Wort φαίνεται nicht ohne Grund. Von den E r s c h e i n u n g e n
hatte nach Demokritos' Erkenntnistheorie die Wissenschaft aus-
zugehen; für die Erscheinungen des Vorsatzes und des Denkens
schien dem Stagiriten die Atomistik keine genügende Erklärung
zu bieten. Aristoteles hat schwerlich verkannt, welche Bedeutung die Einreihung der vernünftigen Handlungen in die

---

[1]) An. I. 2. XI. 26. 11 Hayduck.
[²]) An. I. 3. 406 b, 22—25.

Kette der allgemeinen Gesetze der Erscheinungswelt für Demokritos hatte. Aber um genau beurteilen zu können, ob sein
Urteil berechtigt ist oder nicht, müssten wir genau wissen,
welche Form der psychologische Materialismus des Demokritos
im einzelnen hatte. Wir können Aristoteles nicht tadeln, dass
er die grobsinnliche Vorstellungsweise des Atomikers nicht übersehen wollte. Der wissenschaftlichen Forderung, das Besondere
in der Erscheinung auf die allgemeinen Gesetze der Erscheinungswelt zurückzuführen, glaubte er in anderer Weise ent-
sprochen zu haben.

60. Auf die weitere Kritik, die Aristoteles an der demokritischen Psychologie übt, geht Lange nicht ein. Vor allem
wäre wichtig, zu erfahren, was der Peripatetiker gegen die
Lehre des Demokritos von der Identität der Seele und des
Verstandes einzuwenden hatte. Er findet das, was Anaxagoras
in gleicher Hinsicht gesagt hatte, weniger klar,[1]) widerlegt aber
die Theorie des Atomikers nicht für sich. Die Bemängelung
der Behauptung, dass Verständigsein und Wahrnehmen dasselbe sei, geht hauptsächlich gegen Empedokles.[2]) Wir können
so wenig beweisen, dass die aristotelischen Bemerkungen zu
dieser Frage auch den Demokritos mittreffen sollen,[3]) dass man
fast versucht ist, die eine Alternative: „Alle Erscheinungen
sind wahr"[4]) als die Folgerung des Demokritos zu betrachten.[5])
Doch war jedenfalls die aristotelische Distinktion zwischen
Wahrnehmung und Verstand,[6]) welche die Eigenschaften beider
aus der Erfahrung heraus nachzuweisen sucht, ein thatsächlicher
Widerspruch gegen die Annahme des Demokritos. Wieviel

---

[1]) An. I. 2. 404 b, 1. Vgl. 405 a, 8; b, 18, 21. Ob die Etymologie
für ζῆν 405 b, 27 von Demokritos herrührt, ist zweifelhaft.

[2]) Vgl. An. I. 5. 409 b, 26. Auf die Frage, ob wir das Gleiche durch
das Gleiche erkennen, hatte sich Demokritos nach Theophrastos (sens. 49.
513, 10) gar nicht eingelassen.

[3]) So muss Zeller I. 5 S. 915, 3 und Bonitz im Index s. v. Δημόκριτος gegen Schluss annehmen.

[4]) An. III. 3. 427 b, 2. So auch met. III. 5. 1010 b, 1, wo hauptsächlich gegen Demokritos polemisiert wird. Vgl. 1011 a, 18.

[5]) Vgl. An. I. 2. 404 a, 28 und die Zeller I. 5 S. 916, 2 angeführten
Stellen.

[6]) An. III. 3. 427 b, 8—27.

Eudemos und Theophrastos bei ihrer Polemik gegen den Atomiker von ihrem Meister lernten, können wir nicht mehr sagen.

61. Sodann ist von Belang das, was Aristoteles über die Körperlichkeit der Seele denkt. Er bekämpft die entsprechende Lehre des Demokritos so: „Wofern die Seele in dem ganzen wahrnehmenden Körper ist, müssen notwendig zwei Körper in demselben Orte sein, falls wirklich die Seele ein Körper ist." [1]) Ob hier eine Verdrehung oder ein Missverständnis seitens des Kritikers vorliegt, oder ob wirklich die Lehre des Demokritos trotz seiner Annahme des Leeren jene Schwierigkeit barg, ist schwer zu entscheiden. Wir müssen uns da einfach auf den Takt des Aristoteles verlassen. Jedenfalls hat es Aristoteles weniger auf Demokritos als auf die pythagoreisch beeinflusste Psychologie abgesehen, welcher er ebendort vorrückt, sie unterscheide sich im Grunde nicht von der demokritischen. [2])

62. An einer Stelle verwendet er, indem er die Lehre, dass die Seele Feuer oder eine ähnliche Kraft sei, verurteilt, einen Ausdruck, dessen er sich sonst nur gegen recht ungeschickte Philosophen bedient; er meint, diese Ansicht sei albern. [3]) Gleich drastisch ist die Art, wie er sie abfertigt. Sie komme, sagt er, der Behauptung gleich, der Baumeister oder die Baukunst sei eine Säge oder ein Drellbohrer, weil das Werk zustande komme, wenn beides nahe bei einander ist. Die Lehre gründe sich nämlich auf die Beobachtung, dass unter den Körpern der warme den Geschäften der Seele die besten Dienste leiste; Ernährung und Bewegung kämen am meisten durch die Kraft der Wärme zustande. [4]) Die Seelenwanderungslehre der Pythagoreer hat er übrigens nicht glimpflicher behandelt; sie zu behaupten heisst soviel wie zu sagen, die Baukunst gehe in Flöten ein. [5]) Auch hier müssten wir, um das aristotelische Verfahren als berechtigt oder als ganz oder teilweise unbe-

---

[1]) An. I. 5. 409 a, 32—b, 4.
[2]) An. I. 4. 409 a, 10. 5. 409 b, 7.
[3]) Part. an. II. 7. 652 b. 8 φορτικῶς τιθέντες. Das Wort könnte übrigens auch „grob" bedeuten.
[4]) Ebd. 652 b, 9—15. (Wohl auch gegen Herakleitos).
[5]) An. I. 3. 407 b, 24.

rechtigt erklären zu können, wissen, was Demokritos über die
Seele, über ihre Bedeutung und über ihr Verhältnis zum Körper
ausdrücklich gesagt hatte.[1])

63. Was Aristoteles ausserdem tadelt, sind Einzelheiten.
Einige solche mögen, um die Gesinnung des Stagiriten gegenüber Demokritos zu kennzeichnen, noch angeführt werden.

Aristoteles[2]) meint, wenn man den farbigen Gegenstand
unmittelbar an das Auge bringe, werde das Auge nicht sehen.
Die Farbe setze das Durchsichtige, z. B. die Luft, in Bewegung;
da dies zusammenhänge, werde dadurch das Sinnesorgan bewegt. Demokritos habe darin Unrecht, dass er glaube, wenn
das Mittlere (das zwischen Auge und Gegenstand Liegende)
leer würde, könne man sogar ganz genau sehen, ob eine Ameise
am Himmel sei.[3]) Wenn der Zwischenraum leer sei, würde
man überhaupt nichts sehen. Denn das Wahrnehmungsfähige
müsse eine Veränderung erleiden, damit Sehen möglich sei; durch die Farbe selbst sei dies nicht möglich, es müsse
also etwas dazwischen sein. Man wird hier sagen dürfen, dass
der Empiriker seinen Gegner ehrlich berücksichtigt und dass
Aristoteles die Rechte der Empirie gegenüber dem „Vorwitz der
Vernunft" wahrnimmt. Das atomistische Leere unterbrach die
Wirkung des Himmels auf das Auge.

64. Die Lehre, dass Weiss und Schwarz nicht ohne Ge-

---

[1]) Er hypostasierte den Begriff Seele ganz nach vulgärer Weise
wenigstens in seiner Ethik (Zeller I. 5 S. 906 f. und danach Lange,
Gesch. d. Materialismus I. 2 S. 19), aber fraglich bleibt doch, ob er es
auch in seiner Psychologie that. Unwahrscheinlich ist jene Art von In-
duktion bei Demokritos nicht; so induziert er aus der Beobachtung, dass
wir beim Warmwerden und dass ebenso brennende Dinge rot werden,
freilich vom Standpunkte seiner Erkenntnis- und Atomlehre aus ganz konsequent, dass die rote Farbe sich aus den nämlichen Atomgestalten ergebe
wie das Warme (Theophr. sens. 75. 721, 18), also ähnlich, wie es Aristoteles oben angibt. Die Thatsache, dass die Gewächse (Blätter?) zuerst
grün sind, bevor sie versengen und zerfallen (durch Würme rot werden
und verwelken?), dient ihm zur Erläuterung der Behauptung, Rot dem
Weiss beigemischt erzeuge ein strahlendes und nicht ein schwarzes (dunkles)
Grün (ebd. 78. 522, 19).

[2]) An. II. 7. 419a, 12.

[3]) Wie diese Ansicht mit der Eidolenlehre zusammenhängt, deutet
Goedeckemeyer S. 63 f. an.

sichtssinn, der Geschmack nicht ohne Geschmacksinn existiere, schreibt Aristoteles nicht lediglich dem Demokritos zu. Er macht sie durch seine beliebte Distinktion ab: Nehme man Wahrnehmung und Wahrgenommenes aktuell, so treffe die Behauptung zu; nicht aber, falls man die Begriffe virtuell fasse.[1]

65. Nachdem in der Schrift „über die Empfindung" die fast allgemein angenommene Theorie, welche das Sehen als Werk des Feuers erklärt, besprochen und die besondere Lehre des Empedokles und vor allem scharf die des platonischen Timaios abgewiesen worden ist, lobt Aristoteles den Demokritos, weil er das Wasser nennt. Als unrichtig jedoch bezeichnet er dessen Meinung, das Sehen bestehe in der Bilderscheinung.[2] Denn dieses komme zustande, weil das Auge glatt sei, und sei nicht im Objekte, sondern im sehenden Subjekt; der Vorgang sei nämlich eine Rückbrechung. Überhaupt scheine dem Demokritos bezüglich der Spiegelbilder und Rückbrechungen nichts einigermassen klar gewesen zu sein. Ungereimt sei ferner, dass jener darin keine Schwierigkeit fand, weshalb nur das Auge sieht, hingegen keines der anderen Dinge, in welchen die Bildchen erscheinen. Auch die Ansicht, dass das Sehen Sache des Wassers sei, sei nur insofern stichhaltig, als das Wasser die Eigenschaft habe, durchsichtig zu sein, was ja auch der Luft zukomme.[3]

66. Mit der atomistischen Psychologie hängt auch die Frage nach der Erhaltung des Lebens, nach dem Wesen des Schlafes und des Todes zusammen. Sinnreich hatte Demokritos den Zusammenhang dieser Erscheinungen so erklärt: Wegen der Feinheit und Beweglichkeit der Kugelatome entsteht die Gefahr, dass dieselben durch die umgebende kalte Luft aus dem Körper gedrückt werden. Dagegen schütze das Atmen. In der Luft befänden sich nämlich sehr viele Seelenatome. Beim

---

[1] An. III. 2. 426 a, 20.

[2] Das Wort ἔμφασις scheint nach unserer Stelle (438 a, 6) von Demokritos herzurühren.

[3] Περὶ αἰσθήσεως καὶ αἰσθητῶν 1. 438 a, 5—14. — Über den historischen Vorzug der aristotelischen Optik s. J. Hirschberg, D. Optik d. alten Griechen, Zeitschr. f. Psychol. u. Physiologie d. Sinnesorgane 1898. XVI. 320 ff.

Atmen des Lebewesens träten diese Atome mit in den Körper
und drängten so die herausstrebenden Seelenatome zurück und
ersetzten die bereits ausgetretenen. Bekomme die umgebende
den Körper zusammendrückende Luft die Oberhand und könnten
jene nicht mehr in den Körper treten, um die weichenden
Seelenatome zurückzudrängen, so trete der Tod ein.[1]) Das
Stocken des Atmens konnte sich Demokritos durch gewalt-
same Vorgänge oder allmählich eintretend denken. In letzterem
Falle wird er angenommen haben, dass nie ein voller Ersatz
der wirklich austretenden Seelenatome stattfinde und so ein
stets grösser werdender Mangel an Feuerstoff sich ausbilde.
Zeitweilig konnten, wohl infolge der Tagesarbeit oder Ermüdung
grössere Mengen austreten, die aber wieder annähernd ersetzt
wurden; so erklärte sich dann der Schlaf.[2])   Aristoteles [3]) vermisst nun jede klare Angabe darüber, aus welchem G r u n d e
alle sterben müssen, nicht jedoch zufällig, sondern naturgemäss
im Alter oder naturwidrig durch Gewalt.[4]) Es fehle eine
Äusserung darüber, ob die Ursache von aussen komme oder
innen entstehe, welches die Ursache des Atmens sei, ob sie
von innen oder von aussen komme; von innen aus erfolge nämlich das Atmen und die Bewegung des Körpers, nicht etwa
von aussen durch Zwang seitens der umgebenden Luft. Ein
Widerspruch sei es, dass die umgebende Luft zugleich den
Körper zusammendrücke und eintretend auseinanderziehe.
Soweit findet Aristoteles in der Lehre selbst Fehler. Vom
Standpunkte s e i n e r Erfahrung aus, dass nicht a l l e Lebewesen atmen, bemerkt er, die angegebene Ursache könne nur
bei den Atmenden vorliegen, sie erkläre also nicht a l l e Erscheinungen. Dass sie aber auch bei den Atmenden nicht
gelte, davon könne sich jeder durch eine Probe überzeugen:
Wenn wir in der Sonnenhitze wärmer werden, bedürften wir
alle auch des Atmens mehr und atmeten heftiger; wenn aber

---

[1]) Z e l l e r I. 5 S. 904 f.
[2]) Vgl. Z e l l e r I. 5. 904, 3. 905.
[3]) De respir. 4. 472 a, 16.
[4]) Die Unterscheidung des natürlichen und des gewaltsamen Todes
findet sich auch bei Vergil. Aen. IV. 696 in epikureisch beeinflusstem Zusammenhang.

das Umgebende kalt sei und den Körper zusammenziehe, halte
man den Atem an. Nun aber müsste im ersten Falle die eintretende Luft eigentlich das Zusammenpressen des Körpers ver-
hindern. Davon jedoch geschehe das Gegenteil; wenn nämlich
allzuviel Wärme sich beim Unterlassen des Ausatmens gesammelt
habe, dann bedürften sie des Atmens, man müsse aber ein-
atmend atmen. In der Sonnenhitze jedoch atme man oft der
Abkühlung halber gerade dann, wenn der angegebene Vorgang
Feuer auf Feuer erzeuge.

67. Die aristotelische Kritik ist hier nicht ganz glücklich. Dass nicht alle Tiere atmen, nimmt er nur desbalb an,
weil er lediglich die Lungenatmung als Atmung anerkennt und
das Wasser für luftleer hält.[1] Von Kiemen- und Hautatmung
hatte er offenbar keinen rechten Begriff. Auch hatte Demokritos
nicht gesagt, dass der Körper durch die eintretende Luft auseinander gedehnt werde, sondern wohl an die Ausfüllung leerer
Innenräume gedacht. Doch immerhin gebührt dem Aristoteles
das Verdienst, dass er auf genauere Angaben dringt und durch
seinen Widerspruch zu vertieftem Studium des Problems
anregt.[2]

68. Im allgemeinen kann gesagt werden, dass die Kritik,
welche Aristoteles an der demokritischen Psychologie übt, nicht
ungerecht erscheint. Sein Standpunkt mochte ihn zu manchem
Einwand verleiten, der unbegründet ist; aber den Pythagoreern,
dem Empedokles und dem Timaios des Platon ergeht es meist
schlimmer. Die atomistische Psychologie hat Aristoteles unter
den ihm vorausgehenden Psychologien vielleicht am höchsten
geschätzt. Wenn er den Timaios oft eingehender behandelt,[3]
so kann dies daher rühren, dass die Platoniker ihm näher
standen und in seiner Umgebung zahlreicher und gefährlicher
waren, während die Atomistik sich keiner allzugrossen Ver-
breitung erfreute.

---

[1] De respir. 1. 470b, 10. Nebenbei prüfte er seine Ansicht auch
durch Beobachtungen (s. R. Eucken, Die Methode d. aristotelischen
Forschung. Berlin 1872 S. 165). Jürgen Bona Meyer, Aristot. Tier-
kunde S. 437 ff.

[2] Mit γαίνεται 472a, 19 könnte er wieder auf die demokritische
Erkenntnistheorie anspielen.

[3] So an. I. 3. 406b, 25—407b, 12 gegenüber 406b, 15.

2. Aristoteles und die demokritische Erkenntnistheorie.

69. Wenn L a n g e [1]) als Beleg für die mangelnde Objektivität in der aristotelischen Polemik noch anführt, nach dem Stagiriten habe Demokritos der sinnlichen Erscheinung als solcher Wahrheit beigelegt, so steht er nicht allein. Z e l l e r [2]) ist seine Quelle, und N a t o r p [3]) kommt in einer eingehenden Untersuchung zu einem wesentlich gleichen Ergebnis.

Wir werden, um zur Klarheit in diesem Punkte zu gelangen, am besten die Darlegung N a t o r p s einer Nachprüfung [4]) unterwerfen, zumal Z e l l e r,[5]) der in derselben eine Begründung seiner eigenen Ansicht erblicken darf, mit seiner Zustimmung nicht zurückhielt.

70. N a t o r p erläutert zunächst die Stelle Arist. gen. et. corr. I. 8 in der Hauptsache richtig.[6]) Danach suchte Leukippos seine Theorie an die Phänomene anzugleichen und durch dieselbe „den berechtigten Ansprüchen beider, der Phänomene wie der Vernunftgründe, genug zu thun". Doch legt der scharfsinnige Gelehrte dem Ausdruck λόγοι zu hohe Bedeutung in seiner Sache bei; das Wort geht auf die logische (oder litterarische?) Form der leukippischen Lehre und hat kein Verhältnis zu der erkenntnistheoretischen Anschauung des Leukippos, sondern zu der Person des Philosophen selbst, der das Recht zu haben glaubte, seine Ausführungen als „Gründe" zu bezeichnen.

---

[1]) Gesch. d. Materialismus I. 2 S. 129 Anm. 14.

[2]) I. 5 S. 918.

[3]) Erkenntnisproblem. Berlin 1884 S. 164 ff.

[4]) Vgl. auch die Zweifel, die bereits B ä u m k e r, Problem d. Materie S. 93 f. Anm. ausgesprochen hat.

[5]) I. 5 S. 919, 1.

[6]) Doch ist es nicht notwendig, sich zu denken, dass Aristoteles in seinem Bericht alles den Angaben des Leukippos entnimmt; aber ohne Anhalt kann die Darstellung nicht sein, und so mag auch der Ausdruck φαινόμενα aus dem Buche des Leukippos herrühren. Dass der Atomiker gerade gegen Melissos sich wendete, ist nicht wahrscheinlich. Theophrastos nennt ausdrücklich den Parmenides.

[7]) S. 171.

Nicht recht erfindlich ist es, wie N a t o r p daraus schliessen kann, „das Fundament der atomistischen Ansicht" „sei" „ein rationales". Rational will jede Erklärung zu Werke gehen. Es handelt sich darum, zu erfahren, worin die Atomistik die Erkenntnisquelle erblickte, und da muss gesagt werden: Vor allem in den Sinnen, welche uns die Phänomene vermitteln. S i e stellt auch Aristoteles voran. Die eleatische Theorie hatte nach ihm nur die Bedeutung, die naive Ansicht von den Phänomenen zu „restringieren". Unter den Phänomenen versteht aber Aristoteles die Erscheinungen des Entstehens und Vergehens und des Wachstums, wie er selbst unmissverständlich sagt und wie es die Gegenüberstellung der Eleaten, welche eben diese Phänomene leugneten, klar erweist. Dass die Sinnlichkeit den Verstand „restringiert", würde die Atomistik am allerwenigsten zugestanden haben.

71. Zutreffend gibt N a t o r p [1]) die Deutung der Stelle 315 b, 9, welche bezeugt: Weil die Atomiker das Wahre in der Erscheinung sahen, die Erscheinungen aber wechselnd und unendlich zahlreich sind, nahmen sie unendlich viele Atomgestalten an. Dies sagt freilich nicht: Das Erscheinende „als solches" ist das auch an sich Wahre, aber es sagt doch, dass die Thatsache der unendlichen Vielgestaltigkeit der Erscheinungen das Fundament der Annahme von der unendlichen Vielgestaltigkeit der Atome ist.

72. Den Zweifel aber fordert beim ersten Überdenken die Annahme heraus, Aristoteles habe im Unterschied von dieser richtigen Auffassung, welche er in der Schrift „Über Entstehen und Vergehen" vorträgt, in der Methaphysik und in der Schrift „Über die Seele" die Atomistik in der gleichen Beziehung missverstanden. Denn er spricht in der erstgenannten Schrift nicht nur vom Entstehen und Vergehen, sondern auch von der atomistischen Ansicht über die Subjektivität der Sinnesqualitäten.[2]) Ein solches Missverständnis würde demnach geradezu einen Widerspruch darstellen.

73. N a t o r p [3]) meint, in der Hauptstelle Met. III. 5

---

[1]) S. 172.
[2]) I. 2. 315b, 2. 316a, 2.
[3]) S. 173.

hätten wir von 1009 b, 12 an nur ein persönliches Urteil des
Aristoteles, keinen Bericht vor uns. Dagegen ist zu sagen,
dass die abschliessende Bemerkung 1009 b, 33—39 und der
Anfang des folgenden Abschnittes, besonders 1010 a, 1 *αἴτιον*
τῆς δόξης τούτοις, welcher erst mit dem Satze: „Sie sprechen
wahrscheinlich, aber nicht wahr" (1010 a, 4) die Kritik einleitet,
alles Vorausgehende als Bericht klar erkennen lassen. In
diesen Bericht schiebt Aristoteles, wie er gern thut, Vergleiche
mit ähnlichen Anschauungen ein, und weder das über Parmenides[1])
noch das über Anaxagoras[2]) Behauptete ist ganz unbegründet.
Ja das Apophthegma des Klazomeniers (1009 b, 25) hat er der
Schrift des Demokritos, die er dort im Auge hatte, selbst ent-
lehnt.[3]) Dem Demokritos gehört auch das Homerzitat; dieser
mochte es von seinen Homerstudien mitgebracht haben.[4]) Endlich wird Demokritos, dem jüngsten der dort erwähnten Philosophen, ein hohes Lob gespendet: „Wenn die, welche es
vorzugsweise auf die erreichbare Wahrheit abgesehen haben — denn diese sind es, die sie am
meisten suchen und lieben — so urteilen und beweisen,
wie soll da der Anfänger in der Philosophie nicht entmutigt
werden?" (1009 b, 34.)

Wir müssen daher annehmen, dass Aristoteles auch die
Bemerkung, welche die psychologische Ableitung des atomisti-
schen Phänomenalismus betont (1009 b, 12) als Teil seines
Berichtes geben wollte, und dies umsomehr, als Aristoteles

---

[1]) S. Diels zu Parmenides fr. 16.

[2]) S. Gomperz, Denker I S. 180.

[3]) Dies verbürgt Diotimos Sext. math. VII. 140, welchen jetzt auch
Natorp, Ethika d. Demokritos S. 89, 2 für den Demokriteer hält. Dass
Diotimos dies etwa aus der Aristotelesstelle herauslas, ist an sich und
wegen der Veränderung des anaxagoreischen Wortlautes nicht wahrscheinlich. Ist unsere Auffassung richtig, so könnte aus jener Demokritos-
stelle gefolgert werden, dass Demokritos in der That ein Schüler des
Anaxagoras war (D. L. IX. 34).

[4]) S. Zeller I. 5 S. 915, 2. Simpl. an. I. 2. XI. 27 Hayduck. Den
Homeros erwähnt er bei Dion Chrysostom. LIII Anf. (Mull. fr. var. 3) und
zitiert er bei Fulgentius mythol. III. 7 (Philologus VIII S. 415 ten Brink
fr. 2). Besonders wird aus Theophr. sens. 58. 515, 25 klar, wen Demokritos unter den *παλαιοί* verstand; vgl. 72. 520, 15 Diels *οἱ παλαιοὶ καὶ*
ποιηταὶ καὶ σοφοί.

seine Ableitung desselben 1010 a, 1 vorführt, also sich wiederholen müsste: „Die Ursache dieser Ansicht ist, dass sie auf
die Wahrheit der seienden Dinge ihr Augenmerk richteten,
unter Seiendem aber nur das sinnlich Wahrnehmbare verstanden." Durch den Zusatz „mit Notwendigkeit" (sage Demokritos, das infolge der Wahrnehmung Erscheinende sei ein
Wahres), will er seinerseits nur einstreuen, dass Demokritos
konsequent denkt. Beruhte diese Ausführung des Aristoteles
lediglich auf Kombinationen, so würde er wohl wie bei Thales
im gleichen Falle (983 b, 22) dies klär angegeben haben.

74. Auch ist jene Bemerkung im Zusammenhange des Abschnittes notwendig. „In ähnlicher Weise wie dem Protagoras
hat sich auch die hinsichtlich der Phänomene bestehende Wahrheit einigen aus den sinnlich wahrnehmbaren Dingen ergeben,"
beginnt Aristoteles (1009 b, 1). Er fährt weiter, zunächst
zwar erweise Demokritos, dass die Wahrheit an der Majorität [1]
der Aussagen über die Sinnesqualitäten nicht erkannt [2]) werden
könne, im grossen Ganzen aber (ὅλως) sei nach ihm der Gegenstand der Sinneswahrnehmung wahr. Das Seiende verhalte
sich sowohl so wie der Kranke als auch wie der Gesunde aussage (1009 b, 32).

Aus dem hier Wiedergegebenen und der folgenden Kritik
geht aber hervor, dass Aristoteles den Demokritos nicht als
Sensualisten bezeichnen will. Er bedauert nur, dass sich der
Atomiker, eben weil er auch das sinnliche Wahrnehmen (und
Denken) des anormalen Menschen anerkannte, dazu verleiten
liess, die Objektivität der sinnlichen Qualitäten zu leugnen.

75. Wir müssten also annehmen, Aristoteles, unser erster
Gewährsmann für Daten aus der Geschichte der älteren Philosophie, habe uns Falsches berichtet. Das ist an sich unwahrscheinlich und durch das, was wir von der demokritischen
Philosophie sicher wissen, keineswegs begründet.

---

[1]) Aristoteles spricht von πλῆθος und ὀλιγότης met. 1009 b, 2.

[2]) Aristoteles sagt κρίνεσθαι. In diesem Verbum mag der Terminus
κριτήρια des Diotimos (Sext. math. VII. 140) seinen Anhalt haben. Dadurch, dass Aristoteles Demokritos 1009 b, 11 nennt, will er andeuten,
dass damit der eine Teil der Ausführung abgeschlossen sei.

76. Zunächst ist einfach festzustellen, dass Demokritos thatsächlich seine Psychologie [1]) mit seiner sogenannten Erkenntnislehre enger verknüpft. „Wir werden," sagt er, „in Wirklichkeit nichts zuverlässig inne, sondern nur die gemäss einer körperlichen Gruppierung eintretende Umstellung [2]) sowohl der von aussen heran eintretenden, als auch der widerstrebenden Atome." [3]) Dies sagt er in den „Bekräftigungen", in welchen er sich anheischig machte, den sinnlichen Wahrnehmungen die Kraft des Vertrauens zu verleihen. [4]) Und in der Schrift „Über die Gestalten" las man: „Auch diese Beweisführung zeigt, dass wir in Wahrheit über nichts etwas wissen, sondern dass jedem seine Meinung" — hier klingt die δόξα des Parmenides nach —‚„durch das Herankommen der Gestalten entsteht," [5]) also wieder in erkenntnistheoretischem Zusammenhang. Wahrnehmungs- und Erkenntnislehre waren, dies sieht man, noch nicht fest geschieden. [6])

77. Aber wir dürfen von diesen Stellen aus noch weiter gehen. Das „nichts" ist selbstverständlich, wenn nicht das Folgende ein Widerspruch sein soll, ein ungeschickter Aus-

---

[1]) Asclep. met. 276, 28 ff. 277, 1. VI. 2 Hayduck hat, was er weiss, aus Aristoteles.

[2]) Μεταπῖπτον (= μεταβολή Zeller) ist ein chemischer Begriff, aber nicht der Wesensänderung, sondern nur der lokalen Lageveränderung (Umlegung) der Atome. Nach Theophr. sens. 76. 522, 3 fällt (πίπτειν) bei der Mischung das Rote in die leeren Zwischenräume des Weissen.

[3]) Sext. math. VII. 136. Die Erklärung ist in dem zu finden, was Demokritos über die Erhaltung des Lebens gesagt hatte (s. oben S. 77 f.).

[4]) Die Erklärung des Titels D. L. IX. 45 ist nicht „wunderlich" (Natorp, Erkenntnisprobl. 179, 2), wenn ἐπικριτικὰ τῶν προειρημένων nach Polyb. 14, 3, 7 ἐπικριτῇ τῶν λεγομένων erklärt wird, wonach es in der Koine wirklich „Bestätigung des vorher Gesagten", nicht „Zurücknahme" früherer Ansichten bedeutete. Die versuchten Konjekturen, auch die von Cobet, geben den verlangten Sinn nicht.

[5]) Sext. math. VII. 137. Vgl. Aristot. 464 a, 5; 11. Ἐπιρρυσμίη von ῥυσμός vgl. ἀμειψιρρυσμιῶν D. L. IX. 47, μεταρρυσμοῦν fr. eth. 187 N.

[6]) Wenn Aristoteles an. 404 a, 27 den Demokritos auch umgekehrt schliessen lässt: „Seele und Geist ist dasselbe; denn die Wahrheit liegt in der Erscheinung" (Natorp S. 175, 3), so sehe ich keinen Grund ein, warum nicht Demokritos selbst diesen Rückschluss gleichfalls gemacht haben kann.

druck, oder vielmehr ein Sprachgebrauch, den Sextus nicht
recht verstand. Die erste Stelle sagt: „Wir werden nur inne
die Lageveränderung der hereinkommenden und der widerstrebenden (!) Atome." Bei der materialistischen Psychologie der Atomistik ist dieses Innewerden (ξυνίεμεν) sinnlich
zu nehmen. Wie anders kann dies geschehen als durch den
Tastsinn? Damit aber überhaupt Gegenstände empfindbar werden,
dürfen die konstituierenden Atome nicht soweit auseinander-
stehen, dass sie unsere Sinneswerkzeuge nicht berühren.[1]

78. Es muss hier erinnert werden, dass Demokritos die
Subjektivität selbst der Farben, Töne, Geschmäcke, Gerüche
und Temperaturen nicht in dem Sinne lehrte, als ob denselben
überhaupt nichts Gegenständliches entspräche.[2]

Erstens nahm er an, dass denselben Veränderungen in
unserem eigenen Zustand zu grunde liegen.[3] Damit wollte er
jedoch nicht sagen, dass unser Zustand durch die Sinneswahrnehmung verändert werde, sondern umgekehrt: Da der Zustand,
die Atomanordnung bei jedem Menschen, ferner bei demselben
Menschen in den verschiedenen Lebensaltern und in den
Leidenschaften[3] verschieden ist, werden die Veränderungen
der Dinge von verschiedenen verschieden empfunden.

Die eigentlichen Veränderungen, die wir durch die Sinne
gewahr werden, finden an den Gegenständen selbst statt.[4]
Treten runde Atome genügend dicht zusammengedrängt in uns
ein, so erzeugen sie bei jedem die entsprechende starke Empfindung.[5] Schon dass für die Wärmeempfindung die runde Gestalt[5] der Atome eine Mitbedingung ist, bedeutet eine objektive Seite der Empfindung.[5] Keinem Zweifel jedoch kann dies

---

[1] Theophr. sens. 63, 67. Zeller I. 5 S. 866, wo jedoch „massenhaft"
missverständlich ist. Hier musste die Porenlehre zur Geltung kommen.

[2] Jedenfalls ist es übertrieben wenn Bäumker, Probl. d. Materie
S. 315, Goedeckemeyer S. 86 und Kühnemann, Grundlehren der
Philosophie. Berlin 1899 S. 153 sagen, in Demokritos' Lehre seien „die
Qualitäten des Dinges" „gänzlich" subjektiv.

[3] Theophr. sens. 63.

[4] Dass sie nur durch unsere Beschaffenheit bedingt sind, scheint
Gomperz, Denker I. 259. 257 f. anzunehmen.

[5] Vgl. Aristot. gen. et corr. I. 8. 326 a, 4.

mehr ausgesetzt sein, wenn man bei Aristoteles hört: [1] „Die
Atome nehmen unzählige Gestalten an," so zwar, dass durch
die Veränderungen [2]) des Zusammengesetzten das nämliche
dem einen so, dem anderen gerade entgegengesetzt scheint und
sich innerlich verändert, wenn nur ein kleines (Atom) einge-
mischt wird, [3]) und überhaupt als ein anderes sich zeigt, wenn
sich nur ein Atom (im Innern der Verbindung irgendwie hinsichtlich der Anordnung oder Lage) verschoben hat." Ferner: [4])
„Die Atomiker können Veränderung und Werden erklären,
indem sie hinsichtlich der Lage und Anordnung (der Atome)
das nämliche Ding innerlich verschieben, wie durch die Unterschiede der Gestalten, was auch Demokritos thut. Deshalb
leugnet er auch die Existenz der Farbe; sie entstehe durch
Lageveränderung (Umlegung der Atome)." Auch Theo-
phrastos [5]) berichtet, die Gestalt verändre sich ($\mu\varepsilon\tau\alpha\pi\tilde{\iota}\pi\tau\nu$,
also hinsichtlich der Lage) und bringe so auch unsere (subjek-
tive) Veränderung hervor." [6])

Demnach besteht die falsche „Meinung" bei der Farben-
wahrnehmung nicht darin, dass Nichtexistierendes für existierend,
sondern darin, dass die Farbe als etwas Besonderes, in den
Dingen neben anderem Vorhandenes angesehen wird, welches
selbst Veränderungen erleiden kann, [7]) statt dass man nur an
die durch das Leere ermöglichten Lageveränderungen der Atome
denkt. [8]) Die „Meinung" ist also mehr eine Verwechslung.

---

[1]) Gen. et corr. I. 2. 315 b, 9. Die kurze Umschreibung Zellers
(I. 5 S. 920 f.) ist irreleitend.

[2]) *Μεταβολαί*.

[3]) Danach und nach Theophrastos sagt wohl Simpl. Phys. 28, 21 (bei
Zeller I. 5 S. 856, 2 citiert), jede einzelne Gestalt bewirke, in eine
andere Zusammensichtung eingeordnet, einen anderen Zustand in uns.

[4]) Ebd. 315 a, 33. Ist dort nicht $\mu\varepsilon\tau\alpha\varkappa\iota\nu\upsilon\tilde{\nu}\tau\alpha\iota$ zu lesen? (*Τούτοις*
liesse sich erklären.)

[5]) Sens. 63. 517, 11.

[6]) Philop. phys. I. 2. XVI. 25, 22 Vitelli $\dot{\varepsilon}\varkappa$ $\tau\tilde{\omega}\nu$ $\sigma\chi\eta\mu\dot{\alpha}\tau\omega\nu$ $\dot{\alpha}\pi\varepsilon\gamma\dot{\varepsilon}\nu\nu\alpha$
$\tau\dot{\alpha}$ $\pi\dot{\alpha}\vartheta\eta$ $\varkappa\alpha\dot{\iota}$ $\tau\tilde{\eta}\varsigma$ $\pi\varrho\dot{o}\varsigma$ $\dot{\eta}\mu\tilde{\alpha}\varsigma$ $\tau\tilde{\omega}\nu$ $\dot{\alpha}\tau\dot{o}\mu\omega\nu$ $\sigma\chi\dot{\varepsilon}\sigma\varepsilon\omega\varsigma$; ebd. 26, 8 $\tauo\tilde{\iota}\varsigma$ $\delta\iota\alpha\varphi\dot{o}\varrho o\iota\varsigma$
$\sigma\chi\dot{\eta}\mu\alpha\sigma\iota$ $\tau\tilde{\omega}\nu$ $\dot{\varepsilon}\nu\alpha\nu\tau\dot{\iota}\omega\nu$ $\pi\alpha\vartheta\tilde{\omega}\nu$ $\pi o\iota\eta\tau\iota\varkappa\alpha\dot{\iota}$.

[7]) Galen. elem. sec. Hipp. I. 2. I. 418 K. (Zeller I. 5 S. 853, 1) $\tau\dot{\alpha}\varsigma$
$\dot{\alpha}\lambda\lambda o\iota\dot{\omega}\sigma\varepsilon\iota\varsigma$ $\dot{\alpha}\varsigma$ $\dot{\alpha}\pi\alpha\nu\tau\varepsilon\varsigma$ $\dot{\alpha}\nu\vartheta\varrho\omega\pi o\iota$ $\pi\varepsilon\pi\iota\sigma\tau\dot{\omega}\varkappa\alpha\sigma\iota\nu$ $\varepsilon\tilde{\iota}\nu\alpha\iota$.

[8]) Vgl. Simpl. an. III. 2. XI. 193, 27 Hayduck, „das nur potentiell
Wahrnehmbare (Farbe. Geräusch) setzte Demokritos in das Sinnesorgan;

Diese objektiven Veränderungen und Unterschiede aber, an die Demokritos glaubte, nehmen wir durch die Sinne wahr. Die Existenz des vollen Seins, fester Körper (στερεά), kleinster Massen (ὄγκοι) lässt sich, um von der des Widerstandes hier abzusehen, nicht etwa durch Hinweis auf Phautasievorstellungen sondern nur durch Berufung auf sinnliche Wahrnehmung begreiflich machen, wie dies im Experiment auch geschah.[1]) Der Ausdruck ἰδέα ist im materialistischen Sinne zu nehmen.[2])

Daneben erscheinen die grossen Körper, die aus den Atomen sich zusammensetzen, ebenso dem Auge und sind wahrnehmbar.[3])

Im Grunde führt Demokritos die sämtlichen Sinne auf den Tastsinn[4]) zurück. Seine ganze von Theophrastos überlieferte Wahrnehmungslehre und die sinnlich rohe Auffassung der Atomgestalten ist ein fortlaufender Beleg dafür.

Die Atome wirken und leiden, insofern sie berührt werden.[5]) So muss wohl auch die Berührung,[6]) wenn nicht zu den primären Eigenschaften der Atome, so doch zu den zunächst abzuleitenden natürlichen, durch Ordnung (διαθιγή) und Lage gegebenen gehören. Was den anderen Atomen recht ist, ist den Seelenatomen billig. Denn gibt es nur Atome und Leeres, so müssen wir eben diese Thatsache durch unsere Atome und an ihnen erkennen. Die Atome und das Leere sind Abstraktionen, aber sie sind von sinnlich greifbaren Gegenständen aus

---

jenes (Farbe u. s. w.) existiere ohne die aktuierende Wahrnehmung nicht." — Die Stellung des Demokritos ist hier dieselbe wie gegenüber dem Götterglauben; s. Zeller I. 5 S. 937, der dabei von „seiner sensualistischen Erkenntnistheorie" spricht.

[1]) Vgl. Goedeckemeyer S. 68 ff.

[2]) Bei Herodot VI. 100 freilich ist das Wort bereits abstrakt gebraucht.

[3]) Democr. Aristot. fr. 208 (202) ὀφθαλμοφανεῖς καὶ τοῖς αἰσθητοὺς ὄγκους (Zeller I. 5 S. 851, 1). Aristot. gen. et corr. I. 8. 325 a, 30 wird oben die Unsichtbarkeit der Atome einer Begründung bedürftig erachtet.

[4]) Aristot. sens. 4. 442 a. 29. Vgl. phys. IV. 7. 213 b, 34 σῶμα δὲ πάλιν ἅπαν οἴονται ἁπτόν. Vgl. gen. et corr. I. 8. 325 b, 31 ἁφῇ.

[5]) Leuk. gen. et corr. I. 8.

[6]) Die Berührung der Atome ist ein dunkler (Zeller I. 5 S. 861, 6), wenn nicht schwacher Punkt der Atomlehre. Διαθιγή bedeutet wohl „Auseinanderberührung" (vgl. gen. et corr. I. 8. 325 b, 31 ταύτῃ γὰρ sc. ἁφῇ διαιρετὸν ἕκαστον; vgl. 325 a. 33 ταύτῃ γὰρ οὐχ ἓν εἶναι. 325 a, 31 θιγῇ).

gewonnenen und beschränken sich auf sinnlich anschauliche
Vorstellungen. Nicht ein Entstehen aus nichts und ein Vergehen in nichts nahmen die Atomiker an, sondern nur ein Entstehen zusammengesetzter, wahrnehmbarer Massen[1]) und ein
Vergehen derselben in kleinste Teile. Um das zu erklären, war
ihre ganze Philosophie geschaffen worden.

79. So glauben wir denn, dass Aristoteles im Rechte ist,
wenn er sagt: Weil die Atomiker Sinneswahrnehmung und
Denken identifizierten, erstere aber als eine Veränderung ansahen, [2]) hielten sie das vermittelst der Sinneswahrnehmung Erscheinende für wahr. Die Atomlehre und vor allem
das Prinzip des Leeren ist zwar Metaphysik. Aber auch die
Materialisten unserer Tage wurden sich nicht bewusst, dass sie
eben mit dem materialistischen Prinzip und der Leugnung des
Geistigen Metaphysik trieben.[3])

80. Natorp[4]) gibt wohl zu, dass Aristoteles die Behauptung, Denken und Wahrnehmung hingen gleich sehr
vom Körper ab, von der, dass die Wahrheit in den Wahrnehmungen der Sinne sei, unterschieden habe. Aber ihm habe
ein notwendiger Schluss von dem einen auf das andere gegolten.
Wenn jedoch Natorp diesen Schluss nicht für zulässig erachtet, so ist zu erwidern, dass Demokritos nicht gelehrt hatte,
Denken und Wahrnehmung hängen gleich sehr vom Körper ab,
sondern: Denken ist Wahrnehmung, beide sind körperlich.
Und eben darum wäre der Schluss begründet, auch wenn ihn
Aristoteles lediglich von sich aus gemacht hätte.[5])

---

[1]) Vgl. coel. III. 7. 305 b, 1.

[2]) Diesen Zwischensatz übersieht Zeller (I. 5 S. 918) und beachtet
Natorp S. 174 f. nicht genügend. Er ist aber wichtig, da ja die ganze
Atomtheorie auf der Annahme von Veränderungen basiert ist, wie sie
auch wieder darauf ausgeht, das „Wie“, nicht das „Dass“ solcher zu er-
klären. Vgl. den Satz „Denken ist Bewegung“ (Belege bei Zeller I. 5
S. 902, 4).

[3]) Vgl. Lange, Gesch. d. Materialismus I. 2 S. 181. Wundt,
Grundriss d. Psycholog. S. 7.

[4]) S. 175.

[5]) Den Satz, dass man von dem ganz Offenbaren ($\pi\rho\acute{o}\delta\eta\lambda\alpha$) ausgehen
müsse, um etwas Verborgenes ($\mathring{\alpha}\delta\eta\lambda o\nu$) zu beweisen, gilt auch dem Plutarchos (Karneades?) soll. an. 7, 2 als ein bekannter.

81. Von sich selbst aus bezeichnet Aristoteles [1]) die Haltung des Atomikers noch viel schärfer so: „Die Ursache dieser Ansicht ist, dass sie einerseits die Wahrheit des Seienden (ὄντα) ins Auge fassten, unter dem Seienden aber nur (μόνον) das Wahrnehmbare verstanden." Auch dies mit Grund. Mochten die Atomiker für sich noch so abstrakt und durchaus nicht sensualistisch verfahren — Aristoteles würde sagen: „Die Sache selbst" trieb sie dazu —, so konnten sie doch in ihrer Theorie Sensualisten sein. Aber Aristoteles will, wie bemerkt, das nicht einmal sagen. Er will dort, in der Metaphysik, ausführen, dass die Atomiker wie all die älteren Philosophen lediglich Sinnendinge, nicht Begriffe zum Anfangs- und Endpunkt der Erkenntnis nehmen. Sie leugneten das Sein eines übermateriellen Geistes, der Götter, streiften nur gelegenlich an Begriffsbestimmungen heran, so dass Natorp nicht den geringsten Anhaltspunkt dafür hat, von „Begriffen des Verstandes" [2]) bei der Atomistik zu reden. Auch von seiner Auffassung der Mischung aus, die in ihrer Art noch abstrakter ist als die leukippische Atomvorstellung, musste Aristoteles zu der Anschauung kommen, die demokritische rein mechanische Mischung sei nur eine solche für die sinnliche Wahrnehmung. [3])

Dass bei Demokritos die sinnliche Erscheinung „als solche" wahr sei, [4]) hat Aristoteles nicht behauptet.

---

[1]) Metaph. 1010 a, 1; vgl. 1010 b, 30.

[2]) S. 171. 181.

[3]) Vgl. die lichtvolle Erläuterung G. Teichmüllers, Stud. z. Gesch. d. Begriffe. Berlin 1874 S. 61 f. zu Aristot. gen. et corr. I. 10. 327 a, 30 f. Die an jener Aristotelesstelle durch Distinktion widerlegte Ansicht ist wohl hauptsächlich die des Demokritos, welcher eine Wesensveränderung bei der Mischung bestreiten musste. Vgl. ἑτέραν ἑτέρῳ a, 34 mit Zeller I. 5 S. 847, 2. 853, 1; 3. Οὐδὲν μᾶλλον . . . ἤ . . ., ἀλλ' ὁμοίως b, 1 mit met. 1009 b, 10. Τὸ μὲν εἶναι τὸ δ' οὐκ εἶναι, τὴν δὲ μίξιν ὁμοίως ἐχόντων εἶναι b. 3 mit Zeller S. 847, 2. 853, 1 (Plut. adv. Colot. 8, 4, wo zu lesen ist: ἐκ δὲ τῶν ὄντων μηδὲν ἂν φθείρεσθαι statt γενέσθαι; vgl. D. L. IX. 44). Μὴ ἠλλοιωμένων b, 1 mit Zeller S. 853, 1. 847, 2. 864, 1. Πάντα ὁμοῦ b, 20 mit met. 1069 b, 23. Κριθὰς μεμίχθαι πυροῖς 328 a, 2 mit Zeller 888, 2. Κριτοῦν 328 a, 26 mit dem oben S. 14, 2 Bemerkten.

[4]) Zeller I. 5 S. 918.

82. Und somit darf wohl behauptet werden, dass das, was Aristoteles sagen wollte, zu Recht besteht.[1]) Demokritos konnte, auch wenn er Farbe, Geruch, Ton, Geschmack und Temperatur für rein subjektiv erklärt hatte, doch sagen: Auch sie zeigen uns das Wahre, nämlich Veränderungen.

83. Die Zeugnisse des Sextus,[2]) welche gegen Aristoteles geltend gemacht werden, sind im allgemeinen nicht so hoch zu schätzen, wie Natorp[3]) thut. Die skeptischen Polemiker gingen am allerwenigsten darauf aus, den Sinn und Zusammenhang der von ihnen bekämpften Ansichten gewissenhaft wiederzugeben. Von Verdrehungen ist die polemische Litteratur nicht freizusprechen. Übrigens hat Sextus niemals ein Wort des Abderiten citiert, welches von einem λόγος im Gegensatze zur Wahrnehmung spricht, sondern auf das νόμῳ folgt fast mit einem gewissen Eigensinn: „In Wirklichkeit aber sind die Atome und das Leere.“ Wie er zu diesem Satze kommt, darüber macht sich der Atomiker nicht viel erkenntnistheoretische Bedenken. Er glaubt ihn bewiesen zu haben. Ein erkenntnistheoretisches Problem existiert für ihn nicht in dem Sinne, wie für die Skeptiker, und wenn Sextus ihn darauf hin untersucht, so dürfen wir bei ihm eher Befangenheit vermuten

---

[1]) Vgl. nebenbei Basilius homil. in Hexaem. I. 2. 29. 7a Mign. Διὰ τοῦτο οἱ μὲν ἐπὶ τὰς ὑλικὰς ὑποθέσεις κατέφυγον, τοῖς τοῦ κόσμου στοιχείοις τὴν αἰτίαν τοῦ παντὸς ἀναθέντες· οἱ δὲ ἄτομα καὶ ἀμερῆ σώματα καὶ ὄγκους καὶ πόρους συνέχειν τὴν φύσιν τῶν ὁρατῶν (!) ἐφαντάσθησαν. Νῦν μὲν γὰρ συνιόντων ἀλλήλοις τῶν ἀμερῶν σωμάτων, νῦν δὲ μετασυγκρινομένων τὰς γενέσεις καὶ τὰς φθορὰς ἐπιγίνεσθαι· καὶ τῶν διαρκεστέρων σωμάτων τὴν ἰσχυροτέραν τῶν ἀτόμων ἀντεμπλοκὴν τῆς διαμονῆς τὴν αἰτίαν παρέχειν. Basilius, der vielleicht eine doxographische Quelle hatte, verrät eine nicht ganz verächtliche Kenntnis der alten Philosophie (s. z. B. 18a. 21a, b Mign.). Seine Kritik sei hier kurz angeführt: Diejenigen, welche solches schreiben und so dünne (λεπτά·), unbeständige Prinzipien zu grunde legen, weben ein Spinnennetz. Zu dem Glauben, dass All sei ohne Lenkung und Verwaltung (ἀδιοίκητα). da es vom Zufall (τύχη) getragen werde, seien sie durch ihre Gottlosigkeit gebracht worden. Basilius denkt dabei wohl hauptsächlich an die Epikureer.

[2]) Math. VII. 135—139.

[3]) S. 178 f.

als bei Aristoteles.[1]) Seine Tendenz[2]) tritt in folgenden Worten
unverhüllt zu Tage: „Und in diesen Äusserungen beseitigt er
(Demokritos) fast alle sichere Erkenntnis (κατάληψις), wenn er
auch ausschliesslich nur die sinnlichen Wahrnehmungen als
Zeugen anruft.“ [3]) Und damit auch der Widerspruch nicht
ganz fehle, muss Demokritos in den „Regeln“ doch eine wichtige
Art sicherer Erkenntnis übrig lassen, „die rechte Einsicht“.
Von λόγος spricht nur Sextus selbst, der so abschliesst: „Nach
diesen Worten ist also die Vernunft (λόγος) das Kriterium,
welche er (nämlich D.) echte Einsicht nennt“. Demokritos aber
erkennt zwei Arten von Einsicht an und setzt dabei nur einen
graduellen Unterschied voraus. Dies verrät Sextus deutlich
in seinem verbindenden Texte: „Er zieht die dunkle der echten
vor.“ [4]) Er, der Atomiker, spricht der sinnlichen Einsicht nicht
allen Erkenntniswert ab, sondern sagt, wo die fünf Sinne (darunter selbst der Tastsinn hinsichtlich des Warmen und Kalten)[5])
nicht mehr ausreichen, da trete die echte Einsicht helfend ein.

---

[1]) Ganz nach der Manier der Doxographen behauptet er, Xenophanes
von Kolophon, Anacharsis der Skythe u. a. hätten das „Kriterium“ ver-
worfen (VII. 48), die Skepsis in betreff des Kriteriums sei von den Nachfolgern des Thales eingeführt worden, indem sie in vielen Fragen die
Sinneswahrnehmung als unzuverlässig verurteilten und den Logos als
Richter über die in den Dingen liegende Wahrheit aufstellten (VII. 89).
Ob nicht bei der Darstellung der demokritischen Erkenntnislehre die Absicht, den Demokritos gegen die Epikureer auszuspielen, das Urteil trübte,
bleibe dahingestellt. Sicher fehlt dem Sextus dort das Gefühl für geschichtliche Entwicklung von Gedanken.

[2]) Diese hat Gomperz, Denker 1 S. 289 treffend gekennzeichnet.

[3]) Die Lesart καὶ μόνον ἐξαιρέτως, die Mullach (1843) aus Fabricius
aufnimmt, würde freilich besagen: „Er beruft sich nur ausnahmsweise auf
die Sinneswahrnehmung.“ Doch Bekker gibt einer Anregung des Fabricius folgend εἰ καὶ und μόνων (letzteres eine Variante im codex Regi-
montanus), woraus sich die oben angeführte Übersetzung ergibt, welche
aufs beste die Darstellung des Aristoteles bestätigen würde. Μόνον ἐξαιρέτως ist sehr bedenklich. Ist die Bekkersche Lesung richtig, so stellt
Sextus auch im ersten Falle einen Widerspruch fest.

[4]) Daher sagt er οὐδὲν ἀτρεκὲς ξυνίεμεν und ἐν ἀπόρῳ ἐστί.

[5]) Dass γνῶσις zuletzt steht, berechtigt zu dieser Übersetzung. Dass
der Tastsinn nur hinsichtlich der Wärme und Kälte angeklagt wird, geht
aus der von Sextus a. a. O.) überlieferten Stelle: νόμῳ γλύκυ u. s. w.
(s. ausserdem D. L. IX. 72. Galen. bei Natorp S. 192) und Theophr.
sens. 63. 68 hervor. So auch Goedeckemeyer S. 68, 3.

Natorp übersieht, dass es in zwei der von Sextus zitierten
Demokritstellen heisst, wie beschaffen das einzelne Ding
ist (oder nicht). Es ist aber dies οἷον wie das entsprechende
τοιοῦτον (τοῖον)[1]) auf die sinnliche Wahrnehmung zu beziehen.

84. Zu dem von Natorp über den theophrastischen Bericht Ausgeführten[2]) ist zu erinnern, dass, wenn Theophrastos
einmal[3]) unter ausdrücklichem Hinweis auf die sekundären
Qualitäten sagt: πάντα πάθη τῆς αἰσθήσεως, in der summarischen Übersicht aber ohne diese Beschränkung: πάντα πάθη
τῆς αἰσθήσεως ποιῶν, bei dem Gleichlaut beider Angaben eher
in der summarischen Übersicht eine Ungenauigkeit zu suchen
ist,[5]) als in der so überaus speziellen Ausführung, welche auch bei
dem Beweis für die Subjektivität von Sinnesqualitäten gerade in
dem von Natorp durch Punkte ersetzten Passus nur Geschmacks-
qualitäten als Beispiele verwendet. Die Abschlussformel ἁπλῶς
μὲν οὖν περὶ τῶν αἰσθητῶν οὕτω δεῖ ὑπολαμβάνειν ist nach der
vorher angegebenen Einschränkung nicht mehr misszuverstehen,
zumal wenn man mit Diels vor ἁπλῶς einen Punkt setzt, der
durch μὲν οὖν gefordert wird, nicht aber mit Natorp ein Kolon.
Das ὅλως τὸ αἰσθητόν[6]) ist wie τὰ ἄλλα[7]) als Abkürzungsformel
zu nehmen. Dass aber der Satz τὸ μὲν σχῆμα καθ᾽ αὐτό ἐστι
eine Folgerung des Theophrastos ist, lehrt neben dem aristotelischen Ausdruck καθ᾽ αὐτό der ganze Zusammenhang.[8]) Der

---

[1]) Gomperz, Denker I 457 unten.

[2]) S. 184 ff.

[3]) Sens. 63. 517, 9.

[4]) Sens. 60. 516, 15.

[5]) Falls nicht πάντα überhaupt wegzulassen ist, wie ebd. 60. 516, 22.
69. 519, 13; denn dort kommt noch πάντων und ἅπαντα vor und 517, 9
konnte zur Ergänzung veranlassen. Es kann für πάντα auch ταῦτα ge-
standen haben. Wundert sich doch Theophrastos selbst, dass Demokritos
nicht gleichmässig über alle Sensibilien gesprochen habe (vgl. § 68). Bei
der überlieferten Lesart widerspräche er sich in ungeschicktester Weise.

[6]) Sens. 69. 519, 18.

[7]) 517, 15.

[8]) Es ist daher ebenso wenig ein glücklicher Fund Langes, wenn
er Gesch. d. Materialismus I. 2 S. 131, 25 in dieser vermeintlich demokritischen Äusserung die Quelle des aristotelischen Gegensatzes von Substanz und Accidens entdeckt, als wenn er für den Gegensatz der δύναμις
und ἐνέργεια ebenda schon bei Demokritos (fr. phys. 7, Mullach S. 209)

Peripatetiker will einen gewaltigen Widerspruch nachweisen: Demokritos, meint er, verlege die Sensibilien in die Zustände der Sinneswahrnehmung und bestimme die Geschmäcke, Farben u. s. w. dennoch durch Gestalten. [1]) Denn die Gestalt müsse Demokritos als ein $\varkappa\alpha\vartheta'$ $\alpha\dot{v}\tau\acute{o}$, als eine $o\dot{v}\sigma\acute{\iota}\alpha$ auffassen. Das Süsse und überhaupt das Wahrnehmbare nenne er selbst ein $\pi\varrho\grave{o}\varsigma$ $\ddot{\alpha}\lambda\lambda o$ $\varkappa\alpha\grave{\iota}$ $\dot{\epsilon}\nu$ $\ddot{\alpha}\lambda\lambda o\iota\varsigma$. [2]) Nach Demokritos selbst sei es unmöglich, dass dieselbe Gestalt den einen kugelförmig erscheine, anderen aber anders. Wenn also Natorp diesen Ausdruck des Theophrastos für sich ausnutzt, so baut er auf eine Folgerung des Peripatetikers seinerseits eine weitere Folgerung auf, so dass ein Hineinlesen fremdartiger Gedanken in das System des Demokritos kaum zu vermeiden ist. Und während Theophrastos sich auf den Boden der Metaphysik stellt, geht Natorp auf das Gebiet der Erkenntnistheorie über. Demokritos hat wohl Begriffsbestimmungen von Kalt und Warm versucht, aber keinesfalls die Gestalt als $\varkappa\alpha\vartheta'$ $\alpha\dot{v}\tau\acute{o}$ bezeichnet, sondern eben Gestalt, Härte, Weichheit, Schwere, Leichtigkeit im Gegensatz zu den sekundären Qualitäten als allgemein richtig aufgefasste Eigenschaften der Dinge und also auch als subjektiv nicht beeinflusste Qualitäten erachtet. Nur Atome, nur Gestaltbilder bewegen sich durch die Luft und dringen in uns ein. Wenn Demokritos sagte, das Bittere „habe einen Teil des Verstehens“ [3]), so ist das, wie sein Sprachgebrauch lehrt [4]),

---

das Vorbild findet. Dass die Worte $\delta\nu\nu\acute{\alpha}\mu\epsilon\iota$, $\dot{\epsilon}\nu\epsilon\varrho\gamma\epsilon\acute{\iota}\alpha$ dem Urteile des Aristoteles über die demokritische Lehre entstammen, hat Bonitz zu met. 1069 b, 22 (Berlin 1848) bemerkt, und die thörichte Herstellung der jonischen Formen $\delta\nu\nu\acute{\alpha}\mu\iota$ $\dot{\epsilon}\nu\epsilon\varrho\gamma\epsilon\acute{\iota}\eta$ ist mit Recht (von Zeller, Rohde) gerügt worden. Vermittelst seiner Distinktionen konnte eben Aristoteles Unterschiede in sonst ähnlichen Lehren kurz bezeichnen. Vgl. oben S. 13 f. Aristoteles könnte auf den Unterschied von Substanz und Accidens höchstens durch die demokritische Unterscheidung der primären und sekundären Eigenschaften geführt worden sein. Und das ist wohl der richtige Kern in Langes Bemerkung.

[1]) Dieses thut er hingegen nach § 68 nicht bei $\beta\alpha\varrho\acute{v}$, $\varkappa o\tilde{v}\varphi o\nu$, $\mu\alpha\lambda\alpha\varkappa\acute{o}\nu$, $\sigma\varkappa\lambda\eta\varrho\acute{o}\nu$.

[2]) Nur auf diesen Ausdruck geht $\varphi\eta\sigma\acute{\iota}\nu$.

[3]) Theophr. sens. 71. 520, 2.

[4]) Sext. math. VII. 136 gebraucht er zweimal vom richtigen Verstehen $\xi\nu\nu\acute{\iota}\epsilon\mu\epsilon\nu$. Synonym ist dort zweimal $\gamma\iota\nu\acute{\omega}\sigma\varkappa\epsilon\iota\nu$ und $\ddot{\iota}\delta\mu\epsilon\nu$.

so zu fassen, dass in der Wahrnehmung des Bittern nur ein
Teil der richtigen Einsicht gelegen ist, nämlich indem die Gestalt annähernd aufgefasst wird, was Natorp als mögliche
Deutung der Stelle zugibt. [1]) Demnach kann auch Theophrastos
nicht als Gegenzeuge gegen seinen Lehrer angeführt werden. [2])

85. In seiner eigenen Schule wurde der Abderite, wie es
scheint, genau so angesehen wie durch Aristoteles. Diotimos [3])
schreibt dem Demokritos drei Kriterien zu: Für die Auffassung
der verborgenen Dinge (ἄδηλα), also der Atome, seien das
Kriterium die Erscheinungen, für die Forschung das Nachdenken, für das Wählen und Fliehen die Gefühle (πάϑη). Was
das letztere bedeutet, wissen wir: Beim Handeln soll der Mensch
in der Lust ein Anzeichen für die Nützlichkeit eines Dinges,
in der Unlust für die Schädlichkeit eines Dinges erkennen.
Ebenso muss sich hiernach Demokritos gedacht haben, dass der
Mensch in den Erscheinungen des Vergehens und Entstehens
ein Anzeichen für das Dasein der Atome und des Leeren be-
sitze. Die Phänomene sind also sein physikalisches wie die
Gefühle sein ethisches Kriterium. Das aber, wonach wir
forschen sollten, muss uns nach Demokritos das Nachdenken
lehren; es ist das logische Kriterium. Der nacharistotelische
Demokriteer hat natürlich, wie Natorp sah, die Terminologie
seines Zeitalters angewendet, offenbar um die drei Teile der
Philosophie auch bei Demokritos nachzuweisen. Aber bezüglich
der Logik gelingt ihm dies sehr schlecht, und es besteht kein
Grund, neben den Phänomenen noch ein weiteres Kriterium
für das naturwissenschaftlich Wahre dem Atomiker aufzu-
bürden; denn Diotimos nennt ja hierfür nur die Phänomene.
Dass dieser die Angabe über das Kriterium der Forschung aus
irgend einer einleitenden Bemerkung zu einer Schrift, wie die
κανόνες waren, herauslas, das darf nach dem über das Kriterium
der Ethik Mitgeteilten vermutet werden.

86. Schliesslich findet Natorp selbst den richtigen Aus-

---

[1]) S. 189, 4.

[2]) Das Vorstehende war längst geschrieben, ehe mir E. Kühnemann,
Grundlehren der Philosophie. Berlin 1899 S. 154 ff. bekannt ward. Wo
er mit Natorp übereinstimmt, gilt der Text auch ihm gegenüber.

[3]) Sext. math. VII. 140.

weg aus den Berichten, indem er sie dahin vereinigt, nach
Demokritos könne von den Erscheinungen der Sinne allein
auch die Vernunft ihre Gewähr erhalten, da diese den Wechsel
der Erscheinungen darbieten. Nebenbei bemerkt, gesteht Natorp auch, obschon mit einigen Einschränkungen, dass der
Sensualismus des Epikuros unverständlich wäre, wenn er nicht
bei Demokritos wenigstens in der Wurzel vorhanden gewesen
wäre. [1])

87. Hier können wir eine allgemeinere Bemerkung nicht
unterdrücken. Es besteht eine Gefahr für die geschichtliche
Betrachtung der Philosophie und, sofern diese von modernen
philosophischen Richtungen als Eideshelferin aufgerufen wird,
auch für die Entwicklung der Philosophie selbst darin, dass
Begriffe späterer Zeiten an die philosophischen Anschauungen
früherer Perioden angelegt werden. [2]) Die Versuchung, jene
älteren Ansichten zu dehnen oder umzudeuten, ist zu gross,
und die Unterschiede sind schwerer zu fassen und auszudrücken
als die Ähnlichkeiten. Doppelt bedenklich ist ein solches Verfahren für die vorplatonische Zeit. Die Kenntnis von den
Systemen ist nur fragmentarisch, vielfach kranken die Quellen-
berichte selbst an dem eben bedauerten Fehler. Wir können
nur selten mit apodiktischer Sicherheit sagen: „Davon hatte
der Philosoph noch keine Ahnung, darin kam er nicht zur
Klarheit." Und doch ist das wahrscheinlich häufig die richtige
Auffassung. Geschieht jene Behandlung also ohne die nötige
Vorsicht und ohne eine Reihe von Vorbehalten, so kann die
Geschichte der Philosophie dem Schicksal der Archäologie
verfallen, welche über „falsche Ergänzungen" zu klagen hat.
Die epikureische Erkenntnislehre hat sicher eine ganz andere

---

[1]) S. 209 f.
[2]) Hart S. 8 f. bemerkt z. B., nachdem er davon gesprochen, dass
nach Demokritos alles Lebende Wärmestoff sei: „Es berühren uns diese
Angaben über das Vorhandensein der bewegenden Materie eigentümlich,
wenn wir hören, welches nach der heutigen Naturforschung der absolute
Nullpunkt ist, wo jede Atombewegung aufhört." Irgendwo glauben wir
auch gelesen zu haben, dass zu der modernen Ableitung aller Sinnesorgane
aus dem Organ des Tastsinns die demokritische Lehre, dass alles tast-
bar sei, ein Vorbild darstelle. Das sind doch wohl Verirrungen der
historischen Betrachtung.

und tiefere Bedeutung als die demokritische. Letztere mag in
ihrer Art klar und folgerichtig entwickelt gewesen sein. Doch
scheint es, dass im Geiste des Demokritos noch vieles unge-
schieden und unausgeglichen zusammenlag, was spätere Gene-
rationen trennten. Demokritos hatte andere Gegner vor sich
als Epikuros. Dieser hatte gegen Aristoteles und gegen die
Akademie zu kämpfen; die Erkenntnistheorie war systematischer
und eingehender geworden. Die Sophistik ging solch geordnete
Bahnen noch nicht. Demokritos hatte nur daran ein Interesse,
mit seinem Lehrer den Wechsel der oberflächenhaften Erscheinungen wie Farbe, Geschmack, Temperaturen zu leugnen und
andrerseits die Menge der gleichartigen kleinsten Stoffe zu behaupten [1]), also zu rechtfertigen, dass die Atomistik über die
Oberfläche hinweg in das „Innere der Natur“ dringt. Über
den Kreis d i e s e r Fragen ist er hier anscheinend nicht hinausgekommen. Bestünde irgend eine Veranlassung, seine Erkenntnistheorie mit modernen Theorien zu vergleichen, so dürfte
sie höchstens als naiver Kritizismus bezeichnet werden. Wie
Kant zwischen dem englischen Sensualismus und dem Idealismus eine Brücke schlug, so Leukippos und Demokritos zwischen
einem naiven Sensualismus und Idealismus. Richtiger wird es
sein, ihn, entsprechend den Ausführungen des Aristoteles, einen
„Phänomenalisten“ zu nennen; aber auch dieser Ausdruck würde
zu Missverständnissen führen.

88. Die Stelle des Aristoteles bietet jedoch auch nach der
entgegengesetzten Seite hin ein Bedenken. [2]) Demokritos, der
das Wahre in dem Erscheinen erblickte, soll behauptet haben:
Entweder ist nichts wahr, oder es ist uns verborgen. [3]) Die
Aufstellung dieser Alternative ist wohl eine Frucht der Skepsis
des Gorgias, an dessen beiden ersten Sätze sie erinnert. Natürlich kann Demokritos den ersten Teil der Alternative: „Es ist
nichts wahr“ nach allem, was wir über ihn wissen, nicht anerkennen. Also muss er den anderen Satz annehmen: „Es ist
uns wenigstens verborgen.“ [4]) Auch das scheint mit dem

---

[1]) S. Diotimos' erstes Kriterium Sext. E. math. VII. 140.
[2]) S. Zeller I. 5 S. 920 f.
[3]) Aristot. met. 1009 b, 11.
[4]) S. auch Asclep. met. 276. 28. VI. 2 Hayduck.

Satze, dass „in Wirklichkeit die Atome und das Leere existieren", nicht im Einklang zu stehen. Indes Hart[1]) hat die auf den ersten Blick widerspruchsvollen Mitteilungen des Aristoteles[2]) zu vereinigen gewusst. Das „Uns wenigstens" kann sich, da nur von Sinnesqualitäten die Rede ist, nur auf unsere Sinnesauffassung beziehen. Nicht das Wort der verzweifelnden Erkenntnis ist dieses ἄδηλον, sondern der hoffnungsvolle Hinweis, dass eben auch im Reiche der Abstraktion, die uns auf Bewegungsveränderungen kleinster unsichtbarer Teile vermittels des Leeren führt, die Wahrheit zu finden ist. Die Atome wie das Leere sind ἄδηλα, und wenn Demokritos sagt, Eingeweide hätten auch die blutlosen Tiere, sie seien uns nur wegen der Kleinheit dieser Tiere verborgen[3]) (ἄδηλα), so heisst dies nichts anderes als: Darin, dass wir die Eingeweide nicht sehen, liegt kein Beweis für das Fehlen derselben bei jenen Tieren. Fragt man aber weiter: Worin findet Demokritos die Bewährung für jene Annahme, so ergibt sich als Antwort: Er kann sie nur in der Analogie gefunden haben, welche für die ganze Klasse der beseelten Wesen die gleiche körperliche Einrichtung erfordert.[4]) Das also ist der Sinn der ganzen demokritischen Erkenntnistheorie: Darin, dass etwas den Sinnen verborgen ist, liegt noch kein Beweis dafür, dass es nicht existiert. Unser Denken muss nur bei dem stehen bleiben, was die Phänomene schliessen lassen und alles abweisen, was sich mit den Phänomenen nicht vereinigen lässt. Der Satz vom Leeren und Vollen erfüllt diese Bedingung; er ist die unumgängliche Vorbedingung zum Begreifen der durch die Sinneswahrnehmung gewährleisteten Bewegung und geht nicht darüber hinaus. Nicht so ist es mit der Annahme eines Zufalls; er ist nicht nur dem Auge, sondern auch dem menschlichen Verstand verborgen (ἄδηλος).[5])

[1]) Erkenntnislehre S. 32. Auch mir ergab sich der gleiche Ausweg aus den Schwierigkeiten.

[2]) Met. 1009 b, 11—14.

[3]) Aristot. part. an. III. 4. 665 a, 31.

[4]) Auf dem Wege der Analogie findet er auch den Satz: „Gleiches gesellt sich zu Gleichem."

[5]) Zeller I. 5 S. 871, 1.

89. Das Ziel jener ganzen Auseinandersetzung, welche
Aristoteles dem Atomiker in den Mund legt, ist demnach nicht
das, eine Skepsis zu begründen, sondern das, die Sinneswahrnehmung in Schutz zu nehmen gegen die Angriffe der Sophistik.
Beides, will er sagen, ist gleich wahr und gleich falsch [1]), die
Aussage dessen, der die Speise bitter, wie dessen, der die
nämliche Speise süss findet, je nach dem Standpunkt. Bei
jedem ist nämlich sein Zustand die massgebende Ursache für
die Vorstellung, wie Theophrastos im Sinne des Atomikers
dies ausdrückt. [2]) Man wird die Meinung des Demokritos nicht
treffen, wenn man sagt, seine Wahrheit sei transsubjektiv [3]);
seine Wahrheit schliesst auch die Wahrheit des subjektiven
Urteils mit ein, indem sie für die entgegengesetzten Urteile
eine gleichmässige Erklärung zu bieten vermag.

90. Es könnte nun Aristoteles ein Vorwurf daraus gemacht werden, dass er die positive Seite der demokritischen
Erkenntnislehre übergeht. Indes er hatte keinen Grund an
jener Stelle der Metaphysik mehr davon mitzuteilen, als er
thut. Er trennt ihn wie Anaxagoras deutlich von Protagoras [4])
und gibt in seinem Berichte genug davon zu erkennen, dass der
Atomiker nicht zu den radikalen Zweiflern gehört. Endlich

---

[1]) Met. 1009b, 11. Vgl. 1009b, 33: „Das Seiende verhält sich zugleich so und nicht so.“ — Darauf bezieht sich wohl Alex. met. I 314, 5,
Demokritos habe mit Herakleitos behauptet, dasselbe sei und sei nicht
und deshalb sei die gegensätzliche Aussage zugleich wahr.

[2]) Sens. 63.

[3]) Galenos de elem. sec. Hipp. I. 2. I. 418 K. (Zeller I. 5 S. 863, 1)
spricht von „Veränderungen, an die alle Menschen glauben“, wie
Wärme, Kälte u.s.w. und ebendahin gehört auch die allgemeine Äusserung: „Der Mensch muss nach dieser Richtschnur einsehen, dass er von
der Wirklichkeit weit entfernt ist.“ Jedoch ist der letztere Gedanke nicht
skeptisch zu nehmen, sondern, wie die Mitteilung des Galenos lehrt, als
apodiktische Abweisung der vulgären Ansicht; auch der Ausdruck „nach
dieser Richtschnur“ deutet darauf hin, dass Gebiete abgegrenzt
werden (das Gebiet der sekundären Qualitäten von den primären).
Übrigens sagt Demokritos nicht, dass der Mensch in dem von ihm ge-
troffenen Punkte für immer von der Wirklichkeit entfernt ist; er selbst
wird sich wohl für befähigt gehalten haben, ihn dahin zu bringen. Der
Philosoph, der auch sonst nicht ohne Selbstbewusstsein spricht, redet hier
so, als ob sein System das erste sei, welches die Wahrheit bringe.

[4]) Met. III. 5. 1009a, 25.

wäre der erste Teil der Kritik in diesem Falle nicht verständlich. Er meint, die dem Raisonnement des Demokritos zugrundeliegende Ansicht führe zu der absurden Meinung der Herakliteer, unter denen Kratylos genannt und widerlegt wird.[1]) Dieser Einwand hätte keine Berechtigung, falls Demokritos thatsächlich gänzliche Skepsis gepredigt hätte.

91. Nachdem so der Bericht des Aristoteles im ganzen sich als zuverlässig dargestellt hat, sei noch ein Blick auf seine Bekämpfung der demokritischen Erkenntnistheorie geworfen.[2]) Er schlägt, wie sich nach dem Gesagten zeigt, das Verfahren ein, die Grundlage der Deduktion zu erschüttern; demnach scheint er der Tendenz der Deduktion seine Anerkennung nicht versagt zu haben.

92. Im ganzen hebt die Polemik des Aristoteles durch die Unermüdlichkeit und Eindringlichkeit, mit welcher er allen Schwierigkeiten nachgeht, uns in erkenntnistheoretischer Hinsicht weit über das hinaus, was Demokritos geleistet haben kann. Jetzt erst werden die Fragen der Disziplin recht peinlich, und Aristoteles hat sicherlich hier anregender gewirkt, als Demokritos jemals hätte wirken können.

93. Im einzelnen jedoch trifft er es auch hier nicht überall gleich gut. Einer seiner Einwände setzt seine eigene Erkenntnislehre als bereits feststehend voraus. Er meint, da Demokritos (mit anderen) nur die sinnlich wahrnehmbaren Dinge für die seienden halte,[3]) in den sinnlich wahrnehmbaren Dingen aber die Natur des Unbestimmten (Undefinierbaren) zahlreich vertreten sei, könne jene Lehre nicht zum Wissen anleiten.[3]) Der Einwand gilt nur dann, wenn dem begrifflichen Erkennen der Form allein Wert zugemessen wird[4]), nicht aber von einem

---

[1]) Met. III 5. 1009 a, 10—22.

[2]) Vgl. 1009 b, 32.

.[3]) Dies der Sinn von 1000 a, 1—4. Ähnlich steht es mit der gegen die Herakliteer gerichteten Bemerkung, dass wir nur κατ᾽ εἶδος erkennen, 1010 a, 25. Vgl. R. Eucken, Methode d. aristotel. Forschung. Berlin 1872 S. 19. — Auch die Unterscheidung zwischen dem Laien und dem Arzte, der Zukünftiges über Krank- oder Gesund-Werden vorhersagt (1010 b, 11), beruht auf dieser Schätzung des begrifflichen Wissens. S. auch 1010 b, 26 ὥσπερ καὶ οὐσίαν μὴ εἶναι μηδενός.

[4]) S. v. Hertling, Materie u. Form u. d. Definition der Seele bei

anderen Standpunkte aus. Immerhin ist auch Demokritos dem
Gedanken des Aristoteles nicht ganz ferne, wenn er das ab-
strakte Erfassen der Dinge als echte Einsicht über die roh
sinnliche setzt, und insofern ist die Bemerkung des Aristoteles
kein Lufthieb.

94. Ebenso ist seine Erwiderung dagegen, dass nicht alles
Erscheinende wahr sei, einfach auf seine Psychologie aufgebaut:
Jeder Sinn gibt nur für sein sensibile proprium die Wahrheit.[1]) Und eine ähnlich aristotelische Wendung nimmt auch
die Bemerkung, die Wahrnehmung sei nicht Wahrnehmung
ihrer selbst, sondern es gebe neben ihr etwas anderes, was notwendig früher sei als die Wahrnehmung, d a d a s B e w e g e n d e
(logisch) f r ü h e r s e i a l s d a s Bewegte, auch wenn beides auf
einander bezogen werde.[2]) Aristoteles gibt sich sogar dem
Glauben hin, die bekämpften Philosophen müssten sich überzeugen lassen, dass es eine unbewegte Natur — die Gottheit
vor allem — gibt.[3]) Er verwundert sich darüber, dass jenen
Philosophen die Frage Schwierigkeit macht, ob die Körper
so gross, die Farben so beschaffen sind, wie sie den entfernten
oder den nahe stehenden Beobachtern erscheinen, ob über die
Schwere die Schwächlichen oder die Starken, über die Wahrheit die Schlafenden oder die Wachenden[4]) richtig urteilen.[5])
Er meint dagegen, niemand, der, sich in Libyen aufhaltend,
nachts (im Traume) glaube, in Athen zu sein, mache sich auf,
in das Odeon zu gehen. Das Beispiel zeigt, dass Aristoteles
das Problem zu leicht nahm. Denn es musste gerade das
ausgedrückt werden, dass der Traumvorstellung die anderweitige objektive Bewährung fehlen würde. Der Träumende
wird thatsächlich, soweit es auf die Absicht ankommt, sich auf-
machen ins Odeon zu gehen, unter Umständen sogar wähnen,

Aristoteles S. 35 ff. R. Eucken, Methode d. aristotel. Forschung S. 19 f.
25 ff.

[1]) 1010 b, 2; vgl. b, 17.

[2]) 1010 b, 35.

[3]) 1010 a, 32; vgl. 1009 a, 36.

[4]) Dieses descartessche Problem muss demnach schon in voraristo-
telischer Zeit (von den Sophisten?) angeregt worden sein.

[5]) 1010 b, 4—11. Vgl. 1011 a, 7.

dort zu sein, falls es ihm gelang, sich fortzubewegen. Auf der persönlichen Auffassung des Aristoteles vom Wesen der Veränderung, wonach das substanzielle Sein durch diese nicht gänzlich zerstört wird, gründet endlich das, was er der Meinung entgegenhält, die von der Beobachtung der Veränderlichkeit der Erscheinungen ausgehend, alles bestimmte Sein leugnete.[1]

95. Alle die bisher angeführten Gegengründe haben nur für den Bedeutung, welcher den Standpunkt des Stagiriten teilt oder für unumstösslich hält. Allein Aristoteles bleibt, wie sich denken lässt, bei derartigen Bemerkungen nicht stehen. Er sucht auch innere Mängel an der bekämpften Ansicht nachzuweisen.

96. Es ist dabei beachtenswert, dass er, soweit Demokritos in Betracht kommt, nicht unternimmt, einen eigentlichen Widerspruch innerhalb der Lehre nachzuweisen. Auf einen solchen würde höchstens eine Bemerkung führen, durch welche die demokritische Lehre als einseitig bezeichnet wird. Danach begehen die Gegner eine falsche Verallgemeinerung, wenn sie das ganze Weltall als bewegt erklären. Nur der uns zunächst umgebende Raum des Wahrnehmbaren sei in beständigem Vergehen und Entstehen begriffen; der sei aber nur ein fast verschwindender Teil des All, und es wäre daher gerechter ge-

---

[1] 1010a, 17—22 ist wie ταῦτα παρέντες a, 22 und καὶ πρὸς τοῦτον τὸν λόγον (das καί erklärt sich aus dem ähnlichen Zugeständnis a, 4) vorzugsweise gegen die heraklitisierenden Philosophen gerichtet. Die Existenz eines Seienden bei der Veränderung hatte Demokritos ja nicht geleugnet. Bonitz z. St. (Kommentar S. 203 f.) scheint mir nicht ganz zutreffend über die Veranlassung dieses Argumentes zu handeln. Auch seine Epikritik ist wohl nicht ganz entsprechend. Aristoteles sagt: In eben dem Momente, in dem etwas sich verändert, hat es noch etwas von dem, was es verliert, und ist es zugleich in gewissem Masse das Neue (1010a, 18). Hier zerschneidet Aristoteles keineswegs die Veränderung in gewisse Teile oder sieht er nur auf solche Augenblicke, in denen die Veränderung noch nicht begonnen oder schon vollendet ist, sondern fasst er gerade die Veränderung als solche in ihrem aktuellen Vorgange ins Auge und stellt etwas fest, was für jeden Moment der Veränderung giltig ist. Besser passt jener Vorwurf auf das von Aristoteles mit ὅλως eingeführte Argument (a, 19), insofern dort der Endpunkt der Veränderung (Bonitz erklärt selbst: alioquin interiisset iam. non interiret) und ihr Anfangspunkt betrachtet wurden.

wesen, das Bewegte um des Unbewegten willen freizusprechen
als das Unbewegte um des ersteren willen zu verurteilen.[1])
Dieser Einwand, derselbe, den in seiner Allgemeinheit die An-
hänger des Materialismus ihrerseits dem teleologischen Gottes-
beweis machen, ist von methodischen Gesichtspunkten aus wohl-
berechtigt und wirkt Demokritos gegenüber wie der Nachweis
eines Widerspruchs, da dieser die Wahrheit über oder hinter
der sinnlichen Erscheinung suchen wollte. Die Berechtigung
des Analogieschlusses innerhalb der Grenzen seines Gebietes
gedachte Aristoteles keinesfalls zu bestreiten. Zwar geht er
selbst von falschen Annahmen über die Einrichtung des Kosmos aus; indessen wird dadurch der Kern seiner Kritik nicht
beeinträchtigt.

97. Mehr weiss Aristoteles bezüglich der Folgerungen zu
sagen, in welche die demokritische Theorie verwickelt.

Zunächst meint er, aus der Anschauung, von welcher der
Gedankengang der Physiker den Anfang nehme, dass nämlich
die uns zugängliche Natur sich in ihrem ganzen Umfange verändere und es von dem in steter Veränderung Begriffenen
keine wahre Aussage gebe, sei die verstiegenste aller Ansichten,
die der Herakliteer und besonders des Kratylos, hervorge-
wachsen, welcher, da jeder Satz die Aussage über ein Sein
enthält[2]), zuletzt glaubte, gar nichts mehr sagen zu dürfen,
sondern nur den Finger bewegte und meinte, man könne selbst
nicht ein einziges Mal in denselben Fluss hineinsteigen.[3])
Aristoteles trifft damit den eleatischen Teil der atomistischen
Erkenntnislehre. Die Atomiker gehören ihm offenbar zu jenen
Denkern, welche den Streitgründen des Gegners nachgaben und
das von diesen Erschlossene als richtig anerkannten.[4]) Die
eleatische Folgerung, dass alles in Ruhe sei statt in Bewegung,
dünkt ihm für die Ausgangssätze, die auch Demokritos annahm,
logisch konsequenter als die demokritische, da es nichts gebe,
wozu sich etwas verändere.[5]) In der That ist die Konsequenz,

---

[1]) 1010a, 25—32.
[2]) So erklärt Zeller I. 5 S. 749 die Stelle zutreffend.
[3]) 1010a, 7—15.
[4]) 1012a, 19.
[5]) 1010a, 35.

welche Demokritos aus den widerspruchsvollen Urteilen der
Sinne zieht, ein Sprung. Aus der Annahme, dass die Aussage
des Kranken über einen Geschmack ebenso berechtigt sei wie
die ihr widersprechende des Gesunden, durfte nicht geschlossen
werden, dass keine von beiden w a h r sei, und noch weniger,
dass „entweder nichts wahr sei oder uns wenigstens verborgen [1]."

98. Gegen die Ansicht des Demokritos, dass das Seiende
„sich sowohl so als auch nicht so [2]", dass es sich „in gleicher
Weise" [3]) verhalte, d. h. dass die Aussagen des Gesunden und
des Kranken, des geistig Normalen und des geistig Abnormen
gleich sehr zutreffend seien, richtet sich die Bemerkung, dass
durch alle derartigen Ansichten nicht nur die (substanziell gedachte) Wesenheit, sondern auch die Notwendigkeit der Dinge
aufgehoben werde; denn wenn etwas notwendig sei, könne es
sich nicht zugleich so und nicht so verhalten. [4])

Überhaupt würde, wenn nur das sinnlich Wahrnehmbare
ist, nichts sein ohne beseelte Wesen, ohne die eine Sinneswahrnehmung nicht möglich ist. [5]) Die Anschauung, dass alles
Erscheinende wahr sei, habe zur Folge, dass alles Seiende zu
einem Relativen werde. [6])

99. Beide Folgerungen mussten den Demokritos in Verlegenheit bringen, der sowohl die Notwendigkeit des Seienden
kraftvoll betont hatte als auch ein absolutes, von der Sinneswahrnehmung unabhängiges Sein, das Sein des Vollen und des
Leeren, aufzeigen wollte. Man kann dieser Kritik nicht den
Vorwurf machen, dass sie sich statt an die Absicht des Demokritos an den Wortlaut halte [7]); durch das Bestreben, die Be-

---

[1]) 1009 b, 11.
[2]) 1009 b, 32.
[3]) 1009 b, 11.
[4]) 1010 b, 26. Vgl. Bonitz z. St. S. 207.
[5]) 1010 b, 30.
[6]) 1011 a, 19.
[7]) So Thomas von Aquin bezüglich einiger Argumente, die Aristoteles
gegen die vorhergegangene Psychologie beigebracht hatte; s. G. v. H e r t -
l i n g, Materie und Form u. d. Definition d. Seele. Bonn 1871 S. 107.
B ä u m k e r, Problem S. 129, 1. 1005 b, 25 meint Aristoteles übrigens
bezüglich des Herakleitos, es sei unmöglich, dass er in der That ange-

denken der Sophisten unschädlich zu machen, scheint Demo-
kritos zu einer Ausgestaltung seiner erkenntnistheoretischen
Ansichten verleitet worden zu sein, die nicht ganz seinen eigenen
Absichten förderlich war.

100. In den Augen des Aristoteles musste ferner das
Fehlen gewisser Unterscheidungen ein Mangel der demokritischen
Theorie sein. Die Unterscheidung zwischen potentiellem und
aktuellem Sein hat er nicht unterlassen auch Demokritos gegenüber geltend zu machen [1]); doch tritt dieselbe diesmal hinter
anderen Erwägungen zurück. [2]) Nachdrücklich hebt er hingegen den Unterschied zwischen quantitativer Veränderung, die
er zugibt, und qualitativer hervor, die er leugnet [3]), letzteres
jedoch in anderem Sinne als Demokritos. Ebenso den Unterschied zwischen der in ihrem Kreise untrüglichen sinnlichen
Wahrnehmung und der irreführenden Phantasie. [4]) Weise man,
um behaupten zu können, alles sei zugleich wahr und falsch,
darauf hin, dass sogar demselben zu derselben Zeit Entgegen-
gesetztes erscheine, z. B. beim Tastsinn, der bei Verschlingung [5])
der Finger für z w e i Gegenstände hält, was dem Gesichtssinn
als e i n e r erscheint [6]), so sei darauf zu erwidern, dass dies
doch nicht bei demselben in die nämliche Richtung gehenden
Sinne, nicht in der nämlichen Weise und nicht in derselben
Zeit geschieht. [7]) Der Sinn gebe sogar in verschiedenen Zeit-

nommen habe, dasselbe könne sein und nicht sein; es sei dies nur seine
Ausdrucksweise, welche dem eigentlichen Sinne nicht entsprechen müsse.

[1]) 1009 a, 27—35.
[2]) S. Bonitz z. 1010 a, 1—35 S. 203.
[3]) 1010 a, 22.
[4]) 1010 b, 1.
[5]) Schwegler (III S. 181) übersetzt ἐπάλλαξις mit „Vertauschung
der Finger“ und spricht in der Erklärung von „successiver“ Berührung des
Gegenstandes mit zwei verschiedenen Fingern. Diese Deutung ist wegen
κατὰ τὸν αὐτὸν χρόνον unmöglich. Bonitz hat S. 210 das Richtige über
diese auch von der neueren Psychologie (s. V. Henri, Über die Raum-
wahrnehmungen d. Tastsinns. Berlin 1898 S. 67 ff.) beachtete Erscheinung.
[6]) Nach dieser Stelle scheint das sog. „aristotelische Problem“ schon
vor ihm aufgebracht worden zu sein. Hier möge zugleich bemerkt sein,
dass Aristoteles auch da, wo er angeblich die vier Arten der Association
aufstellt, sich wahrscheinlich (mit διό rem. 451 b, 18, vgl. ebd. Z. 15) auf
eine Regel der älteren Mnemotechnik bezieht.
[7]) 1011 a, 28—1011 b, 1.

punkten nicht widersprechende Aussagen über den empfangenen
Eindruck selbst, sondern nur über den Gegenstand, welchem
die Bestimmung zukommt. Derselbe Wein könne, wenn er
sich selbst verändert habe oder die kostende Person in physio-
logischer Hinsicht, das einmal als süss, das andere Mal als
nicht-süss bezeichnet werden; über das Süsse, wie es ist, wann
es ist, könne kein falsches Urteil gefällt werden. [1]

101. Zum Schlusse wollen wir nicht unterlassen, anzugeben,
wie Aristoteles veranlasst ward, die demokritische Erkenntnislehre in seiner Metaphysik zur Sprache zu bringen. Er hat
im dritten Kapitel des dritten Buches das erste und sicherste
aller Prinzipien aufgestellt. Es ist dies der Satz des Wider-
spruches, welchem er bekanntlich die ihm selbst nicht hinreichend vorsichtig erscheinende Fassung gibt: Dasselbe kann
demselben in derselben Beziehung unmöglich zugleich zukommen
und nicht zukommen. [2] Er begründet denselben, da ein direkter
Beweis dafür natürlich nicht möglich ist, durch indirekten Beweis, d. h. durch Widerlegung der Gegner. [3] Neben Herakleitos [4]
und anderen Physikern [5] schien ihm auch Demokritos als
Autorität dagegen ausgespielt werden zu können, da dieser
sich hinsichtlich der Wahrheit in den Phänomenen [6] die wider-
spruchsvolle Aeusserung gestattet hatte: Alles sei in gleicher
Weise wahr und falsch. [7] Dass Demokritos damit nur sagen
wollte, die Aussage des Gesunden ist vom Standpunkte des
Gesunden aus wahr, aber vom Standpunkte des Kranken aus,
der nicht weniger berechtigt ist zu seinem Urteile, ebenso falsch,
und umgekehrt, darüber kann sich Aristoteles nicht zweifelhaft
gewesen sein. [8] Was er tadelt und was er bekämpft, ist nur

---

[1] 1010 b, 19—25.

[2] 1005 b, 19; vgl. b, 27.

[3] 1006 a, 11 ff.

[4] 1005 b, 25. 1012 a, 24; 34.

[5] 1006 a, 2.

[6] 1009 b, 1.

[7] 1011 a, 30 vgl. mit 1009 b, 9—11.

[8] Vgl. das über Herakleitos 1005 b, 23 Bemerkte und 1010 b, 9 οὐκ
οἴονταί γε.

die mangelhafte logische Fassung, die mit seinem Satze des Widerspruchs im Streite liegt. [1])

102. Es könnte Bedenken unterliegen, ob wir mit Fug die angeführte Kritik als Kritik an Demokritos betrachten. Bonitz und Schwegler denken vorzüglich an Protagoras. Dagegen wäre zu betonen, dass die kritischen Ausführungen unmittelbar an die Darstellung der demokritischen Lehre — denn diese ist von 1009 b, 1—33 hauptsächlich dargestellt — sich anschliessen; jedenfalls zielen die Einwendungen des Aristoteles indirekt auch auf Demokritos.

3. Über die aristotelische Kritik zur demokritischen Naturphilosophie.

103. Die Aufgabe über den in der Überschrift bezeichneten Punkt zu sprechen ist uns durch die treffliche Behandlung des Gegenstandes, die K. Lasswitz in seiner gründlichen Geschichte der Atomistik bietet [2]), wesentlich erleichtert. Die Hauptgründe, welche Aristoteles gegen die Atomistik ins Feld führt, sind von diesem Gelehrten eingehend dargestellt und gewürdigt. [3])

---

[1]) Vgl. 1012 a, 24, wo Aristoteles ausdrücklich sagt: Es scheint Herakleitos mit seiner Lehre, dass alles sei und nicht sei, alles wahr zu machen, Anaxagoras aber etwas Mittleres zwischen den Gliedern des Widerspruchs zu setzen, (also gegen den Satz von ausgeschlossenen Dritten zu verstossen), so dass alles falsch wird; denn wenn Gutes und Nicht-gutes gemischt wird, so ist die Mischung weder Gutes noch Nicht-gutes so dass man nichts von ihr in Wahrheit aussagen kann. Aristoteles ist sich hier bewusst, dass er den Widerspruch gegen seine Prinzipien erst konstruiert.

[2]) S. 102—131. S. auch Zeller II. 2. 3 S. 286 ff. 410 ff.

[3]) Es fehlen nur einige Stellen, die ich aus Bonitz' Index nachtrage: Gegen das Leere phys. IV. 8. 214b, 28. Gegen die Ansicht, dass das Feuer nach oben gedrückt werde coel. I. 8. 277b, 2. Gegen den Satz, dass das Ewige und Unendliche keinen Anfang habe gen. an. II. 6. 742b, 20. Gegen den Satz: „Alle Dinge waren zusammen" wird met. X. 2. 1069b, 29 hauptsächlich mit Bezug auf Anaxagoras, der ihn zuerst aufgestellt, gesagt, er reiche nicht hin, die unendliche Zahl der Dinge zu erklären; vgl. X. 6. 1071b, 27, wo gefragt wird, wie etwas bewegt werden soll, wenn nicht eine Ursache aktuell da ist. Darum hätten Leukippos und Platon eine ewige Bewegung angenommen. VII. 2. 1042 b, 15 wird die Aufstellung

104. Von Mangel an Objektivität und Billigkeit weiss
Lasswitz wenig zu berichten. Wer die Ausführungen des
Stagiriten ohne Voreingenommenheit gegen diesen Meister der
Kritik liest, wird gestehen müssen, dass er die Polemik in aller
Ruhe und ohne irgend welche persönliche Befangenheit übt.
Und es ist nicht etwa anzunehmen, dass bei Lasswitz das
eine oder das andere ungünstige Moment unterdrückt worden
wäre; die Originalstellen bestätigen die Verlässigkeit seiner
Darstellung. Ohne Frage ist es, dass Aristoteles die Probleme
der Naturphilosophie durch seine scharfsinnige Kritik ausser-
ordentlich vertiefte und auf die weitere Ausbildung und Verbesserung der Theorie dadurch grossen Einfluss hatte. Es ist
ein ehrendes Zeugnis für den Stagiriten, dass aller Fortschritt
in der Naturwissenschaft jahrhundertelang durch einen Kampf
mit ihm eingeleitet wurde.

105. Die Objektivität scheint Aristoteles nur darin verletzt zu haben, dass er, „um die Atomisten zu widerlegen, eine
von Demokrit gar nicht aufgestellte mathematische Atomistik
fingiert". [1] Mit einer solchen Atomistik beschäftigt er sich in
der That in den von Lasswitz S. 104f. angeführten [2] Bemerkungen. Allein es ist zu bedenken, dass er im sechsten
Buche der Physik Leukippos und Demokritos zunächst und
vielleicht überhaupt nicht im Auge hat, sondern sich selbst
eine mathematische Atomistik konstruiert, im Hinblicke besonders auf die Eleaten. [3] Ebenso gehen die von Lasswitz
angezogenen Erörterungen des dritten Buches weniger auf die
Atomiker als auf die Eleaten [4] und vor allem auf Platon [5],
und ähnliches gilt vom zehnten Kapitel des achten Buches.
Das achte Kapitel des dritten Buches „Über den Himmel"

---

dreier Unterschiede mit der Behauptung widerlegt, dass es ausser Gestalt,
Lage und Ordnung noch eine Reihe von Unterscheidungsgründen gebe
wie Zusammensetzung, Mischung, Zeit, Ort u. s. w. (s. Bonitz z. St.).

[1]) Lasswitz S. 133.

[2]) S. auch Zeller S. 396, 2.

[3]) S. Phys. VI. 2. 233 a, 21 (u. VI. 9. 239 b, 5 ff.). Man kann auch
an Platoniker denken.

[4]) S. Phys. III. 6. 207 a, 15.

[5]) S. ebd. 206 b, 27; a, 17 und Prantl Anm. 23 S. 491 f. zu seiner
Übersetzung.

handelt nicht von Gründen g e g e n die Unteilbarkeit der Körper
und zielt wieder vorzugsweise gegen Platon. So bleibt denn
nur e i n e Stelle übrig, welche sich unmittelbar gegen die älteste
Atomistik richtet; es ist dies das vierte Kapitel des dritten
Buches „Über den Himmel". [1] Aristoteles will dort entscheiden,
ob die Zahl der Elemente begrenzt oder unbegrenzt ist. Nachdem Anaxagoras widerlegt ist, heisst es: „Auch in dem Sinne
des Leukippos und Demokritos können die Elemente nicht unbegrenzt sein . . . denn g e w i s s e r m a s s e n machen auch diese
alles Seiende zu Zahlen und aus Zahlen; wenn sie das auch
nicht deutlich angeben, s o w o l l e n s i e dies doch sagen."
Nach einigen Einwänden gegen die unendliche Zahl der Atome
meint Aristoteles, durch die Annahme unteilbarer Körper
müssten sie notwendig mit den mathematischen Wissenschaften
in Streit kommen [2]; er denkt dabei wohl an die Thatsache,
dass die Mathematik, die genaueste aller Wissenschaften, sogar
das G e d a c h t e für teilbar hält, so dass die Atomiker um so
weniger Grund haben, dem nur sinnlich Wahrnehmbaren, wenn
auch nur teilweise, die Möglichkeit des Geteiltwerdens abzu-
sprechen. [3] Ferner findet er, dass sie viele angesehene und
auf Grund der Sinneserfahrung einleuchtende Lehrsätze um-
stossen, über die er selbst in der Physik gehandelt habe. [4]
Aristoteles will hier nicht sagen, dass er in der Physik gegen
die Unteilbarkeit der ersten Körper spreche, sondern dass die
Annahme der Atomiker das, was er dort bewiesen zu haben
glaubt, zu Falle bringen würde. Z e l l e r [5] bezieht das Selbst-
citat auf das erste Kapitel des sechsten Buches und das zwölfte
des vierten Buches; wohl das letztere wird hauptsächlich
Aristoteles im Auge gehabt haben. [6]

106. Es ist mir daher unwahrscheinlich, dass Aristoteles
mit den Ausführungen des sechsten Buches der Physik die

---

[1] 302 b, 10 ff.

[2] 303 a, 20.

[3] S. coel. III. 7. 306 a, 27.

[4] 303 a, 22.

[5] II. 2. 3 S. 86 Anm.

[6] S. IV. 10. 217 b, 29.

leukippische Atomistik eigentlich widerlegen wollte.[1]) Umgekehrt, weil Aristoteles die Ausführungen der Physik als sicher
betrachtete, wollte er die Atomistik nicht zulassen. Den Vorwurf also, dass er gegen ein selbstgeschaffenes Phantom kämpfe,
statt gegen Demokritos, müssen wir zurückhalten.

107. Nebenbei sei betont, dass der oben angeführte mathematische Einwand sich nicht auf den kontinuierlich erfüllt ge-
dachten Raum bezieht, wie Lasswitz meint.[2]) Er besteht
auch ohne eine solche Voraussetzung zu recht. Demokritos
glaubte (logisch) bewiesen zu haben, dass es eine absolute
Teilung ins Unendliche überhaupt nicht gebe.[3]) Der Stagirite
durfte hier auf die Mathematik hindeuten, welche eine unendliche Teilbarkeit kennt. Würde sich diese Ansicht des Demokritos beweisen lassen, so wäre seine Atomistik nicht mehr
bloss eine Hypothese, sondern eine Theorie. Freilich folgt aus
der Erinnerung des Aristoteles nicht die Unzulässigkeit der
Atome, aber diese wollte er damit auch nicht behaupten.

108. Bedenklicher als der oben besprochene Tadel gegen
die aristotelische Kritik ist ein anderer, welchen Lange[4]),
eine Äusserung Zellers[5]) verschärfend, ausspricht. Der zuletzt genannte Gelehrte sagt, es sei schief, wenn man behaupte,
die Atomiker hätten die Bewegung vom Zufall hergeleitet. Zu
diesem Missverständnisse habe schon Aristoteles den Anlass
gegeben, indem er das αὐτόματον des Demokritos im Sinne
seines Sprachgebrauches als wesentlich gleichbedeutend mit
der τύχη fasse, während Demokritos darunter nicht das Zufällige,
sondern nur das, was sich von selbst macht, das Naturnot-
wendige, verstanden haben könne." „Habe Demokritos für das
Einzelne keinen Zufall zugegeben, so habe ein so folgerichtiger
Denker, wie er, das Ganze sicher nicht für ein Werk des Zufalls gehalten."[6]) Um jedoch Aristoteles nicht unbillig zu beurteilen, müssen wir zunächst uns klar werden, in welchem

---

[1]) Wie auch Zeller II. 2. 3 S. 410, 4 anzunehmen scheint.
[2]) S. 105.
[3]) Zeller I. 5 S. 850.
[4]) Gesch. d. Materialismus I. 2 S. 129 Anm. 14.
[5]) I. 5 S. 870 u. Anm. 1.
[6]) Zeller I. 5 S. 871, 1.

Sinne jener Widerspruch aufgedeckt wird. Er tadelt an der von Zeller genannten Stelle[1]) den Demokritos nicht deshalb, weil dieser überhaupt eine Art Zufall aufgestellt, sondern umgekehrt deshalb, weil derselbe seinen Zufall nur auf den grossen Kosmos beschränke, im organischen Leben (der Pflanzen und Tiere) hingegen ihn nicht anerkenne. Aristoteles will in jenem Zusammenhange nachweisen, dass es ein Zufälliges gibt.[2]) Er bemängelt es, dass unter seinen Vorgängern einzelne annahmen, ein Zufall existiere nicht, während andere ihn zwar für existierend hielten, aber übergingen, obwohl sie ihn gelegentlich als Erklärungsbegriff verwendeten wie Empedokles.[3]) Freilich glaubt Aristoteles, dass die Sache sich umgekehrt verhält, wie Demokritos annimmt, und verweist darauf, dass die Atomiker doch sehen müssten,[4]) wie am Himmel nichts zufällig von selbst geschehe, während im Bereich des angeblich Zufallslosen vieles durch Zufall entsteht[5]); nach der Voraussetzung der Atomiker aber, welche den Himmel durch das Zufällige entstehen liessen, sei gerade die gegenteilige Beobachtung zu erwarten gewesen.[6]) Gleichwohl will er auch damit an unserer Stelle keine grundsätzliche Ausstellung am System machen, sondern nur rechtfertigen, dass er sich im folgenden ausführlich über den Begriff des Zufalls verbreitet.

109. Es fragt sich nun, ob das Lob und der Tadel begründet sind, mit anderen Worten, ob Aristoteles mit Recht seinen Begriff des αὐτόματον dem atomistischen gleichsetzt.[7]) Bei den Atomikern ist αὐτόματον das von selbst Eintretende,

---

[1]) Phys. II. 4. 196 b, 28. Vgl. part. an. I. 1. 640 b, 8.

[2]) S. Zeller II. 2. 3 S. 335 f.

[3]) 196 a, 19.

[4]) So sagt Aristoteles auch dem Anaxagoras gegenüber meteor. II. 7. 365 a, 29: καὶ ταῦθ' ὁρῶντας κτλ.

[5]) Aristoteles denkt hier wohl an dysteleologische Erscheinungen bei Tieren und Pflanzen.

[6]) 196 b, 2.

[7]) Zeller drückt sich ungenau aus, wenn er angibt, Aristoteles fasse das demokritische αὐτόματον als wesentlich gleichbedeutend mit τύχη. Dieser gebraucht beim Himmelsgebäude dort stets αὐτόματον und nur beim organischen Leben τύχη, entsprechend dem demokritischen Gebrauche.

also das, wofür sie keine weitere Ursache anzugeben wissen
oder angeben wollen; auf die Frage: Woher ist denn euer
Wirbel, eure Bewegung, welche das All in die wahrnehmbare
Ordnung bringt, hatten sie nur die Antwort: All das ist von
selbst.[1]) Ob sie den Begriff der Naturnotwendigkeit, wie
Zeller meint, damit ausdrücken wollten, ist fraglich; der Satz
aus der Schrift „Über den Nus" lautet: „Kein Ding ($\chi\varrho\tilde{\eta}\mu\alpha$)
geschieht umsonst, sondern alles infolge eines Logos und unter
dem Zwange einer Notwendigkeit"[2]), will also nichts über die
Herkunft der Bewegung aussagen, sondern nur das Walten der
Notwendigkeit innerhalb des bereits vorhandenen Natur-
geschehens feststellen. Deshalb wirft Aristoteles den Atomikern
auch sonst vor, sie hätten allzu sehr obenhin die Frage abge-
macht, woher oder wie die Bewegung dem Seienden zukomme.[3])
Der Stagirite selbst versteht unter $\alpha\dot{v}\tau\acute{o}\mu\alpha\tau\sigma\nu$ das grundlos,[4])
das ohne Beziehung zu einem Zwecke[5]) von selbst Eintretende.
Der atomistische und der aristotelische Begriff scheinen sich
zu decken, insofern ja auch die atomistische Bewegung ursach-
los von selbst eintritt. Allein die Bedeutung beider Begriffe
ist doch sehr verschieden: Das Zufällige der Atomiker ist ein
Begriff, welcher darauf hinauskommt, dass die Bewegung ihre
Ursache in sich selbst habe, dass also die Annahme einer
weiteren Ursache überflüssig sei,[6]) das Zufällige des Aristoteles
dagegen ist etwas Unwesentliches, Wertloses. Bezeichnet jenes
die Grenze des Wissens, so fällt dieses in das Gebiet dessen,
was nicht Gegenstand der Wissenschaft ist.[7]) Zwischen beiden
Begriffen scheint auch ein etymologischer Unterschied zu be-
stehen. Das $\alpha\dot{v}\tau\acute{o}\mu\alpha\tau\sigma\nu$ der Atomistik ist wohl von $\mu\acute{\alpha}o\mu\alpha\iota$ ab-
geleitet: Der Wirbel hat seinen Bewegungsdrang von sich selbst.
Aristoteles aber führt das Wort auf $\mu\acute{\alpha}\tau\eta\nu$ „vergeblich" zurück.[8])

---

[1]) 196a, 26.
[2]) Stob. ecl. I. 160 (Zeller I. 5 S. 870, 3). Der Begriff $\epsilon l\mu\alpha\varrho\mu\acute{\epsilon}\nu\eta$
bei Stobaios ist wieder spätere (stoische?) Interpretation.
[3]) Zeller S. 869, 4.
[4]) So Prantl in seiner Übersetzung (S. 483).
[5]) Zeller I. 5 S. 870. II. 2. 3 S. 335.
[6]) Vgl. Liepmann S. 50. 52.
[7]) Zeller II. 2. 3 S. 336. Vgl. 198a, 5.
[8]) 197b, 22—30. Vgl. Prantl S. 483.

110. Das Verdienst, welches die Atomistik an der Förderung der Untersuchung über den Zufall hat, besteht demnach nur in der Nötigung zu eingehender Erörterung, welche sie dem Stagiriten auflegte, wie sie auch die Kausalität des Anorganischen von der Kausalität des Organischen strenge geschieden[1]) und so die Forschung über diesen Unterschied angeregt hatte. Näher war sie auf jenes Problem nicht eingegangen.

111. Der Tadel aber, welchen Aristoteles ausspricht, leidet an dem Fehler, dass er von falscher Grundlage ausgeht. Denn Aristoteles schliesst unrichtig: „Wenn der Ursprung der atomistischen Bewegung (im Kosmos) ἀπὸ τοῦ αὐτομάτου (im Sinne der Atomiker) ist, so ist zu erwarten, dass auch am Himmel jetzt noch sich ein αὐτόματον (im aristotelischen Sinne) wahrnehmen lässt." [2]) Auf dieser Verwechslung der beiden Begriffe basiert dann auch die ebenfalls gegen die Atomiker gerichtete Ausführung, das an und für sich Seiende sei ursprünglicher als das Zufällige (τὸ κατὰ συμβεβηκός), wozu das αὐτόματον des Aristoteles gehört, das αὐτόματον der Atomiker sei also abgeleiteter als der Gedanke und die Natur, so dass, wenn auch das αὐτόματον noch so sehr Ursache des Himmels wäre, doch notwendig früher der Gedanke und die Natur Ursache sei sowohl für vieles Einzelne, als auch besonders für das Weltall. [3])

112. So zeigt sich, dass der Stagirite hier keineswegs von ungerechter Absicht geleitet ist, sondern sich nur eine nahe

---

[1]) 196 a, 34 τοιαύτην δ' αἰτίαν μηδεμίαν εἶναι οἵαν τῶν ζῴων καὶ τῶν φυτῶν.

[2]) Die Rechtfertigung des Aristoteles, welche Liepmann S. 35 Anm. versucht, ist also nicht ganz gelungen. Aristoteles sagt auch nicht, dass die Atomiker und Empedokles das Wort Zufall „irrigerweise" gebrauchten.

[3]) Dass 198 a, 5—13 auf die Atomistik geht, erhellt besonders aus der Erwähnung des Himmels 198 a, 11, des Nus und der Physis 198 a, 6; 12, womit auf 196 a, 30 zurückverwiesen wird. Die Vermutung Liepmanns (S. 34 Anm.), dass 196 a, 30 ἀλλ' ἤτοι — αἴτιον Glossem sei, wofür er sich auf 196 a, 17 kaum berufen kann, ist nicht begründet. Warum sollte Demokritos bei der Erklärung der Organismen nicht die Physis verwendet haben? S. die Stellen bei Zeller I. 5 S. 901, 5; 6. Bezüglich des Nus s. Zeller I. 5 S. 907, 5. 872, 2. 908, 2.

liegende Verwechslung zu schulden kommen liess. [1]) An dieser
scheint jedoch die Atomistik nicht ganz schuldlos zu sein.
Denn nach dem Urteile einer anderen Stimme, in der Zeller
nicht ohne Wahrscheinlichkeit die Stoiker vermutet,[2]) war der
Zusammenstoss der Atome, aus welchem die Weltordnung entsteht, ein „zufälliger" und wurden durch keinen Naturzwang
Himmel und Erde. [3]) Der Begriff der Naturgesetzlichkeit
kann im atomistischen Systeme nicht klar zum Ausdruck gekommen sein, wenn jene Stimme dies Urteil unwidersprochen
hinstellen durfte. Selbst die Darstellungen von Brieger und
Liepmann, welche die Kosmogonie der ältesten Atomiker in
grössere Ordnung bringen, als dies zuvor geschehen war, erkennen die Ungeordnetheit und Wirrheit der Wirbelbewegung
an, ja sie setzen diese erst recht an den Anfang alles Geschehens. [4]) Aus einer von selbst sich erhebenden ungeordneten
Bewegung entsteht Ordnung als Spezialfall [5]) mit Hilfe zweier
untergeordneter Gesetze, welche 1. die gleiche Reaktion des
Gleichgestellten und 2. einen mit der Grösse wachsenden Widerstand gegen erfahrene Einwirkung behaupten. [6]) Das Verhältnis
dieser untergeordneten Gesetze zu dem obersten Gesetze der
Notwendigkeit hatte die Atomistik wohl nicht klargelegt,
und so konnte der Eindruck entstehen, dass in der Kosmologie
der Atomiker am Anfange das Zufällige eine Rolle spiele,
indes später der Begriff der kausalen Ordnung eine ausschliess-
liche Geltung gewinne. Selbst die von ihm bekämpfte Vorstellung der Tyche scheint Demokritos nicht ganz vermieden
zu haben. Denn die Aristotelesstelle: „Einigen scheint die
Tyche zwar eine Ursache zu sein, aber eine der menschlichen
Denkthätigkeit unklare, da sie etwas Göttliches und mehr
Dämonisches sei" [7]) bezieht Zeller[8]) mit Recht auf Demo-

---

[1]) Lange S. 129 Anm. 14 spricht von „Unterschiebung".
[2]) I. 5 S. 870, 1.
[3]) S. Zeller I. 5 S. 870, 1.
[4]) Brieger S. 4. Liepmann S. 53.
[5]) Liepmann S. 59.
[6]) Liepmann S. 54.
[7]) 196 b. 5.
[8]) I. 5 S. 871, 1.

kritos. Eine Äusserung des Theodoretos nennt nämlich den
Namen des Abderiten für einen Teil des Satzes ausdrücklich,
und der Gedanke, dass die Tyche etwas Göttliches und mehr
Dämonisches sei, ist bei Demokritos nicht etwas Fremdartiges,
da ihm die Vorstellung des Göttlichen und Dämonischen nicht
ungeläufig war. [1] Da es nicht angeht, diese Tyche mit Fortuna,
der Schicksalsgöttin, und diese etwa mit der Heimarmene gleich-
zusetzen — denn wir haben keinen Grund, dem Demokritos
einen zweifachen Gebrauch des Wortes zuzumuten und ihn
dabei in Widerspruch mit der Auffassung des griechischen
Volkes [2] zu bringen, welches beide zwar blind, aber die Tyche
launig und die Moira unerbittlich streng denkt —, so ist wohl
in diesem Ausspruche, welchen Aristoteles auch mit keinem
Worte kritisiert, nur eine gelegentlich kundgegebene Meinung
des Abderiten zu sehen. Sie gehört zu den Halbheiten, welche
in der demokritischen Götterlehre überhaupt begründet sind,
und so würde jener Satz nur soviel sagen: „Der Zufall, das
Glück, welches das Volk in so vielen Dingen walten sieht, ist
zwar nicht ganz unwirklich, aber unser Verstand kann damit
nichts anfangen; ihr Wesen geht über unser Denken hinaus
und muss mehr zu dem Walten der Dämonen [3] im Weltgetriebe
in Beziehung gesetzt werden." Dass Demokritos auf die Volks-
anschauung Rücksicht genommen haben kann, geht daraus
hervor, dass er sich für die Ansicht, es gebe keine Tyche, auf
die alten Philosophen [4] berief, welche ohne Ausnahme bei ihren
Angaben über die Ursachen des Entstehens und Vergehens den

---

[1] S. Zeller I. 5 S. 907f. 936 ff. 939. Die Zweifel Goedecke-
meyers S. 39 sind daher unberechtigt. Von einem Zusatze des Aristoteles können wir nicht sprechen; Aristoteles würde durch ein ἴσως oder
ähnliches diesen Charakter der letzten Worte angedeutet haben.

[2] S. K. Lehrs, Populäre Aufsätze a. d. Altertum. Leipzig 1875
S. 190ff. 176ff.

[3] In dem bekannten Ausspruch gegen die Tyche (Zeller I. 5
S. 928, 1) bezeichnet er sie dann auch als εἴδωλον, freilich als erdichtetes.
Immerhin aber musste er das Vorhandensein dieser Vorstellung irgendwie
erklären.

[4] So übersetzt Prantl mit Recht τῶν ἀρχαίων σοφῶν.

Zufall übergingen. [1]) Demnach hätte Demokritos für die Aporie, ob eine Tyche als Ursache existiere oder nicht, eine ungenügende Lösung gefunden, und deshalb kann es Aristoteles nicht allzu sehr verargt werden, wenn er von seinem schärfer scheidenden Standpunkte aus sich in der atomistischen Vorstellung vom αὐτόματον nicht ganz zurechtfand.

113. Die Hauptgründe gegen die demokritische Naturphilosophie sind hier und bei Lasswitz zur Besprechung gekommen. Weitere Einwendungen gegen Einzelheiten haben für die Geschichte bestimmter Wissenschaften mehr Interesse als für die Geschichte der Philosophie. Doch kann auch in dieser Beziehung geurteilt werden, dass Aristoteles massvolle und sachliche Kritik anstrebt und Demokritos besonders achtungsvoll behandelt. [1]) Eine innere Würdigung der aristotelischen Kritik wird, soweit sie philosophiegeschichtlich berechtigt ist, gelegentlich der Würdigung der leukippischen Naturphilosophie gegeben werden.

---

[1]) 196 a, 8—11 muss dem Wortlaute nach noch zu der Ausführung des Philosophen gehören, welcher die 195 b, 36 erwähnte Aporie. ob eine Tyche existiert oder nicht, aufstellte. Dies ist aber, wie Zeller I. 5 S. 871, 1 sah, Demokritos. 196 a, 16 tadelt Aristoteles den bekämpften Philosophen nur deshalb, weil er die Thatsache, dass alle Menschen zwar nichts ohne Ursache sein lassen, aber doch das eine zufällig, das andere nicht zufällig nennen, nicht beachtete. Die ἔνιοι 195 b, 36 und die τινές 196 b, 5 sind also identisch; hingegen kann εἰσὶ δέ τινές 196 b, 5, da keine fremde Meinung dazwischen erwähnt wird, wie 196 a, 20 bei Empedokles, der Fall ist, sich nicht genau auf dieselben beziehen wie εἰσὶ δέ τινες 196 a, 24. Unter den τινές an letztgenannter Stelle ist wohl Leukippos zu verstehen, welcher sich auf theologische Schwierigkeiten, wie eine solche in der Annahme der dämonischen Tyche liegt, nicht eingelassen zu haben scheint.

[1]) Während sich Aristoteles in der Theorie der Erdbeben gegen Anaxagoras entschieden ausspricht (meteor. II 7. 365 a, 25—35), dabei das Wort εὐῆθες braucht (365 a, 29) und auch Anaximenes nicht leer ausgehen lässt (365 b, 12—20), wird die demokritische Lehre fast ohne Erwiderung berichtet. Part. an. II. 4. 739 b, 33. 740 a, 24 wird gesagt, Demokritos lehre, dass sich die äusseren Teile zuerst gebildet hätten, gleich als ob es sich um hölzerne oder steinerne Figuren handle, nicht um lebende Wesen, die sich von innen heraus entwickeln.

4. Aristoteles' freundliche Urteile über die älteste Atomistik.

114. Wir haben bisher meist nur die Ausstellungen betrachtet, welche Aristoteles an der atomistischen Lehre macht.
Dass der Stagirite irgendwie feindselig seinem Vorgänger gegen-
überstehe, konnte nicht erwiesen werden. Wohl wird der
innerste Grund für die ablehnende Haltung klar, welche er
gegen jene beobachtet. Es ist der Umstand, dass er von vornherein auf einem anderen Boden der Natur- und Weltbetrachtung
steht. Allein gerade dieser Umstand hat ihn davor bewahrt,
Schwächen der Atomistik zu übersehen, und auf der anderen
Seite ihn höchstens dahin geführt, hie und da eine „schul-
meisterhafte" Kritik zu üben, wie ihm dies Schleiermacher
auch in seinem Verhalten gegen Platon vorwirft. [1] Nicht aber
kann man behaupten, dass die Kritik überhaupt oder in wichtigen Punkten dieses Prädikat verdiene. Und auch da, wo es
berechtigt ist, konnte die unnachsichtige Behandlung für schärfere
Erfassung der Fragen und genauere Fassung der Begriffe ihre
guten Folgen zeitigen.

115. Ein gutes Licht auf seine Stimmung gegen die
Atomiker wirft denn auch ein Vergleich mit seiner Behandlung
der übrigen Philosophen. In der Naturphilosophie, welche
zweifellos der hervorragendste Teil der atomistischen Philosophie ist, zollt er jenen weit höhere Achtung als all seinen
übrigen Vorgängern. Das zeigt sich schon in der Aufmerk-
samkeit, welche er dem Leukippos und Demokritos überall
schenkt. Lasswitz [2] bestätigt das mit den Worten: „Unter
diesen (den Physikern) behandelt Aristoteles Leukipp und Demokrit verhältnismässig mit Auszeichnung . . . und widmet
ihnen die ausführlichsten Widerlegungen." Von den alten
Joniern und Herakleitos abzusehen, kommen Empedokles und
Anaxagoras in der Regel schlimmer weg. [3] In der Physik weist

---

[1] S. Zellers beistimmendes Urteil Platon. Studien. Tübingen 1839
S. 199.

[2] Gesch. d. Atomistik I S. 103.

[3] Vgl. Zeller II. 2. 3 S. 284 ff. Vgl. auch gen. an. II. 8. 747a,
26, wo es heisst Empedokles spreche über die Maulesel nicht klar, Demokritos aber verständlicher.

er den vermeintlichen Beweis des Anaxagoras und anderer
zurück, welcher gegen [1]) die Existenz des Leeren ausgespielt
wurde. Nicht dadurch, dass man das, was gewöhnlich für leer
erklärt wird, als mit Luft erfüllt zeigt und die Widerstands-
kraft der Luft experimentell darstellt, beweise man, dass kein
Leeres existiert, sondern man müsse beweisen, dass es keine von
den Körpern verschiedene Ausdehnung gibt und zwar weder
ein zwischen dem Körper von ihm trennbar oder aktuell be-
findliches Leeres, durch welches die Stetigkeit der Körperwelt
aufgehoben würde, wie dies Leukippos und Demokritos mit
anderen Physiologen behaupten, noch auf einen leeren Raum
ausserhalb der gesamten kontinuierlichen Körperwelt. [2]) Während
er die leukippische Theorie des Thuns und Leidens klar und
mit den eigenen Voraussetzungen übereinstimmend findet, erklärt er die empedokleische Elementenlehre für unzureichend
und meint, folgerichtig müsste Empedokles auf die leukippische
Atomistik hinauskommen. [3]) Die eleatische Lehre vom Einen
Unbewegten scheint ihm dem Wahnwitz nahe zu sein. [4])

116. Platon macht in der Naturphilosophie keine Ausnahme. Den Leukippos und Demokritos lobt er, dass sie den
richtigen naturgemässen Ausgangspunkt genommen, [5]) Platon
hat nach ihm bezüglich der ersten Prinzipien fehlgegriffen. [6])
Die platonische Annahme unteilbarer Flächen wird durchweg
der leukippischen Atomistik gegenüber zurückgesetzt. [7]) Ja
Aristoteles führt in einer längeren Auseinandersetzung den Gedanken durch, dass eine absolute Teilung keinerlei Grösse mehr
übrig lasse und dass man so zur Annahme von unteilbaren
Körpern sich gezwungen sehe, so dass man glaubt, der Atomistik

---

[1]) E. Kühnemann, Grundlehren d. Philos. Berlin 1899 S. 131
Anm. 1 verstehe ich angesichts seines eigenen Kontextes und Aristot.
Phys. VI. 6. 213a, 22 nicht.

[2]) Phys. IV. 6. 213a, 21—b, 2. Lasswitz S. 106.

[3]) Gen. et corr. I. 8. 325b, 11—23; vgl. b, 5.

[4]) Gen. et corr. I. 8. 325a, 18—23. Vgl. Zeller II. 2. 3 S. 289f.

[5]) Ebd. 325a. 1.

[6]) Coel. III. 7. 306a, 7.

[7]) Zeller II. 2. 3 S. 408ff. S. besonders coel. III. 7. 306a, 1; 30.
gen. et corr. I. 2. 315b, 31. 325b, 33—35.

des Leukippos sei nicht mehr zu entrinnen;[1]) und dabei ist zu
betonen, dass Aristoteles dieser Ansicht seine dialektischen
Waffen zur Verfügung stellt.[2])

117. Doch wir haben nicht nötig, aus solchen Einzelheiten
den Wert zu erschliessen, welchen Aristoteles der leukip-
pisch-demokritischen Naturlehre zumass. Denn er hat
es nicht versäumt, mehrfach an wichtigen Stellen sich darüber
vernehmen zu lassen. Und wenn dieselben auch viel citiert
sind, so ist eine Wiedergabe derselben gegenüber den Vor-
würfen, welchen die aristotelische Kritik unterliegt, immer noch
am Platze.

118. Nachdem er betont, dass Platon über Entstehen
und Vergehen, und zwar nur über das Entstehen der Elemente,
aber nicht der Einzeldinge, wie Fleisch, Knochen u. s. w., gesprochen, hingegen die Begriffe Veränderung und Wachstum
vernachlässigt habe, fährt er fort: „Überhaupt aber hat in
keinem Punkte jemand mehr als Oberflächliches aufgestellt
ausser Demokritos. Dieser scheint, wie über alles, so auch
schon in der Frage nachgedacht zu haben, wie sie (Entstehen
und Veränderung) sich unterscheiden. Denn weder hat einer
über das Wachstum etwas Näheres bestimmt, was, wie bemerkt, nicht auch der nächstbeste sagen würde, dass nämlich
die Dinge wachsen, wenn etwas herankommt, durch das Gleiche
(wie dies aber geschieht, sagten sie noch nicht),[3])
noch über die Mischung ($\mu\tilde{\iota}\xi\iota\varsigma$) noch sozusagen über etwas
anderes, wie das Wirken und Leiden, nämlich auf welche Weise
das eine wirkt, das andere leidet im Hinblicke auf das phy-
sische Schaffen. Demokritos aber und Leukippos erklären,
nachdem sie die Gestalten angenommen haben, die Veränderung und das Entstehen aus diesen, und zwar mit Hilfe
der Auseinander- und Zusammensichtung das Entstehen und
Vergehen, mit Hilfe der Anordnung und Lage die Verände-

---

[1]) Gen. et corr. I. 2. 316 a, 14—b, 16. Vgl. phys. I. 3. 186 b, 23—35.

[2]) Wie Zeller I. 5 S. 850, 4 richtig vermutet. Vgl., was K. Lasswitz, Gesch. d. Atomistik I S. 112 darüber sagt, dass Aristoteles sich
fast zur Annahme eines leeren Raumes gedrängt sieht (Phys. IV. 9).

[3]) Dies wird besonders von Empedokles gelten; vgl. I. 8. 324 b, 33.

rung."[1]) Es ist bemerkenswert, dass sich das allgemeine Lob nur auf Demokritos bezieht, indes Leukippos nur bei der Erläuterung aus historischem Gerechtigkeitssinn mitgenannt wird. Aristoteles, der so gerne nach dem Wie fragt, weiss es wohl zu schätzen, dass Demokritos den Gedanken seines Lehrers auf alle Einzelheiten passend anzuwenden wusste und nicht bei dem Entwurf einer grossen Kosmologie stehen blieb. Der Abderite war ihm der erste, der Entstehen mit Vergehen von der Veränderung ansprechend unterschied.[2]) Davon dass ihm Demokritos etwa persönlich unbequem war, ist danach keine Rede. In dem Worte ἔοικε[3]) ist ein Anzeichen dafür vorhanden, dass sich Aristoteles aus sich heraus ein objektives Urteil zu bilden suchte, wie auch die darnach folgende Wiedergabe der atomistischen Lehre verrät, wie klar er den Gehalt derselben erfasste[4]) und wie deutlich ihm ihre Folgerichtigkeit vor Augen stand. Er hat dies gleichfalls nicht unausgesprochen gelassen: „Durch Methode," sagte er, „und strenge Folgerichtigkeit zeichnen sich vor allem die Bestimmungen des Leukippos und Demokritos aus."[5]) Bezeichnenderweise stellt er hier den Namen Leukippos voran, da ja dieses Lob vor allem dem Erfinder der Lehre zukommt.

119. Nachdem dann Aristoteles an der ersten Stelle auf die Schwierigkeit der Frage hingewiesen und bemerkt hat, dass die Erklärung des Entstehens durch Zusammensichtung viele Unmöglichkeiten berge, gibt er doch wieder zu, dass auf der anderen Seite andere zwingende[6]) und nicht leicht aufzulösende Vernunftgründe dafür sprechen, dass sich die Sache nicht anders verhalten kann.[7]) Jedenfalls lasse sich durch Veränderung der

---

[1]) Gen. et corr. I. 2. 315 a, 34—b, 9.

[2]) Vgl. 316 a, 1.

[3]) 315 a, 35.

[4]) Coel. III. 4. 303 a, 18 wirft Aristoteles der Atomistik zwar vor, dass sie keine begrenzte Anzahl von Prinzipien (d. h. ursprünglichen Atomgestalten) nahmen, entdeckt aber wohl, dass sich von der Atomistik aus leicht hätte zur grössten Einfachheit fortschreiten lassen (ἐξὸν ἅπαντα ταὐτὰ λέγειν).

[5]) 324 b. 35

[6]) Vgl. 316 b, 34.

[7]) 315 b, 19—24.

Lage und Anordnung wie durch die Unterschiede der Gestalten bei Voraussetzung von körperlichen Atomen die Veränderung und das Entstehen wohl erklären, und zwar nur mit Hilfe körperlicher, nicht auch flächenhafter Atome. Der Grund dafür, dass Platon die allgemein zugestandenen Erscheinungen weniger gut überblicke, sei die Entfremdung gegenüber der Erfahrung; über der logischen Betrachtung der Begriffe versäume man die wissenschaftliche Beschäftigung mit den Thatsachen und gelange so, nur einen kleinen Kreis von Erscheinungen ins Auge fassend, zu etwas leichtfertigen Aufstellungen. Hier lasse sich der grosse Unterschied physikalischer und begrifflicher Betrachtungsweise ersehen. Platon verfalle auf Erklärungen, die weit vom Gebiete abliegen, wenn er die Vielheit der wirklichen Dreiecke aus der Idee des Dreiecks ableite. Demokritos hingegen zeige sich gestützt auf angemessene und zwar physikalische Gründe; denn die grössere Vertrautheit mit der Physik befähige besser dazu, solche Prinzipien als Unterlage zu nehmen, durch welche grosse Reihen von Thatsachen verknüpft werden könnten.[1])

Es wird sich nicht leugnen lassen, dass hier Aristoteles dem Demokritos volle Gerechtigkeit angedeihen lässt, und nichts deutet darauf hin, als habe er dies Lob nur gespendet, um dann desto unbarmherziger sein zu können, oder um sich selbst noch über Demokritos zu erheben.

120. In seiner Auffassung war es auch kein geringes Verdienst, wenn Demokritos, nachdem Empedokles zuweilen auf Bestimmungen über den Begriff einzelner Dinge geraten war, zuerst durch die Sache selbst dazu kam, das Wesen und den Begriff zu bestimmen,[2]) und er vergisst nicht, in der Untersuchung über das Verhältnis von Wirken und Leiden die Originalität des Demokritos hervorzuheben.[3]) Dass er der

---

[1]) Gen. et corr. I. 2. 315 b, 33—316 a, 14. Einiges ist oben freier wiedergegeben. Ob Gomperz, Griech. Denker I S. 256 gut daran thut, aus ὑποτίθεσθαι 316 a, 7 herauszulesen, dass Aristoteles die atomistische Lehre als eine fruchtbare „Hypothese" betrachtet wissen wollte, ist fraglich.

[2]) Part. an. I. 1. 642 a, 18—28. Kürzer phys. II. 2. 194 a, 20. met. XII. 4. 1078 b. 20.

[3]) Gen. et corr. 1. 7. 323 b. 10.

Seelenlehre desselben eine gewisse Feinheit nachrühmte,[1]) wurde bereits berührt. Er bestätigt dem Abderiten die Richtigkeit seiner Bemerkung, dass (im aktuellen Sein) aus zwei nicht eins und aus eins nicht zwei werden kann,[2]) und gibt ihm zu, dass seine Ansicht, man müsse bei dem immer Seienden nicht erst ein Prinzip suchen, bei einigem berechtigt ist.[3])

5. Ergebnis der Untersuchung.

121. Abschliessend lässt sich über die Kritik, welche Aristoteles der ältesten Atomistik und vor allem dem Demokritos widmet, kurz folgendes urteilen:

1) Aristoteles wird durch kein unberechtigtes Motiv geleitet. Er hat das Bestreben, das Gute in der atomistischen Theorie zu finden. Dabei ist er freilich nicht vollständig der Gefahr entgangen, in die atomistische Lehre zuviel hineinzulesen; aber wenn auch infolgedessen die Kritik nicht mehr ganz zutreffend sein kann, so ist doch zu bedenken, dass Aristoteles in jene Gefahr durch die wohlwollende Absicht geführt wurde, den tieferen philosophischen Kern der atomistischen Annahmen herauszufinden.

2) Der Ton seiner Kritik ist im allgemeinen ruhig und sachlich. Selten wird er herbe. Den härtesten Tadel spricht er in der Psychologie aus, und hier scheint die Schärfe nicht ganz unbegründet gewesen zu sein. Ruhiger ist er bezüglich der Metaphysik, und seine Anerkennung der atomistischen Naturphilosophie ist nicht ohne gewisse Wärme. Am weitesten geht in letzterer Hinsicht die Bemerkung, die Atomiker hätten die Frage, woher und wie den Dingen die Bewegung zukomme, wie ihre Vorgänger leichtsinnig vernachlässigt. [4])

---

[1]) An. I. 2. 405 a. 8.
[2]) Met. VI. 13. 1039 a, 8.
[3]) Phys. VIII. 1. 252 b, 1. S. auch part. an. I. 1. 640 b, 30.
[4]) Met. I. 4. 985 b, 20. Der Ausdruck ἄλογον, den Aristoteles häufig in seinen Kritiken anwendet, darf nicht allzu streng genommen werden; ebenso οὐ . . . εὔλογα coel. III. 4. 303 a, 3, οὐκ ὀρθῶς phys. VIII. 1. 252 a, 33; b, 2, οὐ καλῶς gen. an. II. 6. 742 b, 20. II. 8. 747 a, 27 u. s. w. Das Wort εὔηθες findet sich in der vielleicht theophrastischen Schrift „Über

3) Die Methode der Kritik besteht teils darin, dass Aristoteles dem Gegner auf sein Gebiet folgt und ihm Unklarheiten, Widersprüche und Unmöglichkeiten nachzuweisen strebt, teils darin, dass er Widersprüche mit Sätzen aufdeckt, die ihm anderweitig feststehen.

4) Der Erfolg der Kritik ist der, dass die Atomistik, wenn sie überhaupt weitergebildet werden sollte, ihre Grundbegriffe verfeinern und ihre Prinzipien empirisch besser begründen musste. Denn gerade die Empirie ruft Aristoteles nicht selten als Gegeninstanz an, und gehen diese Beobachtungen des Aristoteles ihrerseits nicht tief genug, so erweiterten sie doch den Gesichtskreis und zwangen zu neuen Versuchen. Es gelang ihm den Anspruch der Atomiker, als sei die Voraussetzung der Atome und des Leeren eine unvermeidliche Forderung der Logik, zurückzuweisen. Nicht gelungen aber ist ihm der Versuch, die Unmöglichkeit unteilbarer Körper darzuthun. Er kam nicht dazu, den klar erkannten methodischen Wert der atomistischen Hypothese sich zu eigen zu machen. Die Ursache dieser auffallenden Erscheinung mag zum Teil darin liegen, dass die Gestalt der ältesten Atomistik manche methodische Fehler hatte, zum anderen Teil in dem Mangel an experimentellen Werkzeugen und Kenntnissen;[1] zum grossen

die unteilbaren Linien" 969 a, 21. Theophrastos und Eudemos scheinen überhaupt heftiger geworden zu sein als ihr Meister.

[1] S. R. Eucken, D. Methode d. aristot. Forschung. Berlin 1872 S. 138. 141. 164 ff. In gewissem Masse erkennt dies auch K. Lasswitz, Gesch. d. Atom. S. 101 unten an. Nach Lange, Gesch. d. Materialismus I S. 135 Anm. 49 könnte es scheinen, als habe Eucken ausser dem Mangel an Instrumenten zur Vervollkommung der sinnlichen Wahrnehmung für den geringen Erfolg des Aristoteles in naturwissenschaftlichen Entdeckungen „fast" keine andere Ursache hervorgehoben. Allerdings findet Eucken mit anderen den „hauptsächlichsten Grund" hierfür im Mangel an allen Hilfsmitteln der Beobachtung, allein S. 149 ff. 159. 171. 175 ist auf den Einfluss seiner philosophischen Grundanschauungen und persönlichen Eigenschaften hingewiesen. Ob es „historisch feststeht, dass der Fortschritt der Neuzeit fast auf allen Gebieten der Naturforschung mit denselben Mitteln begann, welche schon den Alten zu Gebote standen" (Lange a. a. O.), ist doch zweifelhaft. Die Erfindungen, die im Mittelalter gemacht wurden, und das, was von Roger Bacon bekannt ist, beweist, dass im Mittelalter das Experimentieren und die Herstellung von Instrumenten Fortschritte gemacht hatte.

Teil jedoch trägt auch der von Aristoteles zuvor eingenommene
Standpunkt die Schuld. Der Schüler Platons, der selbständig
zu denken gelernt hatte und sich rühmen durfte, auf allen Gebieten fruchtbar und scharfsinnig geforscht zu haben, sah seine
Methode der Unterscheidung, der begrifflichen Fixierung und
Verallgemeinerung des Empirischen überall so schön anwendbar
und glücklich, dass ihm gar nicht der Gedanke kam, es einmal mit der Anwendung der atomistischen Methode ernstlich
zu versuchen, um zu sehen, wie weit sich damit praktisch arbeiten lasse. Gewiss aber verschloss ihm die Erhebung über
den Materialismus das Gefühl für die Vorzüge der Atomistik.
Wer auf Sokrates und Platons Schultern stand, konnte nicht
so ohne weiteres aus der Hülle eines gröberen Materialismus
den abstrakten Kern herausschälen, um ihn für eine ideale Weltbetrachtung geniessbar zu machen.

Kapitel II

Zur Würdigung der demokritischen Philosophie.

§ I. Zur demokritischen Ethik.

a) Über ihre Systematik.

122. Im ersten Kapitel versuchten wir zu zeigen, dass die Ethik des Demokritos nicht in ein philosophisches System gezwängt werden könne.[1]) Zu untersuchen bleibt noch, ob nicht seine ethischen Anschauungen unter sich ein System bildeten. Würde letztere Frage zu bejahen sein, so wäre weiter zu sehen, ob dieses System als solches von seinem Urheber beabsichtigt war oder ob es nur aus der Geschlossenheit persönlichen Denkens hervorwuchs.

123. Die Frage ist zuletzt von Natorp eingehend und nicht ohne gewisse Mässigung erörtert worden. Wir werden sie daher zweckmässig im Anschlusse an die verdienstvolle Abhandlung dieses Gelehrten einer Prüfung unterziehen, zumal uns in den „Ethika des Demokritos"[2]) das Material in trefflichster und vollständigster Weise dargeboten ist.

124. Zuvor jedoch sei im allgemeinen bemerkt, dass schon der geschichtlichen Entwicklung nach eine Systematisierung der Ethik durch den Abderiten nicht sehr wahrscheinlich ist. Sokrates, der von der Ethik ausging und bei ihr stehen blieb, konnte zu einem einheitlichen Lehrganzen leicht gelangen. Demokritos war von Haus aus Physiker und befasste sich mit der Ethik nur nebenbei. Selbst Platon lieferte zu einer Systematik nur Vorarbeiten, und das eigentliche sozusagen berufs-

---

[1]) S. 41 ff.
[2]) Marburg 1893.

mässige Nachdenken wandten derselben in Anlehnung an Aristoteles erst die nacharistotelischen Schulen zu. [1]) Die Ausbildung
eines Systems hängt aber bei den Nachfolgern des Sokrates
mit der Auffassung der Ethik als einer Begriffswissenschaft
zusammen, und auf die Bildung ethischer Begriffe hatte sich
Demokritos überhaupt nicht eingelassen. Die weitere Ausarbeitung des Systems durch Aristoteles erklärt sich aus der
systematischen Form seiner Behandlungsweise, während Platons dialogische Form in dieser Beziehung eine Fessel war,
aber auch durch Isolierung des Problems. Insoweit Demokritos' Ethik den Eindruck des Systematischen macht, darf dies
von allgemeinen Gesichtspunkten aus darauf zurückgeführt
werden, dass die betreffenden Fragmente eben einer, vielleicht
nicht sehr umfangreichen Schrift entstammen, welche einen
ganz speziellen ethischen Begriff, den der Euthymie, zum
Gegenstande hatte. Denn die Geschlossenheit des Gedanken-
kreises berechtigt zunächst nur, auf eine einheitliche Schrift zu
schliessen.

125. Doch geben wir jetzt Natorp das Wort! Er findet, [2])
dass bei Demokritos sich die Gesamtmasse des Erhaltenen in
zwei Hauptgruppen zerlegt, von denen die erste in reicher
und vielseitiger Ausführung den Zentralbegriff der demokritischen Ethik entwickelt, wogegen die zweite, ohne zwar die
Verknüpfung mit dem Prinzip aus den Augen zu verlieren,
doch überwiegend von den nächstliegenden praktischen Gesichtspunkten aus die dringlichsten Fragen, die der gemeine
Lauf des Lebens an jeden herantreten lässt, zu entscheiden
sucht. Hier wie dort falle nicht bloss der gründliche Ernst
der Behandlung, sondern auch das planmässige Vorgehen, das
entschiedene Streben nach Erschöpfung der in einen gewissen
Kreis der Untersuchung fallenden Fragen auf. Es sei wunderlich genug, dass man gerade in dieser Ethik die Systematik
vermissen konnte. Mit anderen Worten, Natorp entdeckt bei
Demokritos bereits eine allgemeine und eine besondere (ange-
wandte) Ethik.

---

[1]) Vgl. L. Stein, D. Psychol. d. Stoa S. 94 ff.
[2]) Ethika S. 88. Vgl. E. Kühnemann, D. Grundlehren d. Philosophie. Berlin 1899. S. 158 ff., der jedoch zurückhaltender urteilt als Natorp.

126. Man kann diese Charakteristik zutreffend finden, ohne jedoch die Schlussfolgerung zuzugeben, dass ein System vorliege. [1]) Den gründlichen Ernst der Behandlung wird dem Demokritos niemand bestreiten wollen, und dass ein Autor, der nicht durch künstlerische oder äussere Rücksichten beeinflusst ist, planmässig vorgeht und die in einen gewissen Kreis der Untersuchung fallenden Fragen zu erschöpfen strebt, ist ganz natürlich. Über den letzten Punkt kann ohnehin bei der Lückenhaftigkeit der Überlieferung ein entscheidendes Wort nicht gesprochen werden. Das Gleiche gilt hinsichtlich der Behauptung, Demokritos verliere in seinen Bemerkungen zur praktischen Ethik die Verknüpfung mit dem Prinzip nicht aus dem Auge.

127. Es muss daher, damit eine Verständigung oder Entscheidung erzielt werden kann, vor allem der Begriff „System" festgestellt werden. Die moderne Wissenschaft versteht darunter das Ergebnis einer Zusammenordnung aller Erkenntnisse, welche sich für ein bestimmtes Gebiet gewinnen liessen. Bei gewissen Disziplinen wird ausserdem eine Ableitung der einzelnen Erkenntnisse aus allgemeinen Begriffen und Sätzen erfordert. Doch der moderne Massstab kann an antike Gedankenkomplexe nicht angelegt werden, ohne dass ein unrichtiges und ungerechtes Urteil entstünde. Das Hauptgewicht des Interesses und der Umfang des Kreises der Fragen ist stets durch die Bedürfnisse der Zeitlage bedingt. Indes wird auch eine antike Ethik, soll sie den Ehrentitel System führen dürfen, folgende Vorbedingungen erfüllen müssen. Sie muss zunächst eine methodische Reflexion auf ihr Gebiet verraten, sodann von einem Zentralbegriffe aus das Gebiet des menschlichen Handelns überschauen, d. h. etwa wie Aristoteles mit Hilfe seines Begriffes der Mitte zwischen zwei Extremen das richtige Verhalten in den verschiedenen Möglichkeiten des Sichauslebens bestimmen, und endlich neben dem Streben nach Vollständigkeit das Streben

---

[1]) Die hier massgebenden Gesichtspunkte hat schon G. v. Hertling in seiner sachkundigen Anzeige der Natorpschen Schrift (Philos. Jahrb. d. Görresgesellschaft. IX Fulda 1896 S. 70 ff.) vertreten. Vielleicht gelingt es der folgenden Auseinandersetzung, noch das eine oder andere Moment hervorzuheben.

nach planmässiger Anordnung und Gliederung der Erkenntnisse bethätigen.   Diese Ansprüche erfüllen wenigstens die
ethischen Versuche eines Platon, Aristoteles und der Stoa, und
auch die übrigen nachsokratischen Philosophen werden denselben
mehr oder minder gerecht. Sie dürfen daher auch gegenüber
Demokritos erhoben werden.[1])

128. Was nun den ersten Punkt anlangt, so findet sich in
den Fragmenten weder die dialektische Behandlungsweise Platons noch die empirisch-kritische des Aristoteles. Weder in
den praktischen Lebensregeln noch in der Schrift über die
Wohlgemutheit erhebt sich die Betrachtungsweise über die der
populären Ethik. Reicher Erfahrung und feiner Lebens-
beobachtung entnimmt der Philosoph seine Sätze. Nur in beigefügten Begründungssätzen macht er zuweilen allgemeinere
Gesichtspunkte geltend. [2])

129. Aber Natorp[3]) stützt seine Anschauung von der
demokritischen Ethik durch den Hinweis auf Berührungen mit
der atomistischen Erkenntnistheorie. Würde in der That die
Ethik des Demokritos auf seine Erkenntnistheorie gegründet, so
hätten wir da nicht nur das gesuchte methodische Vorgehen,
sondern es würde sich überhaupt um ein grosses allgemeines System
handeln. In Wirklichkeit ist hier nur eine Stelle von Belang.[4])
Sie lautet: Für alle Menschen ist dasselbe gut und wahr, das
Angenehme (ήδύ) aber ist bei verschiedenen verschieden.[5])   Das
ist unverkennbar der gleiche Gedanke, mit welchem Demokritos
die Physik des Leukippos rechtfertigte.[6]) Doch die Echtheit

---

[1]) Sehr treffend urteilt in der Sache Fr. Alb. Lange, Gesch. d.
Materialismus. I. 2 S. 21 f.

[2]) Vgl. Natorp selbst S. 110. „Kaum irgendwo etc.“ Der Mangel
der paränetischen Form (Natorp S. 83 f.), die der populären Ethik eigen
zu sein scheint, bedeutet hier nichts. Die Protreptici bildeten sich erst
später aus und Demokritos hatte wohl mehr den Herakleitos als den Theognis zum Vorbild. Die zweite Person steht übrigens noch fr. 69, welches
in der Form an den Protrepticus des Isokrates erinnert.

[3]) Ethika S. 91. 100.

[4]) In der Cicerostelle Tusc. V. 115 spricht nicht Demokritos, sondern
der Epikureer.

[5]) Fr. 6 N.

[6]) Als rein naiv gedacht (s. v. Hertling, Philos. Jahrb. d. Görres-

des Fragmentes ist nicht über alle Zweifel erhaben; die Demo-
kratesfragmente sind mit grösster Vorsicht aufzunehmen.[1])
Warum sollte ein Fälscher, der den echten Demokritos studiert
haben kann und, falls er sein Glück machen wollte, studieren
musste, nicht auf die Übertragung des erkenntnistheoretischen
Grundsatzes in das Ethische verfallen sein? Doch zugegeben,
der Gedanke ist echt, so bleibt noch fraglich, ob der Wortlaut echt ist. Und darauf kommt bei dem Urteil in der vorliegenden Frage etwas an. Wie leicht konnte eine demokritische Äusserung — etwa: dem einen ist dies, dem anderen
jenes angenehm — durch die von Natorp selbst[2]) nachge-
wiesene epikureische Lehre ergänzt werden! Endlich auch die
Echtheit des Wortlautes zugegeben,[3]) so ist noch zu erweisen,
dass jener Satz mehr ist als eine beiläufige Bemerkung, dass
er vielmehr die Grundlage der Deduktion bildet. Der Beweis
dürfte aber schwer zu erbringen sein. Im Gegenteil scheint
der Gedankengang des Demokritos folgender gewesen zu sein:[4])
Das Schönste im Leben ist das Glück der Seele, [5]) das Schlimmste
die Unseligkeit. Die meisten Menschen suchen das Glück in
der Lust, das Unglück in der Unlust. „Denn Lust und Unlust sind das Mass für das Nützliche und Schädliche."[6]) Aber
das Glück wohnt nicht im Äusseren. „Es wohnt nicht in der
Körperlust und nicht im Golde."[7]) Wer im Übermass des
Essens, Trinkens und Liebens seine Freuden sucht, trägt nur
kurzen, wertlosen Genuss, dem Begierde vorausgeht und neue

---

ges. 1896 S. 71) möchte ich wegen der Verknüpfung von „Gut" und
„Wahr" die Stelle nicht ansehen.

[1]) Gerade wer wie Natorp bei Demokritos überall bewusste Konsequenz sucht, müsste Anstoss daran nehmen, dass in jenem Fragmente
für alle Menschen dasselbe wahr sein soll, was nach Demokritos nicht
der Fall ist.

[2]) S. 92 (Steininschrift von Oinoanda).

[3]) Wenigstens der Anklang von ἄλλῳ ἄλλο an das wörtliche Demo-
kritoscitat Theophr. sens. 69. 519, 19, welchen Natorp auch Ethika S. 91
hätte hervorheben sollen, ist auffallend und das von Natorp S. 91 Ausgeführte gewiss beachtenswert.

[4]) Vgl. Gomperz, Denker I S. 296 f.

[5]) Vgl. fr. 9 N.

[6]) Fr. 1. 2.

[7]) Fr. 10.

9*

Begierde folgt, und viele Schmerzen als Gewinn davon.[1]) Ebenso
steht es mit der unordentlichen Lust am Reichtum,[2]) mit der
übermässigen Sucht nach Ehren[3]) und Ruhm,[4]) mit dem Streben
nach Freiheit,[5]) mit der Pflege der körperlichen Schönheit, die
niedrig ist,[6]) und der Gesundheit, die missbraucht werden kann.[7])
Die Ursache des Misserfolgs liegt aber bei all diesen Dingen
in der schlechten Beschaffenheit des Gemütes und dem Unver-
stand,[8]) wodurch der Mensch zum Übermass verleitet wird.
Auf der guten Verfassung des Gemütes also beruht das Glück.
Diese gute Verfassung des Gemütes aber ergibt sich aus der
Einschränkung und Auswahl der Freuden[9]) — denn die Lust
muss festgehalten werden, da sie das Mass des Nützlichen ist[10]) —,
und das ist das schönste und nützlichste für die Menschen.[11])
In diesen Gedankengang konnte gelegentlich jener Satz einge-
fügt werden, obwohl er mit dem Hauptgedanken, dass das
Glück im massvollen Verhalten zu den Lüsten bestehe,[12]) in
einem gewissen Widerspruch sich befindet, indem er eine objektiv giltige Lust leugnet. Keineswegs aber stellt er den
leitenden Gedanken der ganzen Ausführung dar. Wie weit entfernt Demokritos von einer systematischen Betrachtungsweise
war, zeigt der Hinweis darauf, dass aus den Freuden Leiden
werden, und die freilich wohl dem Schluss des Buches über die

---

[1]) Fr. 53 wo, statt τοῦτο . . . πάρεστι wohl zu lesen sein dürfte
τούτῳ . . . πάρεστι oder τούτοις (nach πᾶσι fr. 19). Vgl. Natorp S. 106.
Der Ausdruck ist palindromisch. Wegen der Liebe s. ferner Natorp
S. 108.

[2]) Fr. 70. 72. 69. 74—78. 68.

[3]) Fr. 151. 148. 149.

[4]) Fr. 52. 78.

[5]) Fr. 111.

[6]) Fr. 16. Doch ist hier ein Zweifel an der Echtheit des Fragmentes
erlaubt.

[7]) Fr. 21. 19. Vgl. fr. 18 (Körperkraft).

[8]) Fr. 19. 21. 24—26. 28.

[9]) S. Anfang von fr. 53 μετριότητι τέρψιος.

[10]) Nach Clem. Alex. strom. II. 21 p. 179, 29 Sylb. (Natorp S. 5) ist
dieser Satz oft bei Demokritos vorgekommen.

[11]) Stob. ecl. II. 52, 13 W. (Natorp S. 4).

[12]) Darauf deutet auch das Missverständnis der antiken Ausleger,
welche die Euthymie mit der Lust gleichsetzten (D. L. IX. 45. Natorp S. 4).

Euthymie angehörende Mahnung, man solle sein Leben mit dem
solcher Menschen vergleichen, welchen es schlimmer geht, und
würde so zur Euthymie und Zufriedenheit gelangen.[1]

130. So erweist sich denn die Unterlage, auf welcher Natorp seine Schlüsse aufbaut,[2] als höchst unsicher und schwankend.
Dabei scheint der Gelehrte, obwohl er die späteren Fassungen
der Gedanken von den eigentlichen Vorstellungen gut zu
scheiden weiss,[3] sich nicht vollständig von dem Eindrucke,
welchen die späteren doxographischen Berichte hervorrufen,
befreit zu haben. Denn er spricht gerne von dem „Kriterion",[4]
obzwar mit dem Bewusstsein, dass dies ein nicht ganz zutreffen-
der Ausdruck ist, und betrachtet den Satz: „Lust und Unlust
sind das Mass für das Nützliche und Schädliche" als den Ausgangspunkt des Systems,[5] wohl dadurch beeinflusst, dass Clemens die Schrift über die Euthymie als Περὶ τέλους citiert[6]
und auch Diogenes von einem τέλος redet.[7] Diese Termini
können jedoch so wenig wie jener Satz des Demokrates für
die systematische Betrachtungsweise des Demokritos etwas aussagen. Denn τέλος und κριτήριον sind, wie schon Rohde bemerkt hat und Natorp selbst weiss, besonders durch Aristoteles
verbreitete Ausdrücke. Man fand bei Demokritos ein „Ziel",
weil man es suchte; ob das historische Bild darunter litt, war
dem Doxographen gleichgiltig. Ein Beispiel möge lehren, wie

---

[1] Fr. 52, welches für den Geist der demokritischen Schrift bezeich-
nender ist als die einzelnen, dem Zusammenhang entrissenen Sätze, auf die
sich Natorp zumeist beruft. — Dort (Stob. flor. 1, 210 Hense) muss wohl
gelesen werden ὀλίγην διάνοιαν ἔχοντα (vgl. ebd. Hense I. 176 Z. 14 τὴν
γνώμην ἔχειν; über διάνοιαν ἔχειν τινός s. d. Lexika; die Handschriften
haben διανοία oder -ᾳ) καὶ τῇ μνήμῃ μὴ προσεδρεύοντα (s. ebd. unten.
Hense I. 177 Z. 3; vgl. Prodikos Xenoph. mem. 2, 1, 33 μετὰ μνήμης).
Auch dies Fragment zeigt Wiederholungen, ganz in der Art der ps.-xeno-
phonteischen Schrift De rep. Athen., wo auch das Pronomen der zweiten
Person so eigentümlich gebraucht ist wie hier (σοί).

[2] S. besonders S. 92 ff.

[3] S. 89 u. Anm. 2.

[4] S. 92. 96.

[5] S. 88 ff.

[6] So Natorp S. 4, 7 mit Recht.

[7] D. L. IX. 45.

die Doxographen verfuhren. Nach Stobaios[1]) hätte Demo-
kritos gesagt: Die Euthymie besteht im $\delta\iota o\rho\iota\sigma\mu\acute{o}\varsigma$ der Lüfte.
Nach fr. 70 aber muss sich Demokritos etwas schlichter aus-
gedrückt haben. Dort heisst es: „Wenn der Trieb nach Geld
nicht durch die Rücksicht auf das richtige Mass in Schranken
gehalten wird, bringt er viel mehr Beschwerden als die Ar-
mut."[2]) Es ist aber auch fraglich, ob Demokritos thatsächlich
seinen Ausgang von dem Satze über Lust und Unlust nahm.
Wenn die Erklärung, die Lortzing[3]) unter Zustimmung von
Heinze[4]) und Natorp[5]) für die Angabe des Clemens $\pi o\lambda$-
$\lambda\acute{a}\kappa\iota\varsigma$ $\grave{\epsilon}\pi\iota\lambda\acute{\epsilon}\gamma\epsilon\iota$ hat, richtig ist, so hat Demokritos diesen Satz
nicht als eigentlichen Ausgang seines Buches gewählt, sondern
an vielen Stellen als Begründung ($\gamma\acute{a}\varrho$) einzelner Behauptungen
beigefügt. Nicht notwendig ist anzunehmen, dass er dies am
Schlusse jedes Abschnittes gethan, Demokritos könnte sich nach
seiner Weise öfters wiederholt haben. Wir haben also in
diesem Umstande nur ein Zeichen dafür zu erblicken, dass er
folgerichtig gedacht hat. Es läge übrigens nahe, in dem
Ausdruck $o\mathring{v}\varrho o\varsigma$ ein Analogon zu dem späteren $\tau\acute{\epsilon}\lambda o\varsigma$ zu suchen.
Aber schon eine einfache Übersetzung zeigt die Unzulänglich-
keit des Gedankens. $\H{O}\varrho o\varsigma$ steht hier wie sonst[6]) für „Mass"
(„scheidende Grenze"). Natorp[7]) erläutert es mit „Unter-
scheidungsmerkmal." „Kriterion" ist die Deutung des Diotimos
und würde, falls Demokritos ein Kriterion von der Bedeutung
der nacharistotelischen Kriterien besessen hätte, in Verbindung
mit der Lesart Zellers und Natorps $o\mathring{v}\varrho o\varsigma$ $\pi\varrho\eta\varkappa\tau\acute{\epsilon}\omega\nu$ $\varkappa\alpha\grave{\iota}$
$\mu\acute{\eta}$ sogar an die Form der späteren Systematik erinnern. Doch
es ist darüber kein Wort mehr zu verlieren; vielleicht hatte

---

[1]) Bei Natorp S. 4.

[2]) Fr. 157 steht $\acute{o}\varrho\acute{\iota}\zeta\omega\nu$ im Sinne von „Bemessen" (sein Verhalten
nach Gewinn oder Lust bem.).

[3]) S. 21.

[4]) S. 706.

[5]) S. 89, 1.

[6]) Democr. Aristot. an. I. 2. 404a, 9. Philopon. an. I. 2. XV. 68,
20 Hayduck: „Mass des Lebens ist das Aushauchen der Atome." Simplic.
an. I. 2. XI. 26, 4 Hayduck. Vgl. fr. 51. Democr. bei Hippocr. Philologus
VIII S. 423 fr. 29 Ten Brink: „Grenze (= Anfang) des Todes."

[7]) S. 92.

Demokritos bei οὖρος ein uns nicht mehr verständliches Bild im Auge. Und πεηκτέων scheint mir dem Sinne des Satzes nicht zu entsprechen. Stobaios spricht von „Nützlich" und „Schädlich"; [1] dieser Sinn [2] ist festzuhalten trotz dem αἱρέσεως καὶ φυγῆς des Diotimos, welches mit der beigefügten Erläuterung ganz der nacharistotelischen Terminologie entstammt. [3] So liegt auch hier nur ein schlichter Gedanke vor.

Nur nebenbei sei hervorgehoben, dass ein grosser Teil der demokritischen Lehren die Form von Gnomen hat, ein Zeichen, dass der Abderite noch in dem Banne der populären Ethik steht.

131. Wir wenden uns zu dem zweiten Punkte unserer Untersuchung. Als Zentralbegriff der demokritischen Ethik scheint Natorp [4] den der φρόνησις, des λογισμός zu betrachten. Der von uns angenommene Gedankengang der Schrift über die Euthymie bezeugt jedoch, das Demokritos dieses Begriffes entbehren konnte. Höchst auffällig ist ferner, dass die genannten Ausdrücke [5] in den ‹Fragmenten nur an untergeordneten Stellen vorkommen. Was Natorp [6] anführt, ist nicht imstande, den Abderiten über Herakleitos und Theognis hinauszuheben. [7] In dem einen

---

[1] Fr. 2 N.

[2] Der Wortlaut dürfte, da σύμφορος und ἀσύμφορος gleichfalls nacharistotelische Ausdrücke sind und Clemens etwas anderes vor sich hatte, nicht der demokritische sein. Demokritos würde ξυμφερόντων καὶ βλαβερῶν gesagt haben.

[3] G. Teichmüllers (Neue Studien z. Gesch. d. Begriffe III. Gotha 1879 S. 405 Anm.) Erklärung der überlieferten Lesart περιημμακότων sei nur erwähnt. „Die Lust, meint er, trete ein (?), sobald man die Grenze der Entwicklung erreicht habe (?). Auch beim Wachsen der Welten gebe es einen οὖρος, wo dann nichts mehr aufgenommen werde (Hippol. refut. haer. I. 13. 23 u. 28)." Und die Unlust? — Es ist vielmehr an etwas wie τῶν χρεόντων καὶ μή oder τῶν καιρίων ἢ τῶν κακῶν (vgl. Epiphan. bei Natorp S. 5 unten τὰς δὲ λύπας ὅρους κακίας) zu denken. Τῶν ἀναγκαίων καὶ περιευόντων läge zu weit ab.

[4] S. 96. 98.

[5] S. Natorp s. v. φρόνησις, φρονεῖν u. s. w.

[6] S. 96. 56.

[7] So auch fr. 32. Die von Natorp S. 97, 17 angezogene Liviusstelle (32, 39, 10) gibt nach den Erklärern zum Teil einen homerischen Gedanken wieder; der andere Teil hat bei Demokritos keine Parallele und wird wohl, da Livius die (stoische?) Philosophie seiner Zeit studiert

Satze des Ephesiers: „Gemeinsam ist allen das Verständigsein"[1])
ist mehr systematisches Denken zu verspüren als in allen entsprechenden Gnomen des Abderiten. Das Wort λόγος selbst
bedeutet in den meisten Fällen „Wort" im Gegensatz zu
„That".[2]) Nur gelegentlich redet Demokritos von „Unvernünf-
tigkeit."[3]) Wichtiger ist, was Natorp aus der massgebenden
Stobaiosstelle[4]) herausliest.[5]) Nach dem Berichte der Eklogen
habe Demokritos zwar seinen Ausgangspunkt von den πάθη genommen, aber das διοριστικόν im λογισμός gesehen und insofern diesen, nicht die πάθη zum Prinzip erhoben. Dem
gegenüber ist zu erinnern, dass Stobaios den soeben ausgesprochenen Gedanken nicht dem Demokritos, sondern dem Platon zuschreibt. Aus jener Stelle liesse sich nur folgern, dass
Demokritos in der Einschränkung der Lüste sein Prinzip sah.
Stobaios beabsichtigt nicht, das zu beweisen, was Natorp angibt, sondern lediglich das Eine, dass beide „gleichmässig das
Glück in die Seele verlegen". Für Demokritos wird ihm der
Nachweis leicht; die Fragmente sagen, was er meint, mit klaren
Worten. Bei Platon findet Stobaios eine längere Auseinandersetzung notwendig. Auf das Einzelne derselben geht aber die
abschliessende Bemerkung: κατὰ τοῦτο μὲν ἀλλήλοις συμφέρον-
ται nicht, sondern nur auf die Hauptsache, dass Platon das
Glück in der ganzen Seele (ἡγεμονικόν), also auch in den Ge-
fühlen, nicht nur in der sonst von ihm bevorzugten Vernunft
finde.[6]) Die Ergänzung, welche Natorp der Stobaiosstelle
angedeihen lässt,[7]) kann man wegen ἐξ ἐπακολουθήματος im

---

hatte, wohl einem nacharistotelischen Autor verdankt. Über die γνώμη
bei Solon s. Heinze, Eudämonismus S. 682, bei Theognis ebd. S. 679,
bei Empedokles S. 692, bei Xenophanes S. 693.

[1]) Fr. 91 Byw.

[2]) Fr. 122 schillert der Ausdruck in den Bedeutungen „Wort" und
„Vernunft". Fr. 44 ist nach fr. 104 zu deuten, wo die Bedeutung „Wort"
nicht zweifelhaft ist.

[3]) Fr. 91. Vgl. fr. 103 (Ἀλογῇ fr. 47 gehört nicht hierher).

[4]) Bei Natorp S. 4 f.

[5]) S. 90. 97 f.

[6]) Die Stelle scheint die monistische Psychologie (der Stoiker?) rechtfertigen zu sollen.

[7]) S. 98.

ganzen [1]) als annehmbar bezeichnen. Danach setzte Demokritos das wesentliche Gut, das an sich Erstrebenswerte in die
Lust und betrachtete die Vernünftigkeit als etwas von selbst
Hinzukommendes. Einen Wert hat jedoch diese Ergänzung
für unsere Frage nicht. Der Doxograph hat, wie die nacharistotelische Terminologie und der Umstand verrät, dass er
zuvor nur Gnomen des Demokritos als Belege namhaft zu
machen wusste, hier wieder an den Begriffen seiner Zeit die
Ansicht des Demokritos gemessen, ein Verfahren, das ihn, die
Richtigkeit der Ergänzung vorausgesetzt, zu der Geschmack-
losigkeit verleitete, die εὐλογιστία als ἐπιγεννηματικόν [2]) zu deuten.
Er hatte schwerlich mehr vor sich als Stellen wie fr. 56, in
welcher die Mässigung (σωφροσύνη) als ἐπιγέννημα der Lust insofern auftritt, als sie diese steigern soll. Mir scheint aus den
Berichten und Bruchstücken sich nur so viel zu ergeben: Der
Begriff, auf welchen die ganze Ethik des Demokritos hinaus-
strebte, ist der der Euthymie. Er leitet ihn ab aus der Erfahrung, dass jedes Übermass Unlust erzeugt, dass selbst
das masslose Streben nach Lust Unlust mit sich bringt — ein
Gedanke, den später Kyniker und Stoiker in ihrem Sinne
verwerteten. Die Begriffe „Lust“ und „Mass“[3]) sind es also,
aus welchen er sein „Ziel“, wie es die Doxographen nennen, [4]) deduziert. Der Begriff des „Masshaltens“ beherrscht dann auch
die praktischen Lebensregeln. Hätte Demokritos ein System
beabsichtigt, so müsste der Begriff der Euthymie sich in diesen

---

[1]) Ungenau ist nur: „Sofern sie (die Vernunft) zu ihr (der Euthymie)
hinführe oder sie in sich schliesse.“

[2]) Natorp verwischt die Bedeutung des Wortes sanft durch die Erklärung „sekundäres Gut“.

[3]) Von hoher Bedeutung ist hier fr. 84: „Man muss einsehen, dass
das menschliche Leben ohnmächtig, kurzdauernd und mit viel Missgeschick
und Bedrängnis behaftet ist, damit man sich nur um mässigen Besitz be-
müht und nur massvoll sich bei den notwendigen Dingen abplagt.“
Neben μέτριος ist auch das entsprechende καιρός wichtig (s. den Index
bei Natorp).

[4]) Cicero sagt: Demokritos „setzte das glückliche Leben in die Erkenntnis der Dinge“. Er meint dabei jedoch nur das persönliche Leben
des grossen Philosophen und Naturforschers. Die ethische Lehre setzt
Cicero eben mit si etiam — tamen (Natorp S. 6) in Widerspruch zu jenem.
Natorp hat das S. 98 f. nicht beachtet.

Regeln geltend machen. Offenbar aber hat sich Demokritos
damit begnügt, sein allgemeines sittliches Ideal in der Schrift
über die Euthymie zu entwickeln und bei diesem Begriff stehen
zu bleiben, indes er in seiner Tritogeneia, oder wo sonst er
seine Lebensregeln aufstellte, ohne engeren Zusammenhang damit seine Erfahrungen und Ansichten wiedergab.

132. Über den dritten Punkt schliesslich kann bei dem
Zustande der Überlieferung am wenigsten ein Urteil gefällt
werden. Die Teilung in eine allgemeine und besondere Ethik
ist die einfache Folge der litterarischen Scheidung zwischen
zwei verschiedenen Schriften mit verschiedenem Thema. Wollte
man behaupten, beide stünden in einer Beziehung auf einander,
so müsste man zuvor über ihr chronologisches Verhältnis unter-
richtet sein, und selbst dann erhöbe sich wie bei Platon noch
die Streitfrage, ob die spezielle Ethik nach einem zuvor über-
dachten (oder entworfenen) Plane oder einfach geschichtlich
aus der allgemeinenen Ethik hervorwuchs. Die Disposition,
welche N a t o r p [1]) für die Schrift Tritogeneia annimmt, betrachtet er selbst als eine nicht „unpassende Einteilung für eine
p o p u l ä r e Moral". Demokritos soll nämlich die φρόνησις alle-
gorisch als „Tritogeneia" bezeichnet haben, weil von ihr drei
Dinge abstammen,[2]) welche alle menschlichen Verhältnisse in
sich befassen: „Die rechte Überlegung, das rechte Wort und
die rechte That."[3]) Die Schrift über die Euthymie aber ent-
wickelte wohl nur diesen Begriff; auf Gliederung scheint sie
sich nicht eingelassen zu haben.[4])

Somit darf man sagen, dass das, was wir von dem Inhalte
der demokritischen Ethik wissen, keine Handhabe bietet, sie
in den Rang der antiken S y s t e m e zu erheben.

---

[1]) S. 56. 112 f. Vgl. fr. 90 mit N a t o r p S. 3 Anm. 4.

[2]) Ungenauer als S. 56 übersetzt Natorp S. 112 mit: „Zur φρόνησις
g e h ö r e n diese drei Stücke." Vielleicht stand die Deutung nur in der
Einleitung der Schrift. Ob Demokritos selbst von φρόνησις gesprochen,
ist mir nicht ganz sicher.

[3]) Ob N a t o r p alle Fragmente richtig verteilte, ist natürlich schwer
zu sagen. Auffallend ist, dass die fr. 148—151 über öffentliche Ehren „in
verschiedenem Sinne" (Natorp S. 115) handeln sollen.

[4]) Vgl. N a t o r p S. 111.

Zwei äussere Umstände sind geeignet, das Ergebnis der bisherigen Untersuchung zu bestätigen.

133. Es finden sich Spuren demokritischer Weisheit in dem Protrepticus an Demonikos, welcher spätestens der Zeit des Isokrates oder seiner Schüler angehört. Schon P. Hartlich[1]) hat dies gesehen. Über alle Zweifel sicher ist eine wörtliche Berührung zwischen Demokritos und dem Protrepticusschreiber: „Übe dich in freiwilligen Mühen, damit du auch die unfreiwilligen ertragen kannst", rät der letztere im Anschluss an eine Gnome des ersteren.[2]) Ähnlich sind weiter demokritischen Äusserungen folgende Sätze bei Isokrates: „Körperkraft ohne Verstand schadet mehr" (nützt nichts, sagt Demokritos).[3]) Die böse That bleibt, wenn sie auch allen anderen Menschen verborgen ist, doch dem Thäter selbst bewusst.[4]) Beide meinen, man solle die eigene Lage mit der von Unglücklicheren vergleichen,[5]) und rügen den Widerspruch zwischen schönen Worten und schlimmen Thaten.[6]) In der Wendung: „Das Unsichtbare lässt sich am schnellsten aus dem Sichtbaren erkennen"[7]) würde auch das erkenntnistheoretische Prinzip und in dem Gedanken, dass aus den schönen Thaten die Freuden in lauterer Weise ($\gamma\nu\eta$-$\sigma\iota\omega\varsigma$) zu schöpfen sind, dass beim Übermass aus den Freuden Schmerz erwachse,[8]) eine Hauptidee der Ethik des Demokritos

---

[1]) Leipziger Studien XI. S. 218.

[2]) Isocr. 1, 21 γύμναζε σεαυτὸν πόνοις ἑκουσίοις, ὅπως ἂν δύνῃ καὶ τοὺς ἀκουσίους ὑπομένειν = Democr. fr. 131 N. (aus dem Florilegium des Stobaios) οἱ ἑκούσιοι πόνοι τὴν τῶν ἀκουσίων ὑπομονὴν ἐλαφροτέρην παρασκευάζουσι.

[3]) Isocr. 1, 6. Democr. fr. 18 N.

[4]) Isocr. 1, 16. Democr. fr. 43 N.

[5]) Isocr. 1, 21. Democr. fr. 52 Z. 16 N.

[6]) Isocr. 1, 15. Democr. fr. 122. 124 N.

[7]) Isocr. 1, 34 τὸ γὰρ ἀφανὲς ἐκ τοῦ φανεροῦ ταχίστην ἔχει τὴν διά-γνωσιν. Democr. nach Diotimos bei Sext. E. math. VII. 140 τῆς μὲν τῶν ἀδήλων καταλήψεως τὰ φαινόμενα (sc. εἶναι κριτήρια).

[8]) Isocr. 1, 46—47, wo jedoch die von Demokritos wenig angebaute Tugendlehre (Natorp S. 110 f.) hereinspielt. Der Ausdruck αἴσθησις verrät uns, dass Isokrates eine philosophische Theorie im Auge hat. Vgl. 1, 6. — Democr. bes. fr. 53. Wegen καιρός s. auch Isocr. 1, 32; 9. Isokrates will 1, 47 dauerndere (βεβαιοτέρας) Freuden. Für ὑπερβάλλειν hätte Lortzing, Über die ethischen Fragm. Demokr. 29 f. auch auf Isocr. 1, 27; 28 hinweisen können.

wiedererkannt werden können, wenn man so weit gehen wollte. Aber nicht nur eine Reihe von Einzelheiten,[1]) sondern die ganze Haltung der isokratischen Spruchsammlung stimmt zu der Art vieler demokritischer Fragmente. Wir haben es nun an jenen Stellen, welche die bezeichneten Ähnlichkeiten aufweisen, durchaus mit populärer Spruchweisheit zu thun. Es war Sitte, in die Protreptici eine Sammlung älterer Gnomen aus Dichtern und „Sophisten" aufzunehmen.[2]) Isokrates hat demnach, falls nicht Demokritos selbst ältere Spruchphilosophie ausgenutzt[3]) und sich somit auf gleiche Stufe mit solchen Denkern gestellt hat, den Abderiten in die Gesellschaft eines Periandros, Pittakos, Chilon[4]) aufgenommen, das heisst die Ethika des Demokritos nur als Urkunde populärer Reflexion geschätzt. Es ist das um so auffallender, als der Rhetor in anderen Teilen der Mahnrede mit theoretischer Ethik, und zwar wahrscheinlich sokratisch-kynischer Richtung, seine Betrachtung ausschmückt. Unwahrscheinlich ist, dass der eklektische Redner aus Voreingenommenheit für die sokratische Schule die Theorie des Demokritos verschmäht, und nur dessen schöne Sentenzen der Benutzung für würdig gehalten haben sollte.[5])

134. Die Haltung des Aristoteles gegenüber der demokritischen Ethik ist von Natorp selbst[6]) und seinen Kritikern auffällig gefunden worden. Sie ist in der That bezeichnend. Aristoteles nimmt auf die Ethik der Volksmenge[7]) und der „Vornehmen"[8]) Rücksicht und betrachtet diese als die er-

---

[1]) Vgl. noch Isocr. 1, 25 u. fr. 214. 215 N., Is. 1, 10 u. fr. 213 (unecht?), Is. 1, 30 u. fr. 118 N., Is. 1, 38 u. fr. 73—77 N., Is. 1, 32 u. fr. 218 N., Is. 1, 27 u. fr. 172 N., Is. 1, 31 u. fr. 225—227. 146 N.

[2]) P. Hartlich, Leipz. Studien XI S. 215 ff. Isocr. 1, 51 καὶ τῶν ποιητῶν τὰ βέλτιστα μανθάνειν καὶ τῶν ἄλλων σοφιστῶν εἴτι χρήσιμον εἰρήκασιν ἀναγιγνώσκειν.

[3]) Vgl. Natorp S. 63—67.

[4]) S. Schneider z. Isocr. 1, 40; 41. P. Hartlich, Leipz. Studien XI S. 217f.

[5]) Die Berührungen beziehen sich sowohl auf die Schrift über die Euthymie als auch auf die Tritogeneia Natorps. Isokrates müsste also beide Schriften gekannt haben.

[6]) S. 178f. 71.

[7]) Eth. Nicom. 1095 a, 18. 21. b, 19—22.

[8]) 1095 a, 18. 22—31.

wähnenswerten Ansichten, denen gegenüber man andere über-
gehen könne. [1]) Aber den Demokritos rechnet er weder unter
letztere — denn diese erblicken in der Ehre das Ziel des
Handelns — noch spielt er auf den Begriff der Wohlgemutheit
irgendwie an, so dass der Abderite schwerlich unter die „Weisen"
der Ethik zu zählen ist. [2])

135. Zwar ist die aristotelische Ethik sparsam mit geschichtlichen Bemerkungen.   Aber selbst die Pythagoreer
werden nicht übersehen.[3]) Erinnern wir uns, dass Aristoteles
in der Metaphysik [4]) letzteren eine Art von ethischen Begriffsbestimmungen zugesteht, dem Demokritos hingegen nur physikalische und eine so wenig sagende wie die vom Menschen,[5]) so
werden wir hier wohl den Grund des Stillschweigens vor uns
haben. Dem Demokritos fehlte eben das induktive Verfahren
und die Begriffsbestimmung in ethischen Fragen. Soweit der
„Sophist" Aristippos und Antisthenes nicht materiell durch die
anderweitige Polemik des Stagiriten getroffen werden kann, wird
die Übergehung ihrer Namen demselben Umstande zuzuschreiben
sein. Denn deren allgemein ethische Sentenzen sind, wie es
den Anschein hat, erst von den jüngeren Kyrenaikern und den
Stoikern in Systeme verarbeitet worden; vom älteren Aristippos
wird ausdrücklich gelehrt, er habe von τέλος und εὐδαιμονία
nicht gesprochen, sondern nur dem Sinne nach behauptet, das
τέλος sei die Lust.[6])

136. Vor allem aber fällt die Berücksichtigung des Eudoxos durch Aristoteles zu Ungunsten des Demokritos in die
Wagschale. Seine Fassung des Begriffes „Gut" würdigt der

---

[1]) 1095 a, 28.

[2]) 1095 a, 21 ist hauptsächlich an Platon (a, 27; 32) zu denken.

[3]) 1096 b, 5. 1106 b, 30. 1132 b, 22. Die delische Inschrift 1099 a, 27.
Solon 1179 a, 9.   Ein Apophthegma des Anaxagoras 1179 a, 13, des
Anacharsis 1176 b. 33.

[4]) 1078 b, 20. Diese Stelle übersieht H e i n z e, Eudämonismus S. 689 f.
Doch muss natürlich nicht an Pythagoras selbst gedacht werden. Wenn
der Pontiker Herakleides (H e i n z e S. 689, 7) eine pythagoreische Definition
der Glückseligkeit überliefert, so ist sie freilich kaum echt, aber doch
auch nicht als neupythagoreisch (mit H e i n z e) zu verdächtigen.

[5]) S. Z e l l e r I. 2 S. 922, 4.

[6]) N a t o r p S. 143 (Euseb. praep. ev. XIV. 18. p. 764 a).

Stagirite als „treffende Darlegung", stellt sie an den Anfang seiner Ethik[1]) und verteidigt sie gegen Angriffe.[2]) Auf ihn beruft er sich für die Behauptung, dass das „Gute" nicht gelobt, sondern selig gepriesen werde.[3]) Ihm widmet er, nicht ohne Anerkennung, eine Widerlegung.[4]) Es wird sich also hier kaum sagen lassen, Aristoteles habe den Demokritos nicht genannt, weil er zu wenig bekannt war, den Eudoxos jedoch berücksichtigt wegen des Erfolges, den letzterer hatte.[5]) Dieses Verhalten ist um so beachtenswerter, als Aristoteles meint, den Argumenten des Knidiers sei mehr um der Charaktertüchtigkeit des Philosophen als an und für sich Vertrauen geschenkt worden.[6])

137. Fassen wir daher die Ethik des Eudoxos näher ins Auge, um sie mit den Fragmenten der demokritischen Ethik zu vergleichen! Ein doppelter Fortschritt wird sich so ergeben. Eudoxos greift erstens zu Definitionen: „Das Gut (des Menschen) ist das, was für alle gut ist und wonach alles strebt."[7])

138. Er begründet aber auch seinen Grundsatz fast syllogistisch: „Das zu Wählende müsse gebührenderweise bei allen sein und das am meisten Mächtige. Daraus, dass alle nach demselben hin getragen werden, folge, dass dieses das Beste sei; denn jedes suche das für ihn Gute gleichwie die Nahrung."[8]) So kommt er zu dem Schlusse, dass die Lust das Gut sei, da vernünftige und vernunftlose Wesen gleichmässig dieselbe anstreben.[9])

Eine echt syllogistische Begründung ist die „aus dem Gegenteil": „Der Schmerz muss notwendig von allen für sich

---

[1]) Eth. Nicom. 1094a, 2 bezieht sich auf Eudoxos, wie ebd. 1172b, 10, bes. Z. 14 beweist. Aristoteles schätzt ihn hierin also höher als den Sokrates.

[2]) 1172b, 36—1173a, 4.

[3]) 1101b, 27.

[4]) 1172b, 9—28.

[5]) 1172b, 15.

[6]) 1172b, 15.

[7]) 1094a, 3 = 1172b, 14.

[8]) 1172b, 10—14.

[9]) 1172b, 9.

(καϑ' αὐτό) gemieden werden. In gleicher Weise also ist das
Gegenteil zu wählen." Eudoxos hat überhaupt eine Reihe
von Beweisen für seinen Satz. So: „Das sei am meisten zu
wählen, bei dessen Wahl uns ein anderes weder als Ursache
noch als Zweck leite; derart sei aber eingestandenermassen die
Lust. Denn niemand frage, weswegen er sich freue, da eben die
Lust für sich (καϑ' αὐτό) zu wählen sei." Weiter: „Wenn die Lust
einem beliebigen anderen Gute hinzugefügt werde, so mache
sie dasselbe begehrenswerter wie z. B. bei dem Gerechthandeln
und dem Masshalten. Das (wahre) Gut könne aber nur durch
sich selbst wachsen."[1]) Endlich erwies Eudoxos den Vorrang
der Lust noch so: Wenn die Lust, obwohl sie zu den Gütern
gehört, nicht gelobt wird, so zeigt dies an, dass sie besser ist
als die lobenswerten Güter. So sei es aber mit Gott und mit
dem Gute. Denn auf diese würde das andere bezogen. Das
Lob nämlich sei eigen der Tugend — von ihr aus vollbringe
der Mensch (sittlich) schöne Thaten —, die Enkomien aber
den Handlungen, die in gleicher Weise körperlich wie seelisch
seien.[2])

139. Aristoteles bezeichnet die Schlüsse des Eudoxos als
λόγοι.[3]) Solche „Vernunftgründe" begegnen aber in den
ethischen Fragmenten des Demokritos nicht. Aristoteles fertigt
den Eudoxos mit einem Anflug von Spott ab. Meint er doch,
das Nähere über den zuletzt angeführten Grund überlasse man
besser Leuten, die sich mit Enkomien professionell beschäftigt
hätten, [4]) und stellt dem von uns an vorletzter Stelle mitgeteilten Argument die Thatsache entgegen, dass Platon ganz
entsprechend beweise, die Lust sei kein Gut. [5]) Wie viel

---

[1]) 1172 b, 18—26.

[2]) 1101 b, 27—34. Μηνύειν Z. 29 vgl. mit 1172 b, 12 und Plat. Phileb.
53 c (wo κομψοί mit χαρίεντες zu vergleichen ist). — Vgl. Epikuros bei
R. Heinze zu Lucret. III S. 47 (der Hymnus dem Gotte, das Lob den
Guten).

[3]) 1172 b, 2; 26; 28.

[4]) 1101 b, 34.

[5]) 1172 b, 28. Die Frage, ob Platon oder Eudoxos früher falle,
dürfte schwer zu entscheiden sein. Der Ausdruck καϑ' αὐτό könnte der
Überlieferung recht geben, welche Eudoxos zum Schüler Platons macht,
wenn er überhaupt mit der Ideenlehre etwas zu thun hätte; die Stellung

weniger mochte er sich veranlasst fühlen, dem Demokritos zu
antworten, falls dieser noch nicht soweit gelangt war, die Methode der „Argumentationen" von der Physik auf die Ethik zu
übertragen!

140. Dazu kommt, dass Aristoteles in Eudoxos vielleicht
den Demokritos mitbekämpfte. Usener[1]) hat nämlich die
Behauptung aufgestellt, die demokritische Ethik sei durch Vermittlung des Knidiers in Athen bekannt geworden. Das ist
nicht unwahrscheinlich. Ein wesentlicher Bestandteil der Deduktion des Eudoxos ist der Gedanke, dass auch die Tiere
nach Befriedigung der Lust streben.[2]) An das Gleiche dachte
offenbar Demokritos, wenn er in Lust und Unlust die Be-
stimmungsmerkmale des Nützlichen und Schädlichen erblickte.
Auf das Tierleben beruft er sich wenigstens zur Erhärtung des
Satzes, dass sich Gleich und Gleich gern geselle,[3]) und verweist er in der besonderen Frage nach der Naturgemässheit
der Kindererzeugung.[4]) Die Tiere preist er in heraklitischer
Weise als Vorbilder der Menschen in der Kunstfertigkeit.[5])
Überhaupt urteilt Demokritos über Lust und Schmerz[6]) ähnlich wie Eudoxos, und da der letztere gegen die Tugendlehre
des Sokrates einschreitet,[7]) so darf vermutet werden, dass er zu
seiner Stellungnahme von nicht-sokratischer Seite aus veranlasst ward. Von der Sophistik kann das Lustprinzip nicht
herrühren. Daran, dass der Mensch, das Mass aller Dinge, in

---

vor Platon bei Aristoteles hingegen und der mehr sophistisch-rhetorische
Anstrich jener Argumente der Ansicht Useners (Preuss. Jahrb. 1884
S. 16), welcher den Platon im Philebus gegen den Knidier polemisieren
lässt. Auf die schwierige Frage (s. ausser Natorp auch Zeller Archiv
f. Gesch. d. Philos. 1888 I S. 172 ff.) können wir uns hier nicht einlassen.

[1]) Preuss. Jahrb. 1884. 53 S. 16.

[2]) Aristot. eth. Nicom. 1172 b, 10.

[3]) Sext. E. math. VII. 117.

[4]) Fr. 178 N. S. auch fr. 158. 159. Lortzing S. 23 f. (fr. 20 N.),
dessen Deutung auch Zeller I. 5 S. 928, 3 nicht für unzulässig hält.

[5]) Plut. soll. an. 20, 1.

[6]) S. besonders Democr. fr. 180. 53 N. und Natorp S. 88 f.

[7]) Aristot. eth. Nicom. 1101 b, 31. 1172 b, 24. Aus Sokrates' Schule
hat er nur die Methode, begriffsmässige Schlüsse zu bilden.

der Tugend sein Glück zu suchen habe, zweifelten die Sophisten nicht und hatten sie keine Veranlassung zu zweifeln.[1])
Auf Aristippos ist aber bei der Eigenart der eudoxischen Beweisführung schwerlich zu raten.

141. Sollte indes nicht zwischen der ausgesprochenen
Lustlehre des Knidiers und der Mässigungslehre des Abderiten eine allzugrosse Kluft gähnen, als dass sich eine geschichtliche Beziehung voraussetzen liesse? Der Unterschied ist nicht
so tiefgehend, als es scheint. Eudoxos kann sehr wohl eine
durch die Vernunft gemässigte Lust gewollt haben. Er spricht
von körperlichen und seelischen Werken, findet die sittlich
schönen Thaten lobenswert und erkennt den Wert der Tugend
an.[2]) Sollte Platon wirklich im Philebos auf Eudoxos Rücksicht nehmen, so könnte Eudoxos eine derbe Lustlehre nicht
aufgestellt haben; denn Platon glaubt dem Urheber der von
ihm angeführten Lustlehre Dank zu schulden. Auf der andern
Seite ist, wie wir später sehen werden, Demokritos nicht von
Hedonismus frei.

Ein Widerspruch zwischen der Ansicht des Demokritos,
die Mässigung mache die Lust grösser,[3]) und dem Satze des
Eudoxos, die Lust mache auch die Handlungen der Mässigung
begehrenswerter, ist, wenn man darin überhaupt einen Widerspruch entdecken will, bei der Verschiedenheit des Zusammen-
hangs ohne besondere Bedeutung.

142. Ob jedoch eine geschichtliche Abhängigkeit des Eudoxos von Demokritos vorlag oder nicht, das eine ist sicher:
Aristoteles hat Demokritos niedriger gestellt als den ersteren,
und wenn er den Eudoxos bekämpft, ohne weiteres auch das
„Kriterion" des Demokritos getroffen.

---

[1]) S. Zeller I. 5 S. 1119 ff.
[2]) Aristot. eth. Nicom. 1101 b. 32. Vgl. Democr. fr. 36 mit dieser
Stelle, besonders ἔργων Z. 33 mit Natorp S. 99, wo jedoch die Übersetzung von αἱ μεγάλαι τέρψιες mit „höchste Lust" irreführend wirkt.
Demokritos rechnet die Betrachtung sittlich schöner Handlungen (Natorp S. 99 liest zu viel in dieses Wort wie auch in ϑεᾶσϑαι hinein) zu
den grossen Freuden, im Gegensatz zu den kleinen, ebenfalls zu erstreben-
den Freuden.
[3]) Fr. 56.

So dürfen wir zusammenfassend behaupten, dass weder die demokritischen Fragmente noch die Schätzung seitens des Altertums dazu berechtigen, in seiner Ethik mehr zu sehen als ein populärphilosophisches Gebilde. Demokritos ist der Nachfolger eines Theognis und wohl noch mehr eines Herakleitos, wie die manchfachen Anklänge und Entlehnungen bezeugen.[1]) Das Büchlein „über die Euthymie" erhob sich schwerlich über einen Preis der richtigen Gemütsstimmung, die schon vor ihm ihre Herolde gefunden hatte.[2]) Der Begriff der Euthymie ist nicht etwa psychologisch entwickelt. Auch wenn Demokritos **ausdrücklich** den Seelenatomen gegenüber den Körperatomen einen höheren Wert sollte zugeteilt haben,[3]) so bliebe doch bestehen, dass der Vorrang der Vernunft nicht auf diesen Satz zurückgeführt wird. Es ergibt sich vielmehr alles aus der freien Überlegung des Philosophen heraus. Der allerdings nur sehr allgemeine Eindruck der Geschlossenheit, den die Fragmente thatsächlich machen, wird daher aus der Geschlossenheit **einer** Denkerpersönlichkeit[4]) und noch mehr aus der zweier Schriften — „Über die Euthymie" und „Tritogeneia" — zu erklären sein. Demokritos scheint eben von der Harmonie, die er als Ideal betrachtet, etwas in seinem Denken vorgefunden zu haben.[5]) So versteht sich dann auch, dass er sich

---

[1]) S. Natorp S. 63. 67, 17. 108, 34. 114, 35. E. Norden, D. antike Kunstprosa. Leipz. 1898 S. 22 f. Meine Tierpsychologie d. Plutarch. Gpr. Würzburg 1897 S. 18, 1. Über die εὐαρίστησις des Herakleitos s. Heinze, Eudämonismus S. 696 ff. Der Unterschied zwischen Demokritos und Herakleitos mag darin bestanden haben, dass dieser etwas ernster und finsterer dachte; als Pessimist erscheint er schon bei Plut. soll. an. 7, 6.

[2]) Eine erste Spur der Euthymie ist schon bei Homeros zu entdecken (s. M. Heinze, Eudämonismus S. 665. 685, 4), dann bei Hesiodos (Heinze S. 668), Theognis (S. 678, 10). Über ἡδύς s. Heinze S. 685 ff., die „goldenen Worte" S. 690, 6, Empedokles S. 691. Über das „Masshalten" s. Theognis bei Heinze S. 680, Die goldenen Worte S. 690, 6.

[3]) Vgl. Lange, Gesch. d. Materialismus I. 2 S. 19. Die vorhandenen ethischen Fragmente verraten von derartiger Betrachtungsweise nichts. Zum Tone derselben würde ein solcher Satz nicht gut stimmen, auch nicht zu dem Satze gegen die Unsterblichkeit der Seele, der mit der Ethik inniger verflochten ist.

[4]) S. Natorp selbst S. 110.

[5]) S., was Natorp S. 75 über ἄνθρωπος sagt.

in der Ethik von einer ähnlichen Tendenz geleitet zeigt wie in
der Erkenntnistheorie und Physik. Er sucht den Augenschein
zu retten, welcher auf Befriedigung der Lust als das Zuträg-
liche hinweist und doch wieder lehrt, dass aus der Lust
und dem eifrigen Bestreben nach Lust Schmerz hervorgeht.
Wenn er eine Vermittelung anstrebt und darin findet, dass das
Masshalten als beseligend anempfohlen wird, so deutet das noch
nicht auf Systematik hin.

143. Ein gewisser Fortschritt über die populäre Volksethik soll nicht verkannt werden. Dieser liegt in dem Heraus-
arbeiten eines einheitlichen Begriffes. Die Frage nach dem
„Ziele" musste auf diese Weise angeregt werden, und ein Eu-
doxos wie ein Epikuros konnten hier befruchtende Gedanken
finden. Ebenso wurde aber die Frage nach den Gütern des
Lebens durch die Behandlung des Abderiten näher gerückt.
Und wenn auch der Begriff der Euthymie zu wenig Festes und
Fassbares enthielt, weshalb er wohl auch von Eudoxos, Ari-
stippos und Epikuros verlassen wurde, so bahnte er doch die
Vorstellung des Weisen an, welche in der nachsokratischen
Philosophie von verschiedenen Seiten her, auch von der des
Epikuros, ihre Ausbildung erlangte.

144. Wir hatten schon öfter Veranlassung, Demokritos in
formeller Beziehung mit den Sophisten zu vergleichen. Es wird
kein Fehlgriff sein, ihn auch hier mit der Sophistik auf e i n e
Stufe zu stellen. Die Schlechtigkeit, welche dem Herakles am
Scheideweg erschien, trägt in gewisser Hinsicht die Züge des
demokritischen Wohlgemuten. Sie verspricht dem Heros Genuss aller Freuden (τερπνά) und Freiheit von allen Beschwerden
(χαλεπά),[1] darunter von den Sorgen der äusseren und inneren
Politik.[2] Die Frage, ob sich dem Streben nach Lust alles
andere unterzuordnen habe oder ob die Lust aus der Tugend
erwachse, musste sich an jenen Mythus unwillkürlich anknüpfen.
Aber Prodikos wie Demokritos bringen es nicht weiter als zu
einer einfachen Entscheidung, ersterer zu gunsten der Tugend,
letzterer zu gunsten der Euthymie. Die sokratische Forschung

---

[1] Vgl. Natorp fr. 143. 195. 202. 70. 135. 137.
[2] Xenoph. mem. II. 1, 24 πολέμου, πραγμάτων.

nach dem Begriffe der Tugend sucht dagegen, indem sie das
Verhältnis der Seele zu den Tugenden studiert, nach psycho-
logischer Vertiefung und rührt, indem sie das Verhältnis des
Individuums zu äusseren Einflüssen, des Wissens zur Sünde
untersucht, ernstere ethische Grundfragen erst recht auf.

145. Dem eben geschilderten Vorzuge der demokritischen
Ethik vor den früheren Versuchen entspräche es wohl, wenn
sie auf Epikuros, Aristippos und die Skeptiker und durch Eudoxos auch auf Speusippos, Xenokrates und Polemon einge-
wirkt hätte; die eigenartige Abweichung vom platonischen
Standpunkte, die sich in der Fragestellung — es handelt sich
um das erste *οἰκεῖον* und das Naturgemässe — kundgibt, gestattet einen derartigen Faktor in Rechnung zu bringen. Auch
Platon und Aristoteles könnten von Demokritos beeinflusst sein;
bei letzterem liesse sich der Begriff *ὄρεξις* [1]) und die Haltung
zur Lust, die nicht ganz sokratisch und nicht ganz platonisch
ist, an die demokritisch-eudoxische Lehre anlehnen. [2]) Allein
dieser Einfluss könnte sich nicht im Hinblick auf die Systematik oder — Epikuros, Aristippos und die Skeptiker ausgenommen — in wichtigen Punkten geltend gemacht haben.
Was Natorp [3]) aus Platon zusammenstellt, betrifft im Grunde
nur Bilder und Einzelheiten. [4]) In unserer Frage aber kann
die von Natorp angenommene geschichtliche Fortwirkung
keineswegs ein Anzeichen abgeben für die Höhe der demokritischen Systematik.

---

[1]) S. Natorp s. v.

[2]) G. Teichmüller, Neue Studien z. Gesch. d. Begriffe III Gotha
1879 S. 405 Anm. u. S. 443 glaubt, dass Aristoteles von Demokritos weit-
gehende Anregung empfing, so in der Verwerfung der deduktiven Ableitung der Ethik, ferner bezüglich der Megalopsychie, des Kanon der
Lust u. s. w. Ich glaube nicht, dass die besondere Untersuchung, die
Teichmüller wünscht, bedeutende Ergebnisse liefern würde. Aristot. eth.
Nicom. X. 4. 1174b, 33 fällt von selbst weg, wenn die Deutung Teichmüllers von clem. Alex. strom. II. 179 Sylb. § 130 Klotz unzutreffend ist.

[3]) S. 157 ff.

[4]) Diels, Deutsche Litteraturzeitung 1893 S. 1289 verhält sich sehr
skeptisch und sieht selbst Phileb. 46a nur triviale Metaphern des sermo
eroticus.

b) Über den inneren Wert der demokritischen Ethik.

146. Es ist nicht Aufgabe dieses Abschnittes, die Lob-
sprüche, welche in neuerer Zeit der Ethik des Abderiten in
Hinsicht auf ihren inneren Gehalt von verschiedenen Seiten
gewidmet wurden,[1] zu wiederholen. Sie zeichnet sich in der
That durch Reinheit der Gesinnung, durch verständigen Opti-
mismus und reifes, überlegenes Urteil aus. Von besonderem
Werte ist der Nachweis, dass in derber Sinnenlust das Glück
nicht zu finden ist und dass selbst die Lust ihr Mass erfordert.
Wenn er nicht zur Einsicht vordrang, dass eben diese Thatsache über Lust und Lebensfreude hinaus zu einem höheren
Prinzip führe, so ist das dem Griechen nicht zu verdenken.

147. Diese Ethik darf daher wohl mit der des Sokrates
verglichen werden,[2] der sie auch zeitlich nahe kommt.[3] Bei
der weltgeschichtlichen Bedeutung der sokratischen Lehre und
bei dem berechtigten Ansehen, das sie noch heute geniesst,
will schon der Vergleich nicht wenig besagen. Aber es ist
doch einer Untersuchung würdig, ob die demokritische oder
die sokratische höher steht. Denn kein Geringerer als Heinze[4]
ist fast geneigt, der ersteren den Vorrang zu lassen, was die
Lauterkeit der einzelnen moralischen Lehren und Freiheit von
niedriger Selbstsucht anlangt, so unumwunden er auch den formalen Vorzug der letzteren anerkennt. Sokrates erscheint ihm

---

[1] Die Litteratur bei Heinze, Eudämonismus S. 703 ff. Natorp,
Ethika S. 88.

[2] Über eine Ähnlichkeit s. Heinze S. 749. Die Freude an schönen
Thaten stellt Sokrates gleichfalls hoch (Mem. II. 6, 35. Heinze S. 748).
Aus der Anerkennung des Xenophon μάλιστα ἐθαυμάζετο ἐπὶ τῷ εὐθύ-
μως τε καὶ εὐκόλως ζῆν mem. IV. 8, 2 kann geschlossen werden, dass
Sokrates sogar die εὐθυμία hochhielt (s. Heinze S. 746).

[3] Heinze, Eudämonismus S. 704 f. hebt mit Grund hervor, dass
Demokritos nicht als „Vorsokratiker" betrachtet werden kann. Auffallend
betont Aristoteles meteor. II. 7. 365a, 17 f., dass Demokritos später sei als
Anaxagoras und Anaximenes, Anaximenes selbst früher als Anaxagoras. Es
kann sich demnach nicht um ganz kleine Abstände handeln.

[4] Eudämonismus S. 714 mit Anm. 2. Auf ältere Litteratur ist auch
hier keine Veranlassung einzugehen, da Zeller II. 1 S. 84 ff. 150 ff. dieselbe ausgiebig berücksichtigt.

als Utilitarist, bei Demokritos kommen nach ihm nur hie und
da Anklänge an die gewöhnliche Nützlichkeitstheorie vor und
sind diese Rücksichten feiner gefasst als bei Sokrates.

148. Das Urteil H e i n z e s erklärt sich aus seiner Voraus-
aussetzung,[1]) dass Xenophon uns seiner Absicht und Befähigung[2]) nach ein der Wirklichkeit näher kommendes Bild des
Begründers der wissenschaftlichen Ethik geschenkt habe als
Platon. Es war ein verdienstliches Unternehmen, den Eudämonismus des Sokrates einmal rein so darzustellen, wie er sich
in den Berichten des Xenophon spiegelt. Aber eben der Erfolg dieser Darstellung. welche geradezu ernüchternd wirkt,
muss bedenklich machen. Soll wirklich Sokrates in d e m Masse
die Nützlichkeit in den Vordergrund gerückt haben, dass selbst
sein Tod des Glanzes beraubt wird?[3])

149. Zur genauen Entscheidung der Frage wäre also Ge-
wissheit darüber nötig, ob Platon oder Xenophon die getreuere
Darstellung der sokratischen Ethik bieten. Hier kann indes
auf dies vielverhandelte Thema nicht eingegangen werden.[4])
Nur soviel sei bemerkt: Die Alternative: „Platon oder Xenophon?" ist unrichtig gestellt. Als Quellen der sokratischen
Lehre müssen uns ausser diesen beiden Schülern auch noch die
Kyniker, Megariker und in gewisser Beziehung Aristippos
dienen.[5]) Um diese Schulen jedoch nutzbar zu machen, wäre
zuvor die kynische Philosophie aus der Hülle zu befreien, die
ihr der Stoizismus gegeben, und ebenso die Lehre des Aristippos
aus dem Gewande, das ihr seine Nachfolger umgeworfen haben.

---

[1]) S. 731.

[2]) Im Grundriss (1894) S. 116 wird die Befähigung des Xenophon
„zu einer ganz reinen, vollen und allseitigen Auffassung und Wiedergabe
der sokratischen Philosophie" angezweifelt: „So ist es nicht unmöglich. dass
Xenophon die ihm selbst natürliche Beziehung alles wissenschaftlichen
Strebens auf das praktische Interesse zu unbedingt dem Sokrates beige-
messen hat."

[3]) S. H e i n z e S. 752 f.

[4]) Die Litteratur ist bei K. J o ë l. Der echte und der xenophontische
Sokrates. Berlin 1893 aufs gewissenhafteste berücksichtigt und von
A. D ö r i n g, Die Lehre d. Sokrates als soziales Reformsystem. München
1895 S. 5 ff. noch einmal einer Musterung unterzogen worden.

[5]) Daran denkt auch K. J o ë l, Der echte u. s. w. Sokrates S. 173. 182.

An einem Beispiel soll hier gezeigt werden, welchen Wert ein
solches Verfahren besitzt. Angenommen, wir wüssten nichts
davon, dass Sokrates von der Physik nicht viel hielt. Würde
nicht die Übereinstimmung, die zwischen Antisthenes und
Aristippos in diesem Punkte obwaltet, darauf hindeuten, dass
der gemeinsame Meister eine ähnliche Haltung einnahm? Ver-
stärkend käme hinzu, dass auch die meisten Megariker sich von
physikalischen Untersuchungen fernhielten. Wenn Antisthenes
und Aristippos in der Bekämpfung der Logik zusammengehen,
so wird unsere Begründung dadurch nicht hinfällig. Auch für
Sokrates hatte die Dialektik ihre Bedeutung nur in deren
Nutzen, den sie für die Ethik abwarf. Die Megariker übertrieben gerade diesen Zweig der Philosophie, und so lässt sich
die Stellung jener beiden Sokratiker erklären.[1])

150. Wenden wir dies Verfahren auf die Untersuchung der
Frage an, ob Sokrates in dem von Heinze bestimmten Grade
Utilitarist war, so stellt sich ein lebhafter Zweifel an der Richtigkeit einer solchen Behauptung heraus. Weder bei den Ky-
nikern, den Vorläufern der Stoa, die übrigens selbst von utilitaristischen Gesichtspunkten nicht ganz frei ist, noch bei Aristippos, dessen Eudämonismus durch die Einwirkung der sokratischen Lehre gemildert wird,[2]) noch endlich bei den Mega-
rikern macht sich das Nützlichkeitsprinzip in dem Masse
fühlbar wie bei Xenophon. Man wird daher das überscharfe
Hervortreten des utilitaristischen Zuges in der Ethik der
„Denkwürdigkeiten des Sokrates" auf die Rechnung des Bericht-
erstatters setzen müssen.[3])

---

[1]) Auf die Möglichkeit, dass der kommunistische Staatsgedanke des
Platon und der des Antisthenes ihre gemeinsame Wurzel in einer sokra-
tischen Idee hatten, sei nur hingewiesen in dem Sinne, dass dieselbe der
Erwägung würdig ist. Denn auffallend ist immerhin, dass schon vor
Platon im aristophanischen Weiberstaat (s. Christ, Griech. Litteratur-
gesch. S. 231) die gleichen Ideen zum Vorschein kommen. Zu unter-
suchen wäre, ob nicht doch Protagoras' Antilogika (s. Christ, Griech.
Litteraturgesch. S. 347, 1) neben Hippodamos Einfluss hatten.

[2]) Vgl. Zeller II. 1. 3 S. 319 ff.

[3]) Vgl. K. Joël, Der echte u. s. w. Sokrates. S. 435 ff. — Selbst
der praktisch denkende Isokrates, welcher die Physik ebenfalls nicht sehr

151. Andrerseits erweckt die Persönlichkeit des Xenophon überhaupt nicht die günstigsten Erwartungen von konge-
nialer Auffassung anderer Charaktere. Es wäre der Nach-
forschung wert, zu wissen, ob es Xenophon in anderen Fällen
gelingt, seine Helden, etwa den Agesilaos oder Kallikratidas,
zu richtiger Geltung zu bringen.[1]) Ein einseitiger Denker, als
welchen Xenophon in der Behandlung der Geschichte sich kundgibt, wird stets Mühe haben, auch in der Auffassung die Ein-
seitigkeit zu vermeiden, und unbewusst manche Feinheit ab-
streifen. Ausserdem ist, worauf Heinze zu wenig Gewicht
legt, wohl zu beachten, für wen Xenophon eigentlich schreibt.
Gewiss nicht für ein Publikum von der geistigen Höhe des-
jenigen, welches sich Platon in seiner Schule geschaffen hatte.
Dem Aristippos der Memorabilien (II 1) gegenüber konnte
Sokrates nicht gut anders argumentieren, als er thut.[2])

152. Wie man aber auch darüber denken mag, ein Vergleich zwischen Sokrates und Demokritos wird solange nicht zu
ungunsten des ersteren entscheiden können, als nicht dessen
Moral in ihrem wahren Wesen erkannt ist. So wird denn der
Grundsatz von der Relativität alles Guten und Bösen, an dem
sich Zeller[3]) und Heinze[4]) vor allem stossen, nicht ohne
weiteres verdammt werden können. Haben wir denn wirklich
bei Xenophon den grösseren Zusammenhang, in welchem Sokrates jenen Satz dachte?[5]) Er würde selbst in folgender Auf-

hoch wertet (Blass, Att. Beredsamkeit. Leipz. 1874. II S. 36), em-
pfiehlt die Gerechtigkeit an sich in einem Zusammenhang, in welchem
er sokratisch spricht (Blass II S. 37).

[1]) Wer würde aus den Hellenika allein die geistige Bedeutung des
Kritias ermessen können, den nur einzelne Züge seiner Rede (Hell. II. 3,
24, 32; 29; 30) dem schärfer Zusehenden als philosophischen Kopf und
zwar als Sophisten verraten?

[2]) S. 750 gibt Heinze als möglich zu, dass Sokrates das Naturell
des Aristippos berücksichtigt habe. Vgl. auch Döring S. 349 f.

[3]) II. 1. 3 S. 125 f.

[4]) S. 737.

[5]) Auch nach der Döringschen Disposition wird die Erwähnung
desselben dem Sokrates III. 8 durch einen äusserlichen Umstand nahe
gelegt, nämlich durch das Bestreben des Aristippos, ihn in Verlegenheit
zu bringen (Döring S. 171 ff.), und IV. 6 ist das Thema von Xenophon
an ganz unpassender Stelle angeschlagen (Döring S. 263 f.).

fassung kein Indicium gegen die sittliche Reinheit der sokratischen Lehre bilden: An und für sich ist nichts moralisch gut
und schlecht; diese Eigenschaften ergeben sich erst durch die
Beziehung auf eine sittliche Persönlichkeit und auf ihre Zwecke.[1])
H e i n z e [2]) beanstandet ferner die utilitaristische Begründung
für das Verbot der Blutschande. Aus den gleichen oder entsprechenden Erwägungen leitet jedoch auch Platon seine Staats-
einrichtung ab, [3]) und was jenen Punkt anlangt, so dürfte die
V e r n u n f t m o r a l aus sich auch keinen anderen Grund ausfindig machen können. Den Rat, man solle nicht ohne Hunger
Speise und Trank zu sich nehmen,[4]) konnte Sokrates nicht wohl
anders erläutern, als er es gethan, ohne lächerlich zu werden.
Zudem heisst es ausdrücklich, dass er jenen Rat an Leute
richtete, welche sich nicht so leicht im Genusse beherrschen
konnten wie er selbst. Wir haben also einen methodisch berechtigten Vorschlag.[5])

153. Das Gesagte möge genügen, um die e i n e Seite unserer
Frage zu beleuchten. Auf der anderen Seite ist zu prüfen, in
wie weit der Eudämonismus des D e m o k r i t o s utilitaristisch ist.

Wir wollen eine Reihe einzelner Äusserungen hierhersetzen,
die für den Standpunkt des Abderiten bezeichnend sind: Nichts
Angenehmes ist zuzulassen, wenn es nicht n ü t z t.[6]) Man soll
mehr auf die Seele achten als auf den Körper; d e n n die Voll-
kommenheit der Seele v e r b e s s e r t die M a n g e l h a f t i g k e i t
d e s L e i b e s. Blosse Körperkraft ohne Überlegung m a c h t
n i c h t s b e s s e r. [7]) Die Unmässigkeit ist zu verwerfen, weil
dadurch die Gesundheit untergraben wird; die leidenschaftliche
Seele s c h ä d i g t unnatürlich d e n K ö r p e r. [8]) Der Erfolg

---

[1]) Siehe jedoch J o ë l S. 440 f. und D ö r i n g S. 267, der mit Recht
betont, dass es sich nicht um das Gute, sondern um das Gut (der Güter-
lehre) handelt.

[2]) S. 736.

[3]) Für das Verbot der Blutschande gibt er Rep. 461 b freilich keinen
Grund an.

[4]) S. H e i n z e S. 732.

[5]) S. D ö r i n g S. 115 f.

[6]) Fr. 5.

[7]) Fr. 18.

[8]) S. fr. 21. 22. Vgl. 19. 20. 24.

macht die Mühen süsser als die Ruhe; fehlt aber der Erfolg,
so ist die Mühe betrübend und beschwerend.[1]) Es ist Unver-
nunft, den Lebensbedürfnissen keine Zugeständnisse zu
machen.[2]) Die Bildung ist Glücklichen ein Schmuck, Un-
glücklichen eine Zuflucht.[3]

154. Vor allem verrät sich die Rücksicht auf den Nutzen
in einigen Gedanken zur Politik: Schlimmer als persönliche
Not ist allgemeine Not; denn in letzterem Falle bleibt keine
Hoffnung auf Hilfe.[4]) Tüchtigen Männern ist es nicht zu-
träglich, über fremden Angelegenheiten die eigenen zu ver-
nachlässigen, denn die eigenen gehen dann zurück. Wer aber
das öffentliche Wohl vernachlässigt, wird geschmäht werden
und vielleicht sogar schlimme Folgen erleiden.[5]) Kindererwerb
bringt viele Gefahren und Schmerzen, aber nur wenig und
kargen Gewinn.[6]) Bürgerkrieg ist für Sieger und Besiegte
gleich verderblich.[7]) Die Begründung konnte bei all diesen
Sätzen idealistisch ausfallen, ausgenommen die Warnung vor
Kindererwerb, die schon an sich utilitaristisch ist.

155. Die geringere Anzahl der hier aufgebotenen Sentenzen[8])
ist für uns ohne Bedeutung, da die Memorabilien des Xenophon an äusserem Umfang die Sammlung der Fragmente weit
übertreffen. Überhaupt aber ist das ethische Prinzip des Demokritos von utilitaristischen Rücksichten durchsetzt. Wenn
er öfters darauf zurückkommt, dass Lust das Kriterium des
Zuträglichen und Unlust das Kriterium des Unzuträglichen
sei,[9]) so offenbart sich seine Absicht, die ethische Frage

---

[1]) Fr. 130. Vgl. Natorp S. 114.

[2]) Fr. 91.

[3]) Fr. 183.

[4]) Fr. 135; vgl. 134.

[5]) Fr. 165; vgl. 166.

[6]) Fr. 180. Vgl. fr. 179 ἐπαύρεσιν.

[7]) Fr. 138. Dort ist wohl nach fr. 130 (vgl. Aristot. met. 1109 b, 11)
ὁμοίως statt ὁμοίη zu lesen.

[8]) Einiges bringt noch Heinze selbst S. 714, 2.

[9]) Fr. 2. Nach fr. var. 4 Mull. S. 237 muss schon Demokritos zwischen
περιτταὶ ἡδοναί und ἀναγκαῖαι unterschieden haben, wie später die Epikureer. Für ἀναγκαῖα s. auch fr. 178. 179. 84. Περίττωμα Democr. bei
Ps.-Aristot. N. H. IX. 39 (Mull. 139), περισσός Democr. Aet. III. 12, 2.
378 a, 1. Vgl. Theophr. sens. 58. 515, 24.

auf den Begriff des Nutzens hinauszuspielen. Gegenüber
Natorp, welcher besonders das Hervortreten der „Vernunft" in seiner Ethik betont, [1]) muss der hedonistische Zug,
der sie durchweht, hervorgehoben werden. [2]) Gewisse antike
Ausleger setzten die „Euthymie" mit der Lust gleich; sie
können das nicht ohne alle Veranlassung gethan haben. In der
That sagt der Philosoph: „Das Beste ist es für den Menschen sein Leben hinzubringen so viel als möglich sich freuend
(εὐϑυμηϑέντι) und so wenig als möglich sich betrübend
(ἀνιηϑέντι)". Der Zusatz: „Dies dürfte aber der Fall sein, wenn
er seine Lüste nicht aus Vergänglichem zieht", [3]) kann die
Thatsache nicht abschwächen, dass der letzte Zweck dabei
immer die Lust bleibt. Sehr vornehm ist der Gedanke, dass
Lust am Unglück des Nächsten verwerflich sei; aber die Begründung, Leute, die sie hegten, bedenken nicht, dass auch sie
gleiches Schicksal treffen könne und seien arm an eigener
Freude, [4]) läuft auf Hedonismus hinaus. Die Lust am Essen,
Trinken und Lieben wird nur deshalb zurückgewiesen, weil sie
rasch vergänglich und mit Schmerzen verbunden ist. [5]) Selbst
in dem Rate, aus der Betrachtung fremden Leidens Zufriedenheit zu schöpfen, [6]) ist ein derartiges Motiv versteckt. Wo
immer die Herrschaft über die Lust empfohlen wird, stehen
ähnliche Gedanken im Hintergrund. [7])

156. Endlich sei noch erwähnt, dass auf die Frage, ob die
Ethik des „lachenden Philosophen" egoistisch oder altruistisch

---

[1]) Ethika S. 90 ff.

[2]) S. 89 f. Die Erklärung des Diotimos τὸ μὲν γὰρ ᾧ προσοικειού-
μεϑα ist übrigens nach Terminologie und Inhalt nacharistotelisch.

[3]) Fr. 7. Der Gegensatz εὐϑυμεῖν — ἀνιᾶν auch fr. 203. Vgl. fr. 130.
Bei ϑνητός ist gemäss der demokritischen Psychologie keine allzu ideale
Vorstellung unterzuschieben. Vgl. Heinze S. 715.

[4]) Χαρᾶς fr. 220.

[5]) Fr. 53. Χρηστόν ist nicht im Sinne von „Tugendhaft" zu nehmen.
Fr. 54. 179. 180. Einer der sieben Weisen soll gesagt haben, dass ein
Verlust nur einmal Schmerz verursacht, schimpflicher Gewinn aber immer
(Heinze S. 681; s. auch S. 682).

[6]) Fr. 52.

[7]) S. die Stellen s. v. ἡδονή, εὐϑυμεῖν u. a., die Natorp im Index
verzeichnet. Fr. 63. 47. 56. 163. 71.

war, die Schrift „über die Euthymie" die deutliche Antwort
gibt: „Egoistisch", während die Fragmente, welche Natorp
auf ansprechende Gründe hin der Schrift Tritogeneia zuweist,
jedenfalls nicht die klare Auskunft: „Altruistisch" erteilen.
Matt klingt, was über die Beteiligung am öffentlichen Leben
gesagt wird,[1] neben den entschiedenen Mahnungen des Herakleitos.   In zwei Aussprüchen wird uns ans Herz gelegt, über
fremden Angelegenheiten die eigenen nicht zu versäumen, [2]
und in einem sehr beachtenswerten Fragmente werden die Erwägungen vorgeführt, welche gegen die Kindererzeugung einzunehmen geeignet sind.   Auf das Wohl des Einzelnen blickt
der Politiker fortwährend hin,[3] so auch wenn er die Aufstellung von Gesetzen folgendermassen rechtfertigt: „Die Gesetze würden nicht hindern, dass jeder nach eigener Be-
quemlichkeit lebe, wenn nicht der eine den anderen schädigte.
Denn der Neid macht den Anfang zum Bürgerkrieg."[4]   Die
Tugendlehre würde in solchen Fällen auf die Gerechtigkeit, auf
gesellschaftliche Regeln hindeuten, und so den altruistischen Mo-
tiven der Sittlichkeit zu ihrem Rechte verhelfen.   An den Willen
zum Guten, wie er sich in der sokratischen Gottesidee ausdrückt,[5] hat Demokritos schwerlich gedacht.   Dass Demokritos
in seinem Utilitarismus vorzugweise auf die Seele achtet,
schliesst keinen Vorzug ein.   Sokrates betont oft, selbst wo er
angeblich äusserlicher Nützlichkeitstheorie fröhnt, den Schaden,
den die Seele erleide.[6]

157. Nach all dem Gesagten wird es der Wirklichkeit am
besten entsprechen, wenn wir die demokritische Moral zwar als
einen Fortschritt gegenüber den unreinen Vorstellungen der

---

[1] S. Natorp S. 114 ff.
[2] Fr. 165. 164. Fr. 163 steht nicht einmal in einem „in einem gewissen Gegensatz" (Natorp S. 115) zur Empfehlung des Staates, da der
Grundgedanke ist: „Ein Schelm thut mehr, als er kann."   Überanstrengung
des Einzelnen widerstrebt auch dem öffentlichen Interesse.   Demokritos
sagt: μήτε ἰδίῃ μήτε ξυνῇ.
[3] Fr. 134—143.
[4] Fr. 140.
[5] S. K. Joël, Der echte Sokrates S. 91.   Döring, Die Lehre d.
Sokrates S. 347. 443. 447.
[6] Mem. I. 3, 6; 5, 3.

griechischen Volksethik erachten, aber die That des Sokrates
als grossartigere Leistung preisen. Wir haben allen Grund zu
der besonnenen und ruhig abwägenden Beurteilung zurückzu-
kehren, die Zeller der Moral des Abderiten widmet.[1]

---

§ 2. Zur atomistischen Naturphilosophie.

158. Man pflegt die älteste Atomistik besonders deshalb
so hoch zu stellen, weil die Atomistik der Neuzeit auf allen
Gebieten der Naturwissenschaft ganz unvergleichliche Erfolge
zu verzeichnen hatte. Volle Geltung würde dieser Grund allerdings in dem Falle besitzen, wenn die neuere Atomistik als
unmittelbare Schöpfung der antiken Vorgängerin zu betrachten
wäre. Dem ist jedoch nicht so. Zwar ist es nicht unwahrscheinlich, dass zwischen Demokritos und Galilei wie Descartes
geschichtliche Beziehungen obwalteten; allein der Vorbericht
Löwenheims[2] über seine im Hinblick auf Galilei unter-
nommenen Nachforschungen ist nicht geeignet, hohe Erwartungen über das Mass solcher Einwirkung zu erregen. Zu erwägen bleibt auch bei Annahme weitgehenden Einflusses der
alten Lehre auf die neue, dass Galilei jene nur in Verbindung
mit der philosophisch vertiefenden Kritik des Aristoteles kannte
und dass Gassendi nicht die demokritische, sondern die epi-
kurische Atomistik erneuerte, welche eben durch den Stagiriten mitbestimmt erscheint.[3] Ist somit die Grundlage für
eine solche Art der Wertschätzung nicht unerschütterlich, so
ist andrerseits eine Folge derselben, dass die antike Atomistik
an der modernen gemessen wird und auf diese Weise die Vor-

---

[1] Es lag in der Natur der Sache, dass wir manchen Gedanken, den
bereits Zeller ausgesprochen hatte, wiederholten, wie wir auch in der
Auseinandersetzung mit Natorp manches sagen mussten, was bereits
Heinze bemerkt hatte.

[2] Archiv f. Gesch. d. Philosophie 1894 S. 230 ff.

[3] Hierüber wie über das Verhältnis Sennerts und Magnens zur
demokritischen Atomistik soll an anderer Stelle gehandelt werden.

stellung entsteht, als sei erstere die übereilte Vorwegnahme
einer Entdeckung, die sie mit ihren Mitteln gar nicht machen
konnte.[1])

159. Eine unbefangene Würdigung wird deshalb auf die
Ähnlichkeit mit der heutigen Atomistik nur ein bescheidenes
Gewicht legen und vielmehr zu zeigen versuchen, was Leukippos und sein Nachfolger für i h r e Zeit leisteten und wie sie
sich zu der zunächst vorausgehenden und unmittelbar nachfolgenden Philosophie verhalten. Zum Zwecke grösserer Bestimmtheit des Urteils wird dabei vorläufig die formale Seite
ihrer Naturbetrachtung von der inhaltlichen zu trennen sein.

160. Über die formalen Vorzüge der leukippischen Naturphilosophie hat bereits Aristoteles das Wesentliche gesagt. Er
zeichnet die Atomiker vor allen anderen Naturphilosophen,
Platon eingeschlossen, wie wir sahen, darum aus, weil sie den
richtigen, natürlichen Ausgangspunkt gefunden hatten, methodisch und konsequent zu Werke gegangen waren und im besonderen Demokritos sich der für die Physik angemessenen
physikalischen Erwägungen bedient hatte. Es war in der That
zur Zeit der eleatischen und heraklitischen Naturauffassung,
welche beide, jede in ihrer Art, alle Wissenschaft von der
Natur zu vernichten drohten, ein hohes Verdienst, das Problem
klar und scharf zu erfassen und die Philosophie zur Selbst-
besinnung zurückzurufen. Dem Leukippos floss die Ader der
Originalität wohl minder reich und entquoll der Strom der
Phantasie wohl minder stark als dem Ephesier, ihm gelang es
nicht dialektisch so tiefe Schwierigkeiten aufzuwühlen wie dem
Zenon, aber dafür sah er besser und blickte er weiter. Und
das Verdienst der klaren Fragestellung [2]) scheint gerade des
Leukippos Eigentum zu sein. Denn es sprechen Gründe dafür, dass sowohl Empedokles als auch Anaxagoras hierin nur
dem Atomiker folgten,[3]) und dass der letztere dem Parmenides
zeitlich nahe steht, dafür zeugt eben das Fehlen zenonischer

---

[1]) Das Prädikat „voreilig" verwendet in der That Cl. Bäumker in
seinem zutreffenden Vergleiche zwischen antiker und moderner Atomistik
(D. Probl. d. Materie. Münster 1890 S. 85).

[2]) Vgl. E. Kühnemann, Grundlehren d. Philosophie. S. 136.

[3]) S. Zeller I. 5 S. 958. 1024 ff.

Grübeleien bei aller Neigung zu eleatischer Betrachtungsweise. Welches sind denn nun die Fragen, die sich Leukippos stellte? Es sind deren hauptsächlich zwei. Die eine ist die Alternative, die er sich klar zu Bewusstsein brachte: Soll ich die Phänomene preisgeben, die mir Entstehen, Vergehen, Bewegung und eine Vielheit von Dingen zeigt, oder die Vernunftgründe des Parmenides, welche ein einziges ruhendes Sein unwiderleglich zu fordern scheinen? Die zweite Frage war die: Lässt sich die Bewegung, welche die scheinbaren, aber unmöglichen Vorgänge des Entstehens aus nichts und des Vergehens in nichts voraussetzen, nicht e r k l ä r e n, ehe wir sie verwerfen? Die Antwort auf beide Fragen war die Entdeckung eines in sich ruhenden, unveränderlichen, aber in unzählige Teilchen zerspaltenen Seins, des Seins der Atome, und eines durch ein zweites ebenso unveränderliches Sein ermöglichten Zusammen- und Auseinandertretens derselben. Leukippos war mit sich vollständig im reinen darüber, dass er eine W e l t e r k l ä r u n g gebe; in den Ausdrücken, die Aristoteles bei der massgebenden Darstellung der leukippischen Lehre [1]) verwendet, spricht sich das unzweideutig aus. Die übrigen Philosophen jener Zeit hielten es für selbstverständlich, dass die Welt so sei, wie sie ihnen selbst auf gute Gründe hin sich darstellte. Leukippos wusste, dass er mit seiner Lehre nur eine wenngleich notwendige Weltkonstruktion bot. Diese Einsicht mochte ihm zwar durch die grelle Dissonanz zwischen den beiden Teilen des parmenideischen Lehrgedichtes besonders deutlich geworden sein, aber der Gedanke, dass sich eine solche Erklärung aus einfachsten Prinzipien nicht nur zum Spiel, sondern im Ernste zur Rettung der Phänomene, was er schon vor Platon als Ziel der Naturphilosophie erkannte, thatsächlich durchführen lasse, ist nach allem Anschein se in eigen.

161. Dem klar erkannten Ziele sind die Atomiker mit nüchternem Sinne nachgegangen, Leukippos, wie es scheint, vorwiegend deduktiv, Demokritos mehr empirisch verfahrend.

---

[1]) Gen. et corr. I. 8 λόγοι, ἀνειρήσουσιν, κατασκευάζουσιν, γεννᾶν I. 2 gebraucht Aristoteles fortwährend das Verbum ποιεῖν; letzteres auch Theophr. sens. 57. 515, 20 Diels.

Die Anwendung des Experimentes ist kaum in der atomistischen
Schule aufgekommen, Anaxagoras und Empedokles gehen dem
Demokritos voran. Dafür dienen der Atomistik Analogien aus
der weiten Erfahrung zur Bestätigung ihrer Sätze. Die Folgerichtigkeit, mit welcher Leukippos seine Prinzipien zur Anwendung brachte, ist bekannt, und so glückte es ihm ein natur-
philosphisches System aufzubauen, welches wie keines vor- und
nachher auf den notwendigsten Prinzipien gründend die ganze
Welt gleichmässig zu erklären vermag, von dem Anfang der
Weltenbildung bis zum Entstehen der Seele. Demokritos hatte
es leicht, seine Ergänzungen, die sich vornehmlich auf das or-
ganische Leben bezogen, anzubringen und die Theorie bis in
Einzelheiten hinein auszuarbeiten. Dürftig scheinen bei dieser
ursprünglich auf eine grosse Kosmologie angelegten Lehre nur
wenige Punkte ausgestattet gewesen zu sein, so die Frage nach
der Entstehung der Lebewesen aus der unorganischen Materie,[1]
wo dann Epikuros einsetzen konnte. Auch die scharfe Unterscheidung zwischen der Prinzipienlehre und der Weltbildungslehre,
wie sie aus dem Berichte des Aristoteles sich ergibt, so dass
wir ganz genau den Ausgangspunkt bestimmen können, war in
dem parmenideischen Gedichte vorgebildet, aber während wir
dort zwei widersprechende Teile finden, erhalten wir hier ein
wohlgefügtes und wohlgeordnetes System, welchem nur das ver-
wickeltere und schwierigere des Aristoteles an die Seite gestellt werden kann.

162. Einen formalen Mangel bedeutet es nicht, wenn sich
die Atomistik Übergriffe auf das psychische Gebiet erlaubte.
Bei der von vornherein eingenommenen Stellung war das anders
nicht möglich. An den Zeitverhältnissen lag es, dass die
Grundlehre von den Urhebern als Theorie und nicht, wie es
richtiger gewesen wäre, als Hypothese aufgefasst wurde.[2] Hingegen ist das Fehlen der dialektischen Durcharbeitung nur zum
Teil aus dem damaligen Stande der Philosophie zu erklären,

---

[1] S. Zeller I. 5 S. 900, 2.
[2] Vgl. Cl. Bäumker, D. Problem d. Materie. Münster 1890
S. 83 f. Den Unterschied zwischen der philosophischen und der modernen
Atomistik erörtert auch A. Linsmeier S. 7. Philos. Jahrb. d. Görres-
gesellsch. X. 1897 S. 160 ff.

und dies scheint in den Augen der nachfolgenden Denker der Atomistik am meisten geschadet zu haben. Denn Hinwegsehen über die Schwierigkeiten der eigenen Theorie und Mangel an Bestimmtheit war die Folge jenes Fehlers. Erst Demokritos hat durch den Versuch einiger physikalischer Begriffsbestimmungen die Theorie in dieser Hinsicht zu verbessern gewusst.

163. Eine materielle Würdigung der ältesten Atomistik ist mit nicht geringen Schwierigkeiten verknüpft. Kommt eine solche doch auf die Entscheidung der Frage hinaus, ob die aristotelische oder die demokritische Weltanschauung den Vorzug verdient. Wir wollen trotzdem unternehmen, den Inhalt beider Systeme in einigen wesentlichen Zügen an einander zu messen.

164. Betont muss dabei werden, dass Aristoteles und Demokritos von den gleichen Voraussetzungen ausgehen. Diese sind: 1) Entstehen aus nichts und Vergehen in nichts ist unmöglich.[1] 2) Veränderung und Bewegung sind nicht zu leugnen.[2]

Erstere schien ihnen durch die Vernunft gewährleistet, letztere durch die sinnliche Wahrnehmung. Gewiss haben sie beide hier in Zugeständnis und Widerspruch den Eleaten gegenüber den rechten Weg eingeschlagen, um zu einer wissenschaftlichen Betrachtung zu gelangen. Aber die Folgerungen, welche sie aus diesen Prämissen zogen, waren grundverschieden: Leukippos endete mit der Aufstellung der Atome und des Leeren, Aristoteles mit der Unterscheidung der Aktualität und der Potentialität.[3] Atom und Leeres sind Abstraktionen, gewonnen aus sinnlichen Wahrnehmungen und über die Grenze sinnlich-auschaulicher Vorstellungen nicht hinausgehend. Das Atom stammt von der Tastvorstellung Widerstand leistender Körper, das Leere von der Gesichtsvorstellung der Zwischenräume, die sich scheinbar zwischen den Körpern befinden. Aktualität und Po-

---

[1] Zeller I. 5 S. 847, 2. G. v. Hertling, Materie und Form S. 13.

[2] Zeller I. 5 S. 847, 1. Diese Voraussetzung übersieht Lange, Gesch. d. Mater. I S. 12 f.

[3] Über die Genesis der letzteren Begriffe G. v. Hertling, Materie u. Form S. 9 ff.

tentialität sind Abstrakta, gleichmässig entnommen aus der inneren wie der äusseren Wahrnehmung. Die Atomistik lässt die Bewegung als Resultante aus dem Zusammen des Vollen und des Leeren [1]) hervorgehen, Aristoteles erfasst den Vorgang der Bewegung im weitesten Sinne selbst. Atome und Leeres sind konstituierende Prinzipien, aus welchen sich in sinnlich-anschaulicher Weise die Wirklichkeit zusammensetzt, Aktualität und Potentialität lediglich logische Prinzipien, bestimmt, sinnlich nicht fassbare Vorgänge, wie die qualitative Veränderung der Stoffe, erklärlich zu machen. Leukippos steht auf der Seite der blossen Materie, Aristoteles sucht eine feste Stellung zwischen Materie und Geist einzunehmen.

165. Beide Lösungen der Schwierigkeit haben, so genial sie erdacht sind, ihre Bedenken. Das Prinzip des Leukippos ist zu wenig allgemein, es vermag nicht, das Ganze des Wirklichen zu erklären. Vor allem leidet die seelische Bewegung keine Erklärung durch Atome und Leeres. [2]) Dagegen ist das Prinzip des Aristoteles wieder zu allgemein. Es ist überall brauchbar, aber in der Weise, dass es in der Anwendung leicht zu einem leeren Schema wird, das nicht nur überflüssig erscheinen könnte, sondern auch, zu ausschliesslicher Herrschaft gelangt, dazu verleiten kann, die Schwierigkeiten der Welterklärung zu verhüllen und so die Forschung zu hemmen. Immerhin kommt die sinnreich erfundene leukippische Theorie dem Bedürfnis der physikalischen, die aristotelische dem Bedürfnis der philosophischen Erklärung besser entgegen.

166. Sehen wir jedoch von dem heuristischen Werte beider Theorien ab, so kann es sich hier, da eine Prüfung der aristotelischen Naturphilosophie nicht Zweck unserer Darlegung ist, weiter nur um die Frage handeln: Ist Aristoteles im Rechte,

----

[1]) Ein grosses Missverständnis ist es, wenn T. Pesch, Die grossen Welträtsel I. 2 Freiburg 1892 S. 117 das Werden des Leukippos als einen blossen Übergang vom Leeren zum Vollen betrachtet, was nach atomistischer Anschauung ganz unmöglich ist, statt als ein durch die Bewegung herbeigeführtes Zusammentreten von Massenteilchen.

[2]) Vgl. G. v. Hertling, Über die Grenzen der mechanischen Naturerklärung. Bonn 1875. Th. Lipps, Grundthatsachen des Seelenlebens. Bonn 1883. S. 5.

wenn er die Annahme der Atome und des Leeren für unzulässig hält? Demokritos meint, eine ins Unendliche fortgesetzte Teilung würde zur Vernichtung aller Grösse führen.[1] In der That wird hier eine Schwierigkeit aufgedeckt, die mit der Behauptung unendlicher Teilbarkeit der Stoffe verknüpft ist; mit dem Fortschreiten der Teilung und des Kleinerwerdens der Teile scheint eine notwendige Annäherung an das Nichts Hand in Hand zu gehen. Aristoteles selbst gibt eine aktuelle Teilung ins Unendliche für unmöglich aus und leiht dem Argumente des Demokritos die ganze Schärfe seiner Dialektik.[2] Welchen Sinn dann die potentielle Teilbarkeit ins Unendliche für die Physik[3] noch haben soll, ist freilich nicht abzusehen. Was der Stagirite im allgemeinen gegen die Atome vorbringt, gilt nur unter der Voraussetzung, dass der Raum kontinuierlich erfüllt ist.[4] Eine andere Frage ist die, weshalb wir gerade durch Teilung der Materie auf das Wesen der Dinge kommen sollen. Wir stossen dadurch wohl auf möglichst kleine Teile der Körper und erhalten so die ersten Konstitutiven des Seienden, aber weiter ist damit nichts gewonnen. Auch sagt jenes Argument nichts darüber aus, welche Grösse dem Atom gegeben werden soll. Es wird zwar nützlich sein unmittelbar vor dem Grössenwert Null stehen zu bleiben, aber Aristoteles hat nach der ganzen Betrachtungsweise der ältesten Atomistik Recht zu sagen, dass es auch grosse Atome geben könne,[4] wie ja jene selbst die Grösse der Atome als verschieden bestimmt hatte. Ein Hauptbeweis des Aristoteles gegen den Atomismus ist die ihm feststehende Thatsache der qualitativen Verwandlung der Stoffe. Es muss zugegeben werden, dass zur Erläuterung der von Aristoteles gemeinten Erscheinungen die älteste Atomistik, soweit die Bruchstücke Aufschluss geben, nichts Erspriessliches beibrachte. Aber andrerseits ist die Ansicht des Aristoteles, dass sich ein Tropfen Wein auf zehn-

---

[1] Zeller I. 5 S. 850.
[2] K. Lasswitz, Gesch. d. Atomistik I S. 119.
[3] Über die logische Berechtigung der Annahme unendlicher Teilbarkeit bei stetigen Objekten s. Th. Lipps Grundzüge der Logik S. 120.
[4] S. Lasswitz a. a. O. S. 105.
[5] S. Lasswitz S. 122.

tausend Kannen Wassers wirklich in Wasser verwandle, [1])
ein Anzeichen dafür, dass auch er in die Tiefe der Dinge nicht
überall einzudringen vermochte.

167. Den aprioristischen Beweis der Atomiker für die
Existenz des Leeren hat bereits Gomperz gewürdigt.[2]) Allein
auch die Gründe, welche Aristoteles gegen die Annahme eines
leeren Raumes geltend macht, sind nicht ausreichend. Denn
sein Hauptgrund beruht auf seiner eigenen Definition des
Raumes,[3]) und wenn er die Bewegung durch Ausweichen der
Teile erklären will, so bedeutet das nur eine Verschiebung der
Schwierigkeit, nicht eine letzte Lösung. Konsequent aber
dachten die Atomiker mit den Eleaten darin, dass sie durch
die Atome auch die Existenz des leeren Raumes als gegeben
voraussetzten.[4])

168. Auffallend ist, dass Aristoteles den Satz: „Das Nichtseiende ist ebenso sehr als das Seiende"[5]) nicht ausdrücklich
rügte.[6]) Zwar denken die Atomiker, wie ihre Erläuterungen
sagen, unter dem „Nichtseienden" „das Leere", „das Dünne"
und beziehen sich bei ihrer Ausdrucksweise auf die Terminologie der Eleaten, aber Aristoteles ist sonst nicht geneigt,
seinen Vorgängern eine derartige Ungenauigkeit hingehen zu
lassen. Die Erklärung dafür mag wohl darin zu suchen sein,
dass die Atomiker zwei Arten von Sein unterschieden: ein
vollgültiges ($\varkappa\upsilon\varrho\acute{\iota}\omega\varsigma$) Sein [7]) und ein uneigentliches Sein.[8]) Er,
der das aktuelle und das potentielle Sein trennte, der eine
Privation kannte, mochte und konnte hier nicht eingreifen.

169. Auf die Gründe, welche Aristoteles gegen die Brauch-
barkeit der Atomistik zu physikalischen Erklärungen anführt,[9])

---

[1]) K. Lasswitz, Gesch. d. Atomistik I S. 83.
[2]) Gr. Denker I S. 282 f.
[3]) S. Lasswitz, Gesch. d. Atomistik I S. 106 f.
[4]) Vgl. auch G. Th. Fechner, Über die physikalische und philosophische Atomenlehre. Leipzig 1855 S. 151.
[5]) Met. I. 4. 985 b, 4 (Zeller I. 5 S. 849). Alex. met. 314, 5.
[6]) Met. 1011 b, 26 wird weniger an Leukippos und Demokritos gedacht.
[7]) Gen. et. corr. I. 8. 325 a, 28.
[8]) Phys. IV. 6. 213 a, 19.
[9]) S. K. Lasswitz, Gesch. d. Atomistik I. S. 109 ff.

ist keine Veranlassung weiter einzugehen. Sie sind durch die Geschichte der Naturwissenschaften praktisch widerlegt,[1] so anregend seine Bedenken auch auf die bessere Ausbildung der Atomtheorie gewirkt haben. Und kommt man jetzt auch von der Atomvorstellung selbst in naturwissenschaftlichen Kreisen zurück, so geschieht dies doch auf Grund ganz anderer Erwägungen, als sie der Stagirite angestellt hatte.[2]

170. Andrerseits darf jedoch auch nicht übersehen werden, dass es Aristoteles gelang eine Reihe von Unvollkommenheiten der ältesten atomistischen Theorie aufzudecken, so die Vorstellung von einem Oben und Unten im unendlichen Raum,[3] von der verschiedenen Grösse der Atome und von der unendlichen Zahl der Atomgestalten, von der gegenseitigen Berührung kleinster Körperchen, die unveränderlich starr sind, sowie insbesondere die Unzulänglichkeit ihrer Prinzipien.[4] Aus der durch das Leere erst ermöglichten Bewegung der Atome ist das „Wie" der erfolgenden Bewegung nicht abzuleiten, vor allem aber nicht ihre Ordnung, welche zu zweckmässigen Weltkonstruktionen und zu zweckmässigen Organismen auf der Erde führt. Ebenso blieb immer noch die Frage offen: Woher stammt denn dieses so beschaffene Ineinander von Atomen und Leerem? „Kein Ding w i r d umsonst," sagte Leukippos, wie es scheint in einer späteren Schrift, „sondern alle w e r d e n aus einem Grunde und unter dem Zwange einer Notwendigkeit."[5] Das Verbum „Werden", das hier zweimal steht, deutet darauf hin, dass der Atomiker diesen wichtigsten aller Grundsätze erst in der Erklärung des Kosmos einführte.[7] Gewiss hätten De-

---

[1] S. G. Th. F e c h n e r, Über die physikalische Atomenlehre S. 18 ff.

[2] Ich habe hier die Energetik von H e r t z - O s t w a l d (s. W. O s t w a l d, Die Überwindung des wissenschaftlichen Materialismus. Leipzig 1895) im Auge. Selbst Freunde der Atomistik wie B o l t z m a n n (Vorlesungen über die Prinzipien der Mechanik I Leipzig 1897 S. 1—6) sehen in den Atomen nur Bilder (a. a. O. S. 41); vgl. auch O. K ü l p e, Einleitung i. d. Philos. Leipz. 1898 S. 131.

[3] S. Z e l l e r I. 5 S. 866.

[4] Über das Problem des Unendlichen s. J. C o h n, Gesch. d. Unendlichkeitsproblems. Leipzig 1896 S. 27 f. 36 ff.

[5] S. Z e l l e r II. 2. 3 S. 286 f. G o m p e r z, Gr. Denker I S. 265.

[6] Z e l l e r I. 5 S. 870, 3; 4.

[7] In den Stellen für Demokritos liegt die Sache nicht anders. Nach

mokritos und Leukippos die gleiche Antwort auch auf die Frage nach dem „Woher?" erteilt, wenn diese ihnen gestellt worden wäre. Die Frage nach der Regelmässigkeit des Gewordenen lösten sie durch ein zweites ebenfalls erst in der Weltbildungslehre verwendetes Prinzip, durch den Satz: „Gleiches wird zu Gleichem gesichtet." [1]

171. Es könnte dem Aristoteles der Vorwurf gemacht werden, dass er den Zufall anerkenne [2]) und so in die populäre Weltauffassung zurücksinke. Allein auch Demokritos scheint das Zufällige nicht ganz ausgeschlossen zu haben, [3]) und bei Aristoteles hat der Begriff Zufall seine Beziehung auf den Zweck. Zeller [4]) kennzeichnet den Zufall im Sinne des Stagiriten als „Störung der Zweckthätigkeit durch die Mittelursachen", so dass also die Kausalität nicht aufgehoben erscheint. Die Schwierigkeit aber, welche darin ruht, dass gewisse Erfolge „zufällig" erscheinen und weder durch Ursache noch durch Zweck begriffen werden können, so z. B. das zeit-

---

der Darstellung des Aristoteles (gen. an. V. 8. 789 b, 2) „verwendet die Physis die Notwendigkeit," nach Diogenes IX. 45 ist sie fast mit dem Wirbel identisch.

[1]) D. L. IX. 31. Zeller I. 5 S. 888, 2. Vgl. auch Goedeckemeyer S. 64 ff. Wenn sich Demokritos auf das zwischen Anaxagoras und Empedokles verhandelte Problem, ob Gleiches durch Gleiches oder ob die Eigenschaften durch ihre Gegensätze erkannt werden, nicht einlassen wollte, wie aus der Angabe des Theophrastos sens. 49 zu schliessen ist, so erklärt sich dies daraus, dass die besondere Frage durch die atomistische Grundvoraussetzung, Gleiches könne nur durch Gleiches eine Einwirkung erfahren (gen. et corr. I. 7. 323 b, 10), das tiefere Interesse verloren hatte; denn „wenn auch Dinge andere seiend auf einander einwirken, so geschieht dies nicht, insofern sie andere, sondern insofern sie dasselbe sind." Damit war von vornherein der empedokleische Standpunkt eingenommen (vgl. Aristot. an. III. 427 a, 28 πάντες), wie denn auch Demokritos die empedokleische Poren- und Ausflusslehre bezüglich der Sinneswahrnehmung nachbildete, aber die qualitative Verschiedenheit der empedokleischen Elemente (und der Urstoffe des Anaxagoras) konnte bei der Deutung der Sinneswahrnehmung und des Denkens keine Schwierigkeit mehr einführen.

[2]) Zeller I. 5 S. 334.
[3]) S. oben S. 114.
[4]) II. 2. 3 S. 336. Vgl. W. Windelband, D. Lehren vom Zufall. Berlin 1870 S. 58 ff. 67.

lich-räumliche Zusammentreffen zweier Vorgänge, die nicht in
der geringsten kausalen Beziehung stehen, ist noch heute nicht
gelöst.[1] Lange[2] führt mit Recht aus, dass ein Ziegelstein,
der einem Menschen auf den Kopf fällt, mit Naturnotwendigkeit
gerade den in diesem Zeitmoment auf dieser bestimmten Stelle
befindlichen Kopf treffen musste. Aber damit ist noch nicht
erklärt, warum gerade in jenem bestimmten Momente sowohl
der Ziegel als auch der Kopf sich begegnen mussten. Diese
Frage ist es, die schon dem gewöhnlichen Denken Schwierigkeiten macht und bei einer rein kausalen Deutung des Welt-
geschehens erst recht peinlich wird. Aristoteles hat sich mit
derselben wenig befasst;[3] das Hauptinteresse an dem Begriffe
liegt für ihn auf dem Gebiete der Logik.[4] In der Naturerklärung aber kommt er häufig auf den Satz zurück: „Die
Natur thut nichts umsonst" d. h. ohne Zweck.[5]

172. Man hat in dem ersten Satze der Atomiker[6] neben
einer Abweisung des Zufalls zugleich „eine entschiedene Zu-
rückweisung aller Teleologie" erblickt.[7]. Dem gegenüber muss
hervorgehoben werden, dass die Stellen, in welchen jener
Grundsatz ausgesprochen ist, nichts von einem Kampfe gegen
die Zweckursache wissen. Die Behauptung, alles geschehe „infolge eines vernünftigen Grundes" könnte sogar als die teleologische Auffassung mit einschliessend ausgelegt werden. Die
Psychologie des Demokritos, welche die Seele höher stellt als
den Leib, würde eine teleologische Betrachtung nicht unmöglich machen. Es könnte nur der Fundort der leukippischen
Stelle auf jene Deutung schliessen lassen. Demnach wäre der

---

[1] Vgl. Windelband S. 68.
[2] S. 13.
[3] Vgl. Index s. v. σύμπτωμα, wonach dies Wort keinen fest um-
schriebenen Begriff ausdrückt, sondern soviel wie „Umstände" bezeichnet
(s. z. B. gen. an. IV. 10. 777b, 8 u. sonst).
[4] Windelband S. 59. 69 ff.
[5] S. die im Index Aristotelicus s. v. μάτην am Anfang gesammelten
Stellen.
[6] S. S. 165 (Abs. 170).
[7] Lange, Gesch. d. Mater. I S. 13. Vgl. Zeller I. 5 S. 901 f.
872. III. 1. 2 S. 371. Goedeckemeyer S. 33. Genauer drückt sich
Gomperz, Denker I S. 293 aus.

Sinn des Satzes folgender: „Du hast recht, Anaxagoras, es
wird kein Ding umsonst (ohne Grund); aber wir müssen deshalb noch keinen Geist annehmen, die Annahme eines vernünftigen (d. h. mit der Vernunft zu erfassenden) Grundes und
einer Notwendigkeit genügt." Indes diese Auslegung wäre
sehr gezwungen und natürlicher ist, dass Leukippos damit
überhaupt nur den Zufall abwehren wollte. Anaxagoras konnte
den Satz, so wie er dasteht, ohne weiteres unterschreiben.
Noch Demokritos führt eine heftige Fehde gegen den Zufall.[1]
Das bezeugen besonders seine Beispiele,[2] die alle höchst unglücklich gewählt wären, wenn Demokritos die teleologische
Naturbetrachtung hätte widerlegen wollen. Eines derselben
lautet: Ursache dafür, dass der Schädel des Kahlköpfigen zer-
trümmert wird, ist der Adler, welcher die Schildkröte herab-
wirft, damit ($\H{o}\pi\omega\varsigma$) die Schale zerbreche.[3] Auch die andern
setzen Fälle, in welchen ein zweckbewusstes Handeln statt-
findet. Eudemos hätte den Zweck statt des Zufalls nennen
müssen, wenn er dem Demokritos das Wort gönnt: „Aber
vielleicht würde Demokritos sagen, nicht der Zufall macht es,
dass der Durstige Wasser trank und so gesund wurde, sondern
das Dursthaben." Es wird so wahrscheinlich, dass die atomistische Philosophie trotz der anaxagoreischen Nuslehre über
den Begriff des Zweckes noch nicht nachgedacht hat, und dem
entspricht durchaus die Ausdrucksweise des Aristoteles, der
jenen wie überhaupt den Physikern nur die Vernachlässigung der Zweckursache Schuld gibt.[5] Auf diese Weise
begreift sich auch die Harmlosigkeit, mit welcher Demokritos
sich der Teleologie in der Beschreibung des menschlichen
Körpers näherte,[6] trotz der rein ätiologischen Betrachtungs-

---

[1] Eudemos bei Simpl. phys. II. 4. IX. 330, 17 Diels.

[2] S. Zeller 870 ff., besonders 871, 1.

[3] Simplic. a. a. O. Diels. Die Fabel, auf welche Demokritos an-
spielt, wurde, vielleicht wegen der Bedeutung der Schildkröte für das
Lyraspiel, auf den Tod des Aischylos übertragen (s. Christ, Griech.
Litteraturgesch. S. 158). Aristot. wählt phys. II. 6. 197b, 30 das Beispiel
eines herabgeworfenen Steines.

[4] Simplic. a. a. O. 328, 4 Diels.

[5] De respir. 4. 472a, 2. Zeller I. 5 S. 870, 4.

[6] S. Zeller I. 5 S. 901 f. Vgl. G. Teichmüller, Neue Studien

weise, die er anderwärts durchführt. [1]) Somit kann Demokritos
das Verdienst nicht zugesprochen werden, wenn dies überhaupt
eines ist, aus der wissenschaftlichen Betrachtung die Teleologie
verbannt zu haben.

173. Es darf deshalb in der Einführung der Zweckbetrach-
tung durch Platon und in ihrer massvollen Durchführung seitens
des Stagiriten [2]) ein historisches Verdienst erblickt werden.[3])
Sache der Weiterentwicklung war es zu lehren, wieweit sich
dieses Prinzip bewähren konnte. Jedenfalls war die aristotelische Betrachtung geeigneter, die Unterscheidung des Zweckmässigen und des Unzweckmässigen, auf welcher die Darwinsche
Descendenztheorie aufgebaut ist, zu fördern als die abenteuerliche Lehre des Empedokles, in welcher L a n g e [4]) eine notwendige Ergänzung des demokritischen Systems findet. Es ist
übrigens fraglich, ob die Atomistik wirklich eines Prinzips bedarf, welches zeigt, wie mit Hilfe der Seelenatome „statt be-
liebiger zweckloser Gebilde die fein gegliederten Körper der
Pflanzen und Tiere mit all ihren Organen zur Erhaltung des
Individuums und der Arten zu stande kamen." [5]) Die Atomiker konnten sich durch die Umgebung der Erde ein sich
nach allen Richtungen kreuzendes System von Bewegungen ge-

---

z. Gesch. d. Begriffe. III Gotha S. 405 Anm. 415 f. Stob. flor. III. 35.
Aelian. anim. nat. XII. 16 φύσεως ποίημα (Mull. fr. 3).

[1]) So bezüglich des Ausfallens der Zähne bei Aristot. part. an. V. 8.
788 b. 9—14 und verschiedener Erscheinungen im Tierleben (Aelian. anim.
nat. XII. 16. 17. 18. 19. 20. Die Stellen sind nicht zu verdächtigen).
Wenn er die Spinne ein Vorbild der Menschen in der Kunst sein lässt
(Plut. soll. an. 20, 1), so klingt das an die vulgäre Tierpsychologie an,
welche den Tieren Zweckhandlungen zuschreibt (die Fabel vom Adler und
der Schildkröte ist weniger zu urgieren); daneben betont er wieder ätiologisch, das Spinnennetz sei ein Ausscheidungsüberschuss, dessen sich die
Spinnen entledigen (Ps.-Aristot. IX. 39; Mull. 139). Den empedokleischen
und pythagoreischen Ausdruck περίττωμα (s. Diels Doxogr. s. v.) konnte
Demokritos wohl gebrauchen.

[2]) S. G. v. H e r t l i n g, Über die Grenzen der mechanischen Naturerklärung. Bonn 1875. S. 43 ff.

[3]) Vgl. O. K ü l p e, Einleitung in die Philosophie. Leipz. 1898.
S. 157 ff.

[4]) S. 22 f.

[5]) L a n g e S. 22.

zogen denken, welches mit Notwendigkeit die Atome so gruppiert, dass die anscheinend zweck- und regelmässigen Organismen entstehen. Hier kann ausser an den oben erwähnten Satz, dass Gleiches zusammenstrebe, noch daran erinnert werden, dass die Atomistik das Aufwärtsstreben der Organismen durch die Kugelatome erklärte und dass Demokritos die Porenlehre benutzte, welche den Begriff der Symmetrie einführte.[1]) Unter gleichen Gewichtsverhältnissen zwischen den Elementen, konnten sie sagen, werden an der Erde Pflanzen gleichen Aussehens emporgetrieben und unter veränderten Verhältnissen andere. So entsteht auch der Mensch, obschon unter weit verwickelteren Bedingungen; er ist im Grunde nur das, was wir sehen, ist nur durch Gestalt und Farbe,[2]) nicht etwa durch ein inneres Bildungsprinzip. Die Frage nach dem „Wozu?" durften sie abweisen und die nach dem „Wie?" der Bewegungsvorgänge der Zukunft überlassen.[3])

174. Es bleiben nun noch die von der Atomistik geschaffenen Begriffe zu besprechen. Anerkannt ist, dass der aristotelische Begriff der Materie ein unhaltbares Mittelding zwischen Seiendem und Nichseiendem ist.[4]) Von formell streng ausgebildeten Begriffen ist bei der ältesten Atomistik nach einem Worte des Aristoteles nicht die Rede. Allein Leukippos und Demokritos

---

[1]) Vgl. auch Simpl. coel. 109 b, 41 (Zeller I. 5 S. 887, 2).

[2]) Democr. bei Aristot. I. 1. 640 b, 30.

[3]) Die erkenntnistheoretische Schwierigkeit, welche der Physiker P. Volkmann darin findet, dass eine chemische Verbindung ganz andere Eigenschaften aufweist als ihre Elemente, dass die Eigenschaften der ursprünglichen Elemente vernichtet erscheinen (Erkenntnistheoretische Grundzüge der Naturwissenschaften. Leipzig 1896 S. 34 f.), kann gegen die alte Atomistik nicht erhoben werden, da die zu Grunde liegenden Beobachtungen noch nicht gemacht waren. Vgl. übrigens G. Th. Fechner, Atomenlehre S. 35 ff. Gomperz, Gr. Denker I S. 263 f.

[4]) G. v. Hertling, Materie u. Form S. 97 ff. Bäumker, Probl. d. Materie S. 251 ff. Durch die Abhandlung von Fr. Gundisalv Feldner „Der Urstoff oder die erste Materie" (Commers Jahrbuch für Philos. u. spekulative Theologie XIII. 1898. 133. 289. 421), in welcher weder ein methodisches Aristotelesstudium (vgl. z. B. S. 442 ff. mit der oben S. 101, 1 angeführten Stelle) mitspricht noch die thatsächliche Entwicklung der Naturwissenschaften zu ihrem Rechte kommt, scheint mir die Ehre der aristotelischen Materie nicht gerettet.

verliehen ihren Grundvorstellungen doch gewisse Merkmale, so dass wir von einem Begriffe des Vollen und des Leeren bei ihnen sprechen können. Da ist denn der Atombegriff ein ganz ausgezeichnetes Mittel, die pythagoreische Zahlenspeku-lation im Bereiche des Physikalischen anwendbar zu machen. Jetzt war es möglich über die Grenzen der äusseren Formen in das Innere der Dinge einzudringen. Er ist zugleich ein an-schaulicher Begriff, da er von der Vorstellung des Körperlichen aus gewonnen wurde und die Schranken der Körperlichkeit nicht überschreitet. Ein Widerspruch haftet ihm nicht an; [1]) die Schulung des eleatischen Denkens war der Atomistik sehr zu statten gekommen. Dagegen fehlt ihm noch die feine Aus-bildung, welche ihn für die exakte Forschung erst brauchbar machte. Denn über Grössengruppen der Atome hatte Demokritos nichts ausgemacht; im Gegenteil möchte man fast schliessen, er habe sich alle Atome an Grösse ungleich gedacht. [2]) Wenn er von der Verhäkelung gleichgestalteter Atome und dem Sich-zusammenfinden des Gleichen [3]) spricht, so ist damit über die Gleichheit der Grösse in dieser Atomgruppe noch nichts aus-gesagt. [4]) Die Unregelmässigkeit der Atomgestalten wurde schon im Altertume gerügt. [5]) Lasswitz [6]) vermisst in den Be-stimmungen des Aristoteles die Rücksicht auf das Quantitative. Das Gleiche gilt von der ältesten Atomistik. Leukippos spricht z. B. in der Erklärung des Schlafes und Todes lediglich von einem Mehr und einem Zuviel der aus dem Körper her-austretenden Seelenatome; [7]) dass er das Verhältnis nicht nach-weisen konnte, hielt ihn von der Aufstellung der Theorie nicht ab. An Überführung des Qualitativen in das Quantitative hat Demokritos trotz seiner mathematischen Studien noch nicht ge-dacht. [8]) Lasswitz meint, bei Aristoteles hätten Experimente,

---

[1]) Zeller I. 5 S. 851 ff.

[2]) Zeller I. 5 S. 855.

[3]) Zeller I. 5 S. 888, 2.

[4]) Vgl. auch die Stellen bei Zeller I. 5 S. 857, 1. Aristot. coel. IV. 2. 309 a, 2.

[5]) S. Zeller I. 5 S. 856, 2.

[6]) K. Lasswitz, Gesch. d. Atomistik I S. 99.

[7]) Aet. V. 25, 3. 437a, 13.

[8]) In der Farbenlehre spricht auch er nur von einem Mehr oder

wenn sie angeführt würden, oft so falsche Resultate, dass die
Ungenauigkeit auf der Hand liege, so z. B. wenn angegeben
werde, dass ein Gefäss voll Asche ebensoviel Wasser aufnehme,
als wenn es leer sei. Das Experiment stammt jedoch garnicht
von Aristoteles, sondern von Demokritos,[1]) der es eben als
empirischen Beweis für die Existenz des Leeren beibringt. Bei
dem Atomiker aber kann die „Anwendung der Substantialität
als Denkmittel“ den auffallenden Fehler nicht erklären, sondern
nur die in den Zeitverhältnissen begründete mangelhafte Ausbildung der Theorie. Übrigens haben wir keinen Grund, dem
Atomiker einen solchen Grad von Ungenauigkeit zuzuschreiben,
wie sie in der Annahme liegt, das mit Asche vollständig
erfüllte Gefäss nehme noch ebensoviel Wasser auf wie das leere.
Demokritos durfte vielleicht die wenigen Tropfen unbeachtet
lassen, die beim Um- und Zurückgiessen oder durch Verdun-
stung des Wassers verloren gehen konnten, aber wenn er überhaupt den beschriebenen Versuch wirklich ausführte — und
das ist doch anzunehmen —, so muss er die Unrichtigkeit
jener Behauptung sofort entdeckt haben. Schon das zum
vierten Teile mit Asche gefüllte Gefäss nimmt nicht mehr
gleichviel Wasser auf wie das leere.[2]) Bei ungenauer Messung
genügte bereits der zehnte Teil Asche, um zu beweisen, dass
in demselben Raume, dem Gefässe, neben der den Raum vollständig erfüllenden Wassermenge noch ein anderer Körper
Platz findet, dass also, falls nicht zwei Körper an demselben

---

Weniger, ganz allgemein (z. B. Theophr. sens. 76 fl. 522, 9; 13; 24. S. auch
517, 25. 521, 17 u. s. w.).

[1]) In der Stelle Aristot. phys. IV. 6 ist es nicht begründet, wenn
Zeller und Überweg-Heinze den Demokritos als Urheber der vier
Beweise angeben. 213 a, 34 wird Leukippos mitgenannt und 213 b steht
bei den Verba der Plural. Mit besserem Rechte gibt Gomperz, Gr.
Denker I S. 282 f. die drei ersten Beweise dem Leukippos und den vierten,
der an die Experimente des Anaxagoras erinnert, dem Demokritos.

[2]) Ἴσον — ὅσον phys. IV. 6; 213 b, 21 (vgl. phys. IV. 9. 216 b, 26 ff., wo
die Atomiker ebenfalls auf das ἴσον sehen). lässt keinen Zweifel darüber,
wie es Demokritos meinte. Man darf daher nicht mit Gomperz (Gr.
Denker I S. 283) ein „nahezu“ vor „gleichviel“ einsetzen oder mit Überweg-Heinze (I. 8 S. 93) erläutern, das mit Asche gefüllte Gefäss nehme,
„obschon weniger Wasser, als wenn es leer wäre, nicht um ebensoviel
weniger Wasser auf wie der Raum beträgt, den die Asche einnimmt.“

Orte sein sollten, [1]) leere Innenräume im Wasser und in den Aschenstäubchen [2]) anzunehmen sind. Aristoteles berichtet auch nur, dass die Asche nach der Aussage der Atomiker gleichviel Wasser zulasse wie das leere Gefäss. Immerhin aber ist eine Ungenauigkeit festzustellen, die Demokritos in einem Falle beging, wo es vor allem auf peinlichste Sorgfalt ankam.

175. Sehr nahe gelegt war durch die atomistische Vorstellungsweise der Begriff der Reizschwelle. [3]) Die Überreste der demokritischen Naturbetrachtung sagen jedoch nichts davon, dass der Abderite auf denselben nur von ferne zukam. Im Gegenteil scheint er das Wachstum der Organismen als ein sprunghaftes aufgefasst zu haben. Denn er argumentiert also: Die Nahrung ist Körper, es ist aber unmöglich, dass zwei Körper zu gleicher Zeit am gleichen Orte sind. [4]) Dies konnte er nicht, wenn er ein allmähliches, wenn auch unbemerktes Grösserwerden der Organismen angenommen hatte. Dass wir die Abstände zwischen manchen Sternen nicht wahrnehmen, setzt er zwar voraus, wenn er, besser als Aristoteles [5]), die Milchstrasse aus vielen kleinen Sternen gebildet sein lässt; aber wie das „Zusammenglänzen" derselben geschieht, hat er sich nicht deutlich gemacht.[6])

Auch Aristoteles scheint in mathematischer Beziehung zuweilen die Genauigkeit vermisst zu haben.[7])

---

[1]) Vgl. 213b, 20.

[2]) So scheint auch Heinze a. a. O. die Stelle aufzufassen. An die Innenräume des Wassers allein denkt Zeller I. 5 S. 850, 1; das Experiment wurde nach 214b, 4 jedenfalls so ausgeführt, dass das Wasser in die Asche gegossen wurde, nicht umgekehrt. Gomperz, Gr. Denker I S. 283 lässt das Leere nur in der Asche enthalten sein. Nur bei Voraussetzung von gegenseitiger Durchdringung des Wassers und der Asche konnte Demokritos den Einwand fernhalten, in der Asche sei Luft, und diesen Einwand musste Demokritos von der Schule des Anaxagoras, der die Existenz der Luft durch Experimente mit Schläuchen und Wasseruhren nachwies, jeder Zeit gewärtigen.

[3]) Democr. Theophr. sens. 68: Das in kleine (Atome durch das dazwischen befindliche Leere) Verteilte ist unempfindbar. Vgl. auch Aristot. fr. 208.

[4]) Aristot. phys. IV. 6. 213b, 19.

[5]) S. Zeller II. 2. 3 S. 472.

[6]) S. Aet. III. 1, 6. 365a, 17 = b, 17.

[7]) S. z. B. das über das Verhältnis des Leeren zum Vollen Gesagte

176. Eine weitere Unvollkommenheit des ältesten Atombegriffs war die noch grobsinnliche Auffassung der Gestalten, die freilich notwendig schien, um das Entstehen zusammenhängender Körper [1]) und insbesondere der „Häute" zu erklären, von welchen man sich die Himmelskörper wie die anderen Körper umschlossen dachte.

177. Weniger gilt das letztere von dem Begriff des Leeren, obwohl Aristoteles es mit einem Gefässe vergleicht, welches voll sei, wenn es die ausgedehnte Masse ($\check{o}\gamma\varkappa o\varsigma$) habe, die es aufnehmen kann. [2]) Jedoch haben offenbar die Atomiker diesen Begriff nicht klar genug durchdacht; die Schwierigkeit, welche in seiner Unendlichkeit liegt, machte ihnen nicht zu schaffen. [3])

178. Über die ins einzelne gehende Naturerklärung des Demokritos kann hier nur allgemein geurteilt werden. Sie ist durchaus konsequent und verrät uns, wie deutlich dieser Denker die Anwendbarkeit der Prinzipien erkannt hatte. Dabei leidet sie aber an der eben berührten Unbestimmtheit und gerät deshalb und infolge des Mangels an gesicherter Empirie ins Abenteuerliche. Das Übersehen von Gegeninstanzen macht ihm Aristoteles gelegentlich seiner Deutung des Zahnausfalls bei Tieren zum Vorwurf und hält ihm eine Vorlesung darüber, dass, wer eine allgemeine Behauptung aufstellen wolle, auch alle in das betreffende Gebiet fallenden Thatsachen mitberücksichtigen müsse.[4])

---

bei K. Lasswitz. Gesch. d. Atom. I. S. 110; ferner S. 112. 115. 128. Ein Talent Holz kann nach ihm in der Luft schwerer sein als der 60. Teil Blei, im Wasser jedoch leichter (coel. IV. 4. 311b, 3). Wenn er einen Tropfen Wein in 10000 Kannen Wassers sich verwandeln lässt, so hat er doch wenigstens auf numerische Verhältnisse geachtet. (Pol. II. 1, 17 sagt Aristoteles, wenig Süssigkeit in viel Wasser gemischt, mache die Mischung unwahrnehmbar).

[1]) S. Zeller II. 2. 3 S. 410, 4.

[2]) Phys. IV. 6. 213a, 16. Vgl. IV. 7. 213b, 31.

[3]) S. C. Deichmann, D. Problem d. Raumes i. d. griech. Philos. bis Aristoteles. Leipziger Dissert. Halle 1893 S. 29. 49f. 91ff. Der Tadel, den dieser S. 95 gegen Aristoteles ausspricht, ist nicht ganz berechtigt. Die Atomiker, welche der Stagirite bekämpft, hatten thatsächlich beweisen wollen, dass leerer Raum in den Körpern sei.

[4]) Gen. an. V. 8. 788b, 19. (Vgl. auch part. an. III. 2. 663b, 28).

179. Fassen wir das Gesagte kurz zusammen: Leukippos hat die Naturphilosophie von dem drohenden Untergange gerettet und eine Theorie geschaffen, welche, verfeinert und fortgebildet, in der Naturerklärung das Grösste zu leisten im stande war. Weder Empedokles noch Anaxagoras noch die Pythagoreer können sich hierin mit den Atomikern messen. Nicht nur Platon, sondern auch Aristoteles gelang es nicht, auf dem Boden einer anderen Weltanschauung ein für die Bedürfnisse der Naturerklärung gleich fruchtbares System von Begriffen und Prinzipien zu entfalten. Auf der anderen Seite aber ist die atomistische Theorie darin einseitig, dass sie aus der Materie die ganze Welt einschliesslich des Geistigen erklären will. Auf diesem Punkte verwickelt sie sich in Unmöglichkeiten oder bleibt wie in der Götterlehre bei Halbheiten stehen. Dass Aristoteles zum ersten Male in umfassender Weise den Standpunkt der gedanklichen Anschauung der Naturwelt dem atomistischen Materialismus gegenüber in richtiger Erkenntnis seiner Bedeutung geltend machte und dass er für lange Jahrhunderte nicht nur das Wichtigste dazu beitrug, die Atomistik in ihre Schranken zu weisen, sondern auch das naturwissenschaftliche Denken selbst vertiefen und verfeinern half, das sollte ihm von Freund wie Feind unvergessen bleiben. Auch die Freunde des Demokritos verhehlen nicht, wie „kindlich" oft seine Erklärungen der Erscheinungen sind. Mustern wir die Polemik, die Aristoteles und Theophrastos hier üben, so müssen wir über die Geduld staunen, mit der sie die Ungeschicklichkeit (ἄτοπον) solcher Deutungen nachzuweisen sich Mühe geben oder eine Aporie in ihnen aufdecken. W i r lächeln oder machen sie mit einem „plump" und „naiv" ab. Wenn wir aber das Verfahren des Aristoteles in Bausch und Bogen verwerfen, so entgeht uns, dass gerade ein derartiger Reinigungs- und Läuterungsvorgang notwendig war, um das europäische Denken in die Gestalt zu bringen, die es heute angenommen hat. Von den Schlacken der Sinnlichkeit wird ein naturwissenschaftliches System niemals befreit werden durch eine Philosophie, die sich selbst von der Sinnlichkeit nicht losreissen kann.

Exkurs.

Zur Farbenlehre des Demokritos.

Die Farbenlehre des Demokritos[1]) enthält eine Reihe
dunkler Punkte. Alle befriedigend aufzuhellen, dürfte schwerlich je gelingen, solange wir die Forschungsmittel des Demokritos nicht kennen und die selbst nicht hinreichend bestimmten
Farbenbezeichnungen der Alten nicht mit Sicherheit in unsere
Farbenreihe einordnen können. [2]) Da sie indes einen lehr-
reichen Einblick in die Farbenstudien jener Zeit wie in die
Forschungsweise des Demokritos gewährt, mögen einige Seiten
derselben näher betrachtet werden.

Nur im allgemeinen sei bemerkt, dass Demokritos wie in
der Optik überhaupt, so auch in der Farbenlehre hinter Aristoteles zurücksteht. Aristoteles verarbeitet ein viel grösseres Beobachtungsmaterial und hat auf die Scheidung des Subjektiven
und Objektiven viel mehr Mühe verwendet. [3]) Jener dagegen
ist noch zu sehr in naiv sinnlichen Anschauungen befangen
und gibt Gestaltqualitäten, die er einzig dem Tastsinn zuzuschreiben scheint, einfach an seine Atome hinüber, wieder ein
Beispiel seiner Abstraktionsweise, die sich eigentümlich im
Kreise des Sinnlichen herumdreht.

---

[1]) S. über dieselbe C. Prantl, Aristoteles über die Farben. München
1849 S. 48 ff., besonders über die Grundsätze der demokritischen Farbenlehre S. 49 ff. Jul. Walter, Gesch. d. Ästhetik: Altertum. Leipzig 1893
S. 111 ff. 158 f. Gomperz, Griech. Denker I S. 267. Goethe, Materialien
z. Gesch. d. Farbenlehre I. Abt. Betrachtungen über Farbenlehre und
Farbenbehandlung d. Alten tadelt, dass sich nach D. der schärfste Sinn
in den stumpfsten auflöse, uns durch ihn begreiflicher werden solle; ferner,
dass die Behauptung, die Farbe sei „ganz konventionell", sich schwer mit
ihrer Zurückführung auf die objektiven Verschiedenheiten des Tastbaren
vereinigen lasse. Welche Bedeutung die demokritische Lehre für ihn geschichtlich haben musste, hat Goethe nicht gesehen.

[2]) Wir halten uns daher möglichst an die etymologische Bedeutung
der Farbenbezeichnungen.

[3]) S. Prantl S. 80 ff. Die Erscheinung der Rückbrechung (ἀνάκλασις)
hatte Demokritos wohl erkannt, aber nach Aristoteles (s. Prantl S. 119,
der nur nicht genau übersetzt) noch nicht verstanden.

Die Helligkeitsempfindungen Schwarz und Weiss trennt er noch weniger als Aristoteles von den Farbenempfindungen; daher erkennt er auch die Natur des Braun nicht. Wohl aber spricht er von einer grösseren oder geringeren Reinheit der einfachen Farben und führt sie auf die grössere oder geringere Ungemischtheit zurück. Eine Art spezifischer Helligkeit schreibt er den Farben zu, indem er Schwarz als Bestandteil in Waidblau (Isatis), Stahlblau [1]) und Nussfarbe, Weiss in Goldgelb und Schwefelgrün [2]) erblickt. Purpur, das nach ihm Weiss und Schwarz, jedoch ersteres in grösserer Menge enthält, scheint er für dunkler als sein Urrot, aber trotzdem nicht als eine der dunkleren Farben angesehen zu haben. In seinem Urrot und Urgrün hat er offenbar einen solchen Grad der Helligkeit nicht entdeckt und sie wohl deshalb mit zu den „einfachen" Farben gestellt.

Bietet die letztere Thatsache für die neuere Psychologie einiges Interesse, die ähnlich urteilt, [3]) so für die Ästhetik der Versuch, das Wohlgefallen an Blau und Purpur durch Annahme einer Mischung von gegensätzlichen Farben (Weiss und Schwarz bei Purpur, Rot und Grün bei Blau) und durch Voraussetzung einer guten Symmetrie der gemischten Farben theoretisch zu begründen. Bei Purpur [4]) gibt er letzteres als Bdingung des Wohlgefallens ausdrücklich an, indem er ausführt, diese Farbe sei angenehm, weil Rot den grössten, Schwarz den kleinsten und Weiss einen mittleren Teil habe. Ebenso ist aber auch bei jenem Blau das Rot [5]) in die leeren Zwischenräume des Weiss hinein „gefallen" und deshalb für das hinzukommende Grün nicht mehr viel Platz übrig. Die dritte Teilfarbe scheint hier die Bedeutung zu haben, den Gegensatz der beiden stärker vertretenen Farben zu mildern.

Eine schwache Ahnung davon, dass die Farben eine stetige Reihe bilden, hat Demokritos wohl gehabt. Die Farbenunter-

---

[1]) So einstweilen für das strittige κυανοῦν.

[2]) Denn auch dies hat nach Theophr. sens. 77. 522, 15 Diels am „Leuchtenden" (= Weiss) teil.

[3]) A. Höfler, Psychologie. Wien 1897 S. 111 f.

[4]) Theophr. sens. 77. 522, 9 f. Diels.

[5]) Ebd. 76. 522, 3; 5 f. Diels.

schiede, meint er, [1]) entstehen dadurch, dass man mehr oder
weniger von den Farben nimmt. Im Grunde sei die Anzahl
der Farben unendlich, wenn man das eine hinwegnehme, das
andere hinzuthue und von dem einen weniger hinzumische, von
dem anderen mehr.[2]) Die Beziehung zwischen Schwarz und
Weiss ist ihm gewiss aufgefallen, vielleicht auch die von Grün
und Rot. Ausserdem aber keine sonstige Beziehung, abgesehen
von den Verhältnissen der gemischten Farben zu den einfachen
oder zu ihren Bestandtheilen.

In der Beschreibung dieser Verhältnisse besteht das Aus-
zeichnende der demokritischen Farbenlehre. In der Aufstellung
von vier Grundfarben, worunter er wie Empedokles diejenigen einfachen Farben versteht, durch deren „Mischung“
sich die anderen ergeben, ist ihm dieser vorausgegangen. Er
scheint wie bei den Elementen [3]) von jenem abhängig; denn es
ist, da Schwarz in anderem Sinne einen Gegensatz zu Weiss
bildet als Grün zu Rot, die Zusammenfassung der vier Farben
etwas Willkürliches, und Demokritos hätte, da er von seinen
gemischten Farben Waidblau in Lauchgrün und Stahlblau
(auch in Braun), ferner Purpur in Lauchgrün und Stahlblau in
die Nussfarbe eingehen lässt, sie also selbst wieder als Bestand-
teile anderer Farben verwendet, eigentlich eine andere Einteilung
des Farbensystems wählen müssen. Dennoch ist hier ein durch-
greifender Unterschied zwischen den beiden Philosophen. Empedokles bringt die vier Grundfarben zu den vier Elementen
in Beziehung. [4]) Das konnte Demokritos nicht thun, wenn er
die Farben auf die Qualitäten des Tastsinns und auf die
Lagerungsverhältnisse der Atome zurückführen wollte. So
finden wir denn jetzt die Unterschiede der vier einfachen
Farben auf Unterschiede der Atome zurückgedeutet. Eine
Verbesserung an der empedokleischen Lehre [5]) scheint er dadurch erstrebt zu haben, dass er als vierte Grundfarbe nicht

---

[1]) Theophr. sens. 76. 522, 7.
[2]) 522, 21.
[3]) Zeller I. 5 S. 867.
[4]) S. Prantl S. 41 f. Gomperz I S. 204.
[5]) Auch Pythagoreer sollen diese vier Farben aufgestellt haben
Aet. I. 14, 7. 313 a = b, 21.

Gelb, sondern Gelbgrün ansetzte.[1])   Das mag mit Rücksicht
auf das Grün der (jungen) Pflanzen geschehen sein,[2]) muss
aber doch eine tiefere Ursache haben, da damit der einfache
Charakter der grünen Farbe auch im Sinne des Demokritos
noch nicht gewonnen ist.   Und ebenso ist auffallend, dass er
die fünfte (dritte) Grundfarbe nicht gefunden hat.

Das führt auf die Frage, wie Demokritos seine einfachen
Farben begründet und wie er aus ihnen seine Mischfarben ab-
geleitet hat.   Hier muss betont werden, dass die Bemerkung
Prantls,[3]) die Farbenlehre der griechischen Naturphilosophen
sei mehr chemisch, wie die der modernen Physik entschieden
mathematisch, auf Demokritos nicht zutrifft.   Auch kann für denselben bei der Aufstellung der vier Grundfarben die Malertechnik
nicht massgebend gewesen sein, wie dies von Empedokles behauptet wird;[4]) ja selbst bei diesem ist das Fehlen von Blau
neben Rot und Gelb eigentümlich.   Grün jedenfalls wird aus
Blau und Gelb gemischt, und in der That sind auf den alten
polychromierten Gegenständen (Bauwerken) neben Weiss und
Schwarz hauptsächlich Rot, Blau und Gelb vertreten.   Ebenso
wenig aber ist die demokritische „Mischung" der einfachen
Farben eine solche von Farbstoffen; auch der antike Maler
konnte nicht sagen, dass Rot und Weiss gemischt Goldgelb,
Grün und Schwarz Blau, Purpur und Blau oder Grün und
Purpur Lauchgrün, Grün und Stahlblau Braun ergeben.[5]) Und
an eine Mischung der Farben im physikalischen Sinn ist ganz
und gar nicht zu denken.

So bleibt nur die Annahme übrig, dass Demokritos seine
einfachen Farben wie seine Mischfarben durch Analyse des
psychologischen Eindrucks fand.[6]) Werden doch nach ihm die

---

[1]) Man will zwar (s. Diels prol. 50. 313, 12) überall statt ὠχρόν
lesen χλωρόν. Aber Gomperz I. 267 hält mit Recht an der alten Überlieferung fest; vgl. Aristoteles bei Prantl S. 106 (ὠχρόν = Eigelb) und
Platon ebd. 67 ff. (ξανϑόν und ὠχρόν); ferner 108. 117. 124 f.

[2]) Vgl. Theophr. sens. 78. 522, 20. 75. 521, 21.

[3]) S. 27.

[4]) S. Gomperz I S. 187 f. 267.   Für Aristoteles vgl. Prantl, 112, 1.

[5]) Für das Folgende s. fr. phys. 37—39 Mull. Theophr. sens. 76—78.
522. Prantl S. 54 f.

[6]) Vgl. E. Kühnemann, Grundl. d. Philosophie S. 153 Anm. 2.

Farben nur in der „Vorstellung" wahrgenommen,[1] was der
alte Berichterstatter auch da, wo er die vier Unterschiede der
Farben aufzählt, noch einmal vorbringt.   Rechnet man Weiss
und Schwarz zu den farbigen Empfindungen, so wird man bald
auf sie als auf einfache nicht weiter zurückführbare Qualitäten
stossen, und ebenso erspäht psychologische Beurteilung der
Farbeindrücke leicht das Rot in einer Reihe von Farben,
während es selbst nicht zerlegbar erscheint.   Die Einführung
von Grün statt Gelb ist aber schwerlich physikalischen Erwägungen zu danken, zumal es sich wohl um Grüngelb handelt;
die Möglichkeit von dieser Zwischenfarbe leicht zu Gelb und
Grün überzugehen, mag bei der Wahl der Nüance mitgewirkt
haben.   Durch geringe Unterschiede in der Mischung sollten
ja die unzähligen Farben hergestellt werden, deren keine der
anderen gleich sei. [2]

An einigen Stellen hat Demokritos uns verraten, wie er
vorging. ‚Er will beweisen, dass seine Angaben richtig sind,
und beruft sich nicht auf die jedermann überzeugenden Ergebnisse der Farbstoffmischung, sondern auf den Anblick:
„Dass Schwarz und Rot im Purpur ist, ist durch den Anblick
($\check{o}\psi\iota\varsigma$) klar." [3]   Der Anblick konnte ihm aber nur sagen, dass
Purpur zu den roten Farben gehöre; dass Schwarz ebenfalls
darin sei, folgte für ihn höchstens durch einen Analogieschluss:
Schwarz ist dunkler als Weiss; da Purpur dunkler ist als seine
Grundfarbe „Rot", so muss Schwarz im Purpur sein. Schwarz
ist ihm eben das Dunkle, Schattige. [4]   Aus gleichem Grunde
sieht er Schwarz in Waidblau, welches ihm also ein stark ver-
dunkeltes Grün darstellt, ebenso im Lauchgrün (Purpur oder
auch Waidblau enthaltend), Stahlblau (Waidblau enthaltend)
und Nussfarb (Stahlblau enthaltend).   Analog ist ihm das
Leuchtende, Glänzende die Wirkung des Weissen,[5] worauf ihn

---

[1] Fr. phys. 30 Mull.
[2] Theophr. sens. 78. 522, 24.
[3] 522, 10 Diels.
[4] 521, 12; vgl. Z. 1, 3. 523, 9.
[5] 521, 1. 522, 12. Darum gilt bei ihm das glühende Eisen nur so
lange als Rot, als es nicht „sehr glänzend" ist (521, 19; 22. Vgl. Prantl
53, 1). Bei Schwarz nennt er den Glanz nicht $\lambda\alpha\mu\pi\varrho\acute{o}\nu$, $\delta\iota\alpha\nu\gamma\acute{\epsilon}\varsigma$, sondern

wohl verschiedene Naturerscheinungen hinwiesen. Darum erschliesst er, wie er diesmal selbst angibt, [1]) aus dem Glanze und Durchleuchten des Purpurs, dass Weiss darin ist; ebenso bei Goldgelb. [2])

Weniger einfach als bei Schwarz und Weiss liegt die Sache bei den anderen Komponenten der demokritischen Mischfarben. Dass in Purpur Rot, in Waidblau Grün, in Lauchgrün Blau oder Grüngelb, in Stahlblau Waidblau und in Braun etwas Rot vorhanden sei, war leicht zu sehen. Auf welchem Wege er aber entdecken konnte, dass in Lauchgrün Purpur, in Stahlblau Rot, in Braun Grün, in Goldgelb Rot vorkomme, erscheint unverständlich. Nach dem Gesagten verlangt man auch hier eine psychologische Erklärung, und eine solche liefert die Theorie der Nachbilder und Kontrasterscheinungen.[3]) Besonders klar wird dies durch die Analyse des Lauchgrün, welches Demokritos in zwei Nüancen kennt. Die eine scheint mehr nach dem Blauen hinübergespielt zu haben, — darum hier das Blau — die andere dagegen mehr[a] ins Hellgrüne — darum hier das Grüngelb. In beiden Nüancen erhält sich Purpur, in der ersteren ausgesprochenes Purpur, in der zweiten eine A r t Purpur. [4]) Unter ersterem Lauchgrün dürfen wir daher etwa jenes Grün verstehen, dessen Kontrastfarbe Purpur, unter dem zweiten etwa Grüngelb, dessen Komplementärfarbe Violett ist. Als Beispiel des letzteren Grün nennt Demokritos Schwefel, auf welchen in der That seine Beschreibung ziemlich passt und von dem es heisst, er habe am Leuchtenden (Helleren, Weisslichen) teil." [5]) Nehmen wir an, dass Nussfarb sich stark nach Rot hin neigt, so ist Grün als Nachbilderscheinung nicht unmöglich. Ein helles, von Schwarz gänzlich freies Grün lässt

στίλβον (blinkend) 522, 16, welches er durch runde und nadelförmige Atomgestalten entstanden denkt.

[1]) Mit σημαίνειν 522, 12.

[2]) 522, 3.

[3]) Auf diese Erklärungsmöglichkeit wies mich Herr Prof. K ü l p e hin.

[4]) Es heisst gewiss nicht ohne Grund πορφυροειδές 522, 15 neben πορφυροῦν 522, 14.

[5]) Umstellung (s. P r a n t l S. 55), Annahme von Lücken (B u r c h a r d) und Konjekturen (D i e l s 522) sind daher überflüssig, ja bei der Sonderbarkeit jener Farbenerklärungen methodisch bedenklich.

Demokritos durch Mischung von Rot und Weiss entstehen;[1]) daher seien die Gewächse, bevor sie rot werden,[2]) hellgrün. Welche Farbe unter der Kyanfarbe, die wir bisher als Stahl- blau fassten, zu denken sei, ist höchst schwierig zu entscheiden. Da sie Waidblau enthält, in welchem das dunkle Schwarz das helle Grün überwiegt, kann es sich nur um ein dunkles Blau handeln. Die feuerartige Farbe, die eine Art Rot dargestellt haben muss,[3]) dürfte dabei als ein schwaches Nach- bild des in Waidblau mitgesehenen Grün betrachtet werden. In Violett, welches Prantl[4]) schwerlich mit Recht jener Kyanfarbe gleichsetzt, wird man weniger ein ausgesprochenes Dunkel erklicken wollen; die demokritischen Teilfarben würden sich allerdings leichter erklären. Aus einer Mischung von Goldgelb und Grün lässt Demokritos „die schönste Farbe" werden.[5]) Auch dies muss eine Art von Blau gewesen sein; denn Blau (Indigoblau) wird allgemein als die schönste Farbe angesehen und die Vorliebe der Alten für die Anwendung der blauen Farbe spricht dafür, dass es bei den Griechen seit alten Zeiten ebenfalls so war.[6]) Hierzu würde nun ein Goldgelb als Komplementärfarbe sehr gut passen. Sollte aber Demokritos das „goldige Violett", das Platon als prächtige Farbe rühmt,[7])

---

[1]) 522, 19.

[2]) Vgl. mit ϑερμανϑῆναι 521, 16.

[3]) 521, 16—24, besonders Z. 19.

[4]) S. 54. S. 68 und 116 f. hingegen übersetzt er ἁλουργοῦν mit Violett, was dadurch bestätigt wird, dass Aristoteles die unterste Regenbogenfarbe als ἁλουργές bezeichnet, κυανοῦν mit Blau. Platon sieht in der Kyan- farbe (Glänzendes mit Weiss vermischt und in sattes Schwarz übergegangen). Das homerische κύανος ist als Schiffsfarbe dem Schwarz gleich (W. Helbig, Das homerische Epos an den Denkmälern erläutert. Leipz. 1884 S. 114, 4), als Steinfarbe (Lasurstein) Ultramarinblau (ebd. S. 79 ff.). Letztere Farbe wird wohl oben gemeint sein. Aet. III. 5, 7. 373a, 3 = b, 4 ver- legt ἁλουργές und πορφυροῦν, was im Spektrum nicht vorkommt, in die Mitte, κυανοῦν und πράσινον an das untere Ende des Regenbogens. Das ist ein Versehen; aber Kyanfarbe gehört jedenfalls zwischen Rot und Violett und ist dort gleich Blau.

[5]) 522, 5.

[6]) Für Homeros s. Helbig S. 79 ff. Welche Rolle Blau an den griechischen Bauten spielte, ist bekannt.

[7]) Prantl S. 62.

im Auge haben, so würde umgekehrt Grün sich als Kontrastfarbe deuten lassen.

Auffallend ist, dass Demokritos Gelb, das bei Platon [1])
so stark hervortritt und bei Aristoteles nicht übergangen wird,[2])
so wenig berücksichtigt.   In dem flammenartigen Braun,
welches durch Vertreibung des Schwarz sich ergibt, scheint es
als Orange vertreten zu sein. [3])   Sein einfaches Grün ist wohl
ein helles Grün gewesen, welches der Farbe der ersten Pflanzen-
triebe zukommt und als Kontrastfarbe in den genannten Fällen
nicht schlecht entspräche. So konnte dann auch Blau leichter
bei den Grundfarben fehlen.   Goldgelb ergab sich als eine
Aufhellung des ohnehin schon hell angenommenen Rot.[4])

Wie schwer es den Alten wurde, das subjektiv und das
objektiv Bedingte an den Farben auseinanderzuhalten, sehen
wir noch an Aristoteles, der das Subjektive wohl zu trennen
suchte,[5]) trotzdem aber daran glaubt, dass Frauen in erregten
Zuständen die rote Farbe ihrer Augen vermittelst der Luft
auf das glatte und deshalb für Berührung jeder Art empfäng-
liche Erz von Metallspiegeln, besonders neuen, übertragen
können.[6]) An der „fabelhaft" klingenden Mitteilung, die sich
wohl nur auf Angaben von Frauen stützt, mag soviel wahr
sein, dass die betreffenden Frauen subjektive Erlebnisse mit
objektiven Erscheinungen verwechselten.

Von der atomistischen Erklärung der Grundfarben dürfen
wir hier Abstand nehmen.   Die antike Kritik bemängelte bereits, dass die Gegensätzlichkeit von Weiss und Schwarz kein
Analogon in einem Gegensatze von Gestalten habe; zu Polygon
sei Kreis kein ähnlicher Gegensatz.[7]) Dafür bietet Demokritos
die Gegensätze des Glatten (Weiss) und Rauhen (Schwarz), der
gleichartigen und der ungleichartigen Lagerung.[8]) Diese

---

[1]) P r a n t l S. 68.

[2]) P r a n t l S. 116 f.

[3]) 522, 19. Die verdorbene Stelle (s. D i e l s) könnte vielleicht durch
καὶ ὠχρόν statt χλωρόν geheilt werden.

[4]) 522, 1.

[5]) P r a n t l 156 ff.

[6]) P r a n t l 159.

[7]) Aristot. sens. et sensil. 4. 442 b, 10.

[8]) Doxogr. S. 521.

Gegensätze sind dann je nach der Thesis und Taxis in einander überführbar. Sind die glatten Atome ebenso zusammengewachsen und haben sie dieselbe Ordnung wie das Schwarze, so können sie zuweilen schwarz erscheinen; ebenso die rauhen Atome weiss, wenn sie gross sind, ihre Verbindungen nicht rund, sondern staffelförmig hervorspringend und die Linien der Atome gebrochen sind, wie bei Treppen oder Lagerwällen; [1]) denn solche Figuren werfen keinen Schatten und hindern den Glanz nicht. [2])

Mit diesen Bemerkungen wollen wir von der demokritischen Farbenlehre [3]) Abschied nehmen.

---

[1]) Vgl. 523 Anm. zu Z. 8 Diels.

[2]) Das hängt jedenfalls mit dem anaxoreischen Diktum vom schwarzen Schnee zusammen.

[3]) In der Geschmackslehre, in der die Scheidung von Salzig und Sauer und die Feststellung eines „fetten" Geschmackes verdienstlich ist, kreuzen sich eine Reihe von Gegensätzen der Gestalt, so dass es zu einer Gegenüberstellung von Geschmackspaaren nicht recht kommt.

Berichtigungen.

Seite 17 muss es heissen Absatz 16 statt 14.
　　„　26　　„　„　　„　　　„　22　„　23.
　　„　27　　„　„　　„　　　„　23　„　24.
　　„　31　　„　„　　„　　　„　24　„　25.
Statt Zeller I. 5 ist durchgängig zu lesen Zeller I. 5. Aufl. u. s. w.

Register.

Textkritisches.

Verzeichnis benutzter Schriften.[*]

A. Quellenschriften.

Democriti operum fragmenta coll. Fr. G. A. Mullach. Berlin 1844 (auch Fragm. philos. Graec. I S. 330 ff.).

Democriti liber περὶ ἀνϑρώπου φύσιος. Philologus VIII. 1853. S. 414—424.

Aristotelis opera. Berliner Akademieausg. 1831 ff. mit Index Aristotelicus ed. H. Bonitz. Berlin 1870. (Daneben wurden die Kommentare von Schwegler (Tübingen 1847—48) und Bonitz (Bonn 1848—49) zur Metaphysik und die verschiedenen Übersetzungen von Prantl, Frantzius, Bonitz u. s. w., wie auch die Teubnerschen Textausgaben von Christ, Susemihl u. s. w. herangezogen). Kommentare zu Aristoteles in der Berliner Akademieausgabe (nach Bänden zitiert).

Diogenis Laertii vitae philosophorum rec. C. G. Cobet. Paris 1850.

Doxographi Graeci. Coll. H. Diels. Berlin 1879.

Sextus Empiricus sec. Imm. Bekker. Berlin 1842.

B. Darstellungen und Abhandlungen.

Zeller, Die Philosophie der Griechen I. 4. und 5. Aufl. (1892), (ein Buch, welches die notwendige Ergänzung zu Mullachs Fragmentsammlung bildet).

G. v. Hertling, Materie und Form und die Definition der Seele bei Aristoteles. Bonn 1871.

R. Eucken, Die Methode der aristotelischen Forschung. Berlin 1872.

---

[*] Hier werden nur die durchgängig benutzten Schriften aufgeführt. Solche, die nur gelegentlich herangezogen wurden, werden an Ort und Stelle genauer zitiert.

F. A. Lange, Geschichte des Materialismus. I. 2. Aufl. Iserlohn 1873
(5. Aufl. Leipzig 1896).

Fr. Lortzing, Über die ethischen Fragmente Demokrits. G.-Pr.
Berlin 1873.

M. Heinze, D. Eudämonismus i. d. griech. Philosophie. I. Sächs. Akad.-
Abh. VIII. 6 Leipz. 1883.

A. Brieger, D. Urbewegung d. Atome und d. Weltentstehung bei
Leukipp und Demokrit. G.-Pr. Halle 1884.

H. C. Liepmann, D. Mechanik d. Leukipp-Demokritischen Atome u. s. w.
Leipziger Dissertation Berlin 1885.

G. Hart, Zur Seelen- und Erkenntnislehre d. Demokr. G.-Pr. Mül-
hausen i. Elsass 1886.

H. Usener, Epicurea. Leipzig 1887.

W. Kahl, Demokritstudien I G.-Pr. Diedenhofen 1889.

Cl. Bäumker, D. Problem d. Materie. Münster 1890.

Kurd Lasswitz, Geschichte der Atomistik I u. II Hamburg 1890.

Leop. Mabilleau, Histoire de la philosophie atomistique. Paris 1895.
(Bietet gegenüber Zeller und Lange über Demokritos wenig Neues,
ist aber interessant durch die Mitteilungen über die Ansichten franzö-
sischer Gelehrten.)

Th. Gomperz, Griechische Denker I Leipzig 1896.

Alb. Goedeckemeyer, Epikurs Verhältnis zu Demokrit in der Naturphilosophie. Strassburg 1897.

Al. Patin, Parmenides im Kampfe gegen Heraklit. Leipzig 1899 erschien erst nach Fertigstellung des Druckes).

www.ingramcontent.com/pod-product-compliance
Lightning Source LLC
Chambersburg PA
CBHW030559040726
47497CB00008B/2790